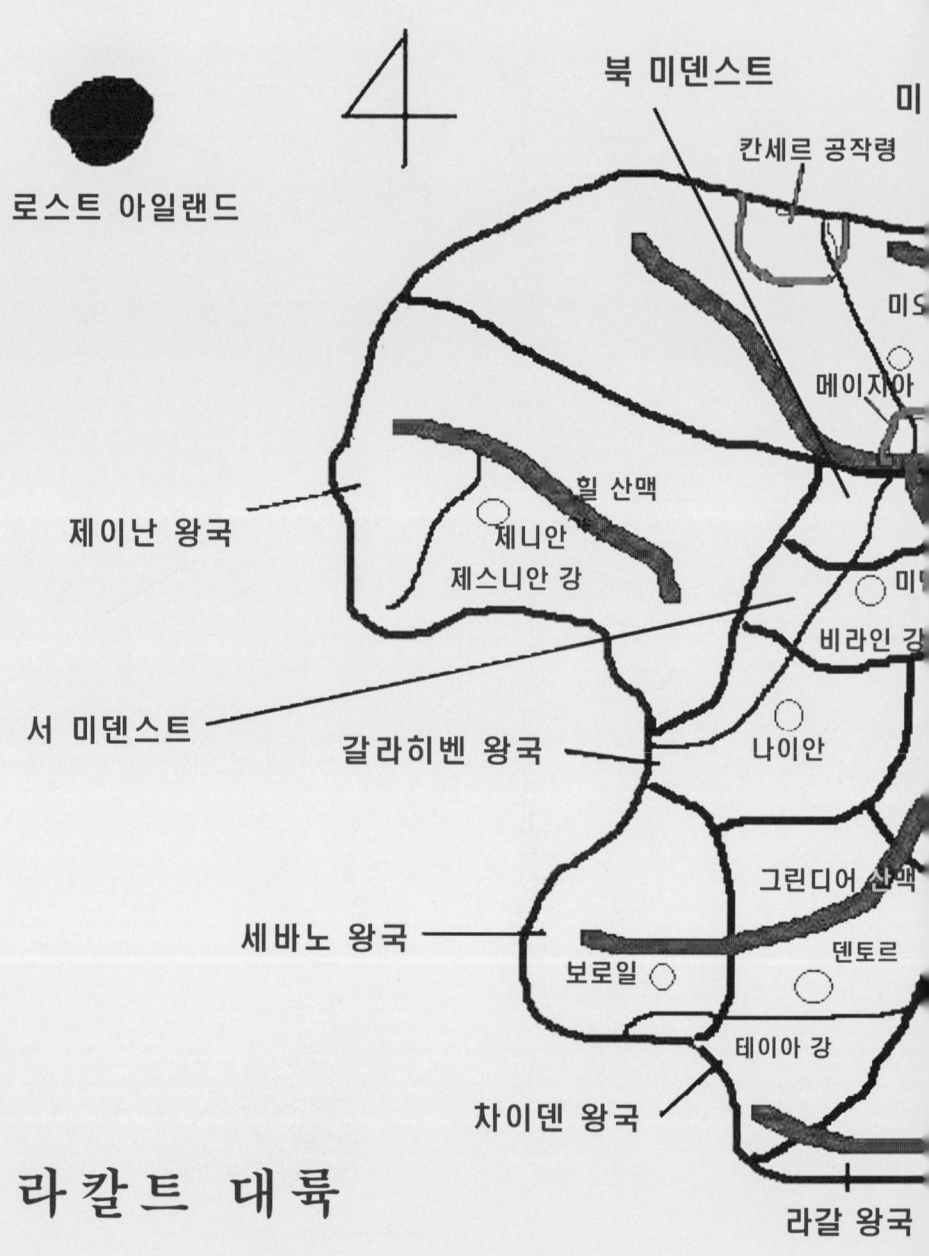

로스트 아일랜드

북 미덴스트

칸세르 공작령

미

미 S

메이지아

힐 산맥

제이난 왕국

제니안
제스니안 강

미

비라인 강

서 미덴스트

갈라히벤 왕국

나이안

그린디어 산맥

세바노 왕국

덴토르

보로일

테이아 강

차이덴 왕국

라칼트 대륙

라갈 왕국

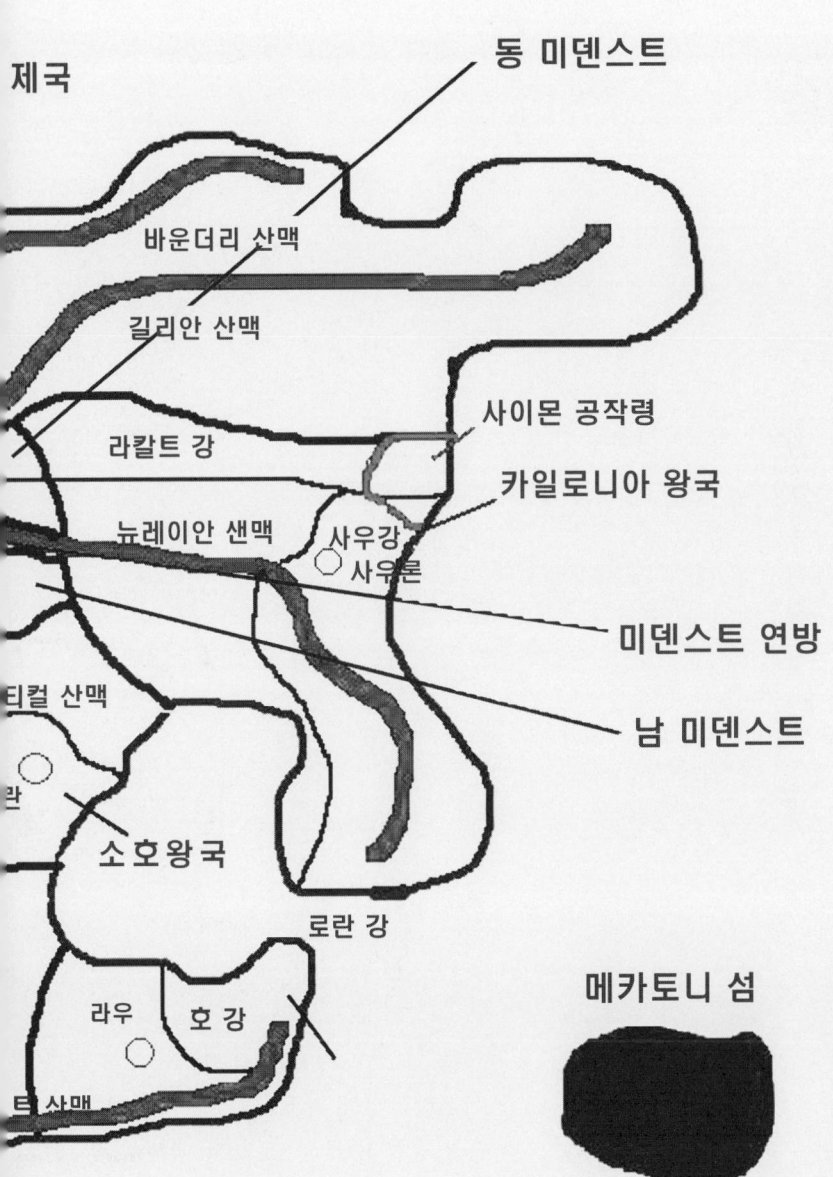

제국

동 미덴스트

바운더리 산맥

길리안 산맥

사이몬 공작령

라칼트 강

카일로니아 왕국

뉴레이안 샌맥

사우강

사우룬

미덴스트 연방

남 미덴스트

티컬 산맥

소호왕국

로란 강

메카토니 섬

라우

호 강

타 산맥

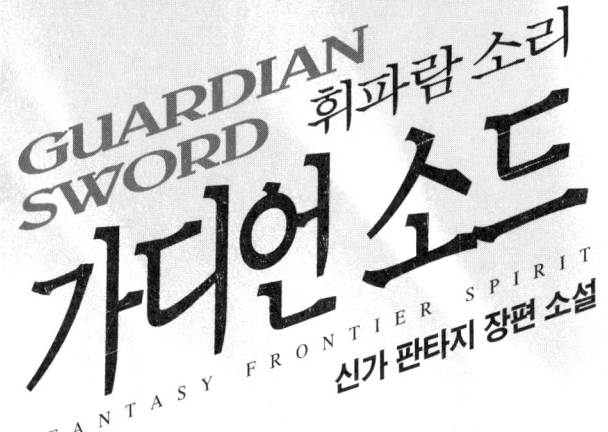

GUARDIAN SWORD
휘파람 소리
가디언 소드
FANTASY FRONTIER SPIRIT
신가 판타지 장편 소설

가디언 소드 4

신가 판타지 장편 소설

초판 1쇄 찍은 날 § 2006년 7월 11일
초판 1쇄 펴낸 날 § 2006년 7월 21일

지은이 § 신가
펴낸이 § 서경석

편집장 § 문혜영
편집책임 § 김민정
편집 § 이재권 · 서지현

펴낸곳 § 도서출판 청어람
등록번호 § 제1081-1-89호
등록일자 § 1999. 5. 31
어람번호 § 제1-0724호

주소 § 경기도 부천시 원미구 심곡1동 350-1 남성B/D 3F (우) 420-011
전화 § 032-656-4452 팩스 § 032-656-4453
http://www.chungeoram.com
E-mail § eoram99@chollian.net

ISBN 89-251-0208-0 04810
ISBN 89-251-0047-9 (SET)

GUARDIAN SWORD 휘파람 소리

가디언 소드

FANTASY FRONTIER SPIRIT

신가 판타지 장편 소설

4

성녀와 용자

도서출판 청어람

C o n t e n t s

Chapter 1

생각보다 여행이란 게 많이 따분하네요

"아가씨."

"무슨 일이죠?"

포르시아는 즐거이 보고 있던 책에서 시선을 떼며 에드워드를 바라보았다.

"제도에서 기사 분이 오셨습니다."

"그래요?"

그의 말에 포르시아는 책을 덮으며 소파에서 몸을 일으켰다. 일주일 전의 그 소동으로 제도에서 새로운 기사가 왔으니 자신이 맞아야 했다.

임시 기사인 이니안에게만 포르시아의 경호를 맡기는 것은 칸세르 공작가의 입장에서는 말도 안 되는 일이었다. 그랬기에 네오마인의 소식을 들은 칸세르 공작이 서둘러 새로운 기사를 보낸 것이다.

"좀 심하긴 심했어……."

일주일 전 자신이 본 네오마인의 모습을 떠올린 포르시아는 작은 목소리로 중얼거렸다. 온몸을 붕대로 감은 인간이 있을 수 있다는 것을 그녀는 그때 처음 알았으니 말이다.

"손님은 어디에 계시죠?"

"응접실에 모셨습니다."

에드워드의 대답에 포르시아는 서재의 문을 열고 복도로 나섰다. 어린 시절부터 알았지만 에드워드의 일 처리는 깔끔하기 그지없었다.

"공녀님을 뵙습니다."

포르시아가 응접실에 들어서기 무섭게 소파에 딱딱한 자세로 앉아 있던 기사가 벌떡 일어나 허리를 숙였다.

"반가워요. 응?"

그 모습에 역시 딱딱한 기사라며 쓴웃음을 띠며 인사를 하던 포르시아의 눈에 이채가 띠었다. 지금까지와는 달랐던 것이다.

제도의 아버지가 보내준 기사라길래 의례히 남자일 거라 생각했다. 하지만 그 예상은 인사를 하면서 보기 좋게 빗나갔다. 눈부신 금발의 미녀가 지금 그녀의 눈앞에 서 있었다.

허리에 검을 차고 기사의 예복을 입지 않았더라면 절대 기사라고 믿을 수 없을 만큼 아름다운 여인이었다, 포르시아가 절로 질투를 느낄 정도로.

"칸세르 기사단의 하이 나이트 다프네 파이어라고 합니다."

기사의 소개에 포르시아의 뒤에 서 있던 에드워드의 얼굴에 은은한 놀람이 떠올랐다.

칸세르 기사단 유일의 여성 하이 나이트가 바로 그녀였다. 또한 그녀는 대륙의 3대 여기사 중 한 명이었다. 소드 익스퍼트 상급의 실력을 가진 여기사. 여자의 몸으로 칸세르 기사단의 기사들 중 상위 다섯 명 안의 실력을 가진 자다. 에드워드는 그런 사실들을 알았기에 은근히 경악을 드러낸 것이다.

"아! 파이어 경이로군요. 이야기는 많이 들었답니다. 대단한 실력의 여기사 분이시라죠. 그리고 파이어 자작가의 영애이시기도 하고요."

다프네에 관한 이야기는 포르시아도 익히 들어서 알고 있었다. 그녀는 그 정도로 유명한 인물이었으니까.

"반가워요. 저 때문에 제도에서 이곳까지 오시느라 고생이 많으셨어요."

"아닙니다. 공녀님을 모시게 되어 영광입니다."

다프네의 두 눈동자는 포르시아를 향한 공경으로 가득 차 있었다. 주군의 딸을 바로 곁에서 경호하는 일, 그것은 주군에게 충성을 맹세한 기사에게는 더없이 영광인 일이었다.

"파이어 경, 일단 저녁까지는 쉬도록 하세요. 제도에서 이곳까지 오는 것만으로도 상당히 피로하실 거예요."

"아닙니다, 공녀님. 주군을 지키는 것은 기사로서 당연한 일. 겨우 그 정도의 일로 임무를 소홀히 할 수 없습니다."

다프네는 단호히 고개를 저으며 대답했다.

"하지만 저는 아직 경이 저를 경호하는 것을 허락하지 않았답니다."

다프네의 대답에 포르시아가 생긋 웃으며 말했다.

"그건……."

포르시아의 말에 다프네는 아무런 대꾸도 못했다. 자신은 칸세르 기사단에서 이곳으로 가서 포르시아를 지키라는 임무를 받았지만 그 임무는 포르시아가 받아들일 때부터 시작이다.

분명 포르시아는 다프네와 인사를 했을 뿐, 그녀의 경호를 받아들이겠다는 말은 하지 않았다.

"그럼, 에드워드, 파이어 경이 쉬실 곳을 안내해 주세요. 먼 길을 오시느라 많이 피곤하실 거예요."

"알겠습니다, 아가씨."

포르시아가 빙그레 웃으며 자신을 계속 바라보자 다프네는 할 수 없다는 얼굴로 에드워드에게 다가갔다. 그 모습에 에드워드는 고개를 살짝 숙이고는 몸을 돌렸다. 다프네의 방은 이미 정해져 있었다. 그녀의 짐은 하인들이 그곳으로 옮긴 후다. 에드워드는 천천히 걸으며 그녀의 방으로 안내했다.

에드워드를 뒤따르기 전 다프네는 포르시아를 향해 허리를 숙여 인사를 한 후 절도있는 걸음으로 점점 멀어져 갔다.

"꺄악!"

다프네가 에드워드를 뒤따라 나간 직후 저택의 현관에서 하녀들의 비명 소리가 들렸다.

그 소리에 포르시아는 가볍게 고개를 저으며 한숨을 쉬었다.

"후우. 벌써 오 일이 지났는데 아직도 적응을 못하다니."

소파에서 가볍게 몸을 일으킨 포르시아는 하녀들의 비명이 들린 현관을 향해 걸음을 옮겼다, 일단 자신이 하녀들을 진정시켜야 했기에. 이 일의 원인 제공자가 그녀였기에 그 일은 그녀의 몫이었다.

현관에 도달한 포르시아의 눈에 비친 광경은 지난 오 일 동안 보아왔던 것과 크게 다르지 않았다.

현관 한가운데 떡하니 버티고 서 있는 케이로스의 당당한 모습. 그리고 그 곁에 난감한 표정을 짓고 있는 이니안, 그 모습을 재미있게 지켜보고 있는 이니안의 친구라는 용병 케라우. 케이로스를 중심으로 사방으로 흩어져 있는 세 명의 하녀.

절로 한숨이 나오는 모습이었다. 다만 항상 웃는 이니안이 이럴 때만큼은 곤혹스러운 표정을 짓는다는 사실이 조금 재미있을 뿐이다.

"자자, 다들 진정해요."

벽에 붙어서 오들오들 떨고 있는 하녀에게 포르시아가 따뜻하게 말했다.

무려 이틀의 투쟁 끝에 에드워드에게서 케이로스를 저택에 들이는 것을 허락받았다. 그것을 하녀들의 이런 반응 때문에 허사로 돌릴 수는 없는 노릇이다.

포르시아가 나서서 진정시키자 하녀들의 떨림이 조금 멎었다. 그녀들에게 있어 케이로스는 언제 봐도 무섭고 사나운 늑대다. 하지만 그런 늑대를 생긋 웃으며 바라보는 포르시아의 모습에 하녀들의 소요가 조금씩 가라앉는 듯했다.

"무슨 일입니까?"

그때 비명 소리를 들은 듯 다프네가 서둘러 달려왔다. 어느새 그녀의 오른손은 검집에 꽂힌 검의 손잡이에 가 있었다. 언제 어떤 상황에서라도 최적의 발검을 하기 위한 자세였다.

"이… 이건……."

서둘러 달려온 다프네는 눈앞에 떡하니 버티고 있는 케이로스의 모습에 말을 더듬었다.

"이거, 이거. 역시나 이번에도 이 녀석이 문제로군요. 자꾸 이런 일이 벌어지면 곤란합니다, 아가씨."

그 뒤로 에드워드가 여유로운 걸음으로 나타났다. 그는 이 저택에서 케이로스를 무서워하지 않는 네 번째 인물이었다. 에드워드의 말에 포르시아의 얼굴이 살짝 굳었다. 말은 가볍게 하고 있었지만 그 어조에 담긴 그의 의지가 결코 가볍지 않음을 느낄 수 있었던 것이다.

"공녀님, 이분은 누구시죠?"

기세등등한 모습으로 나타난 다프네를 바라보며 지금까지 침묵하고 있던 이니안이 입을 열었다.

"아, 저녁 식사 때 소개시켜 드리려고 했는데 이렇게 되었으니 지금 소개시켜 드리도록 하죠."

이니안의 물음에 포르시아는 어쩔 수 없다는 듯 말했다. 그 와중에 커다란 비명을 질러 자신을 이런 곤란한 상황으로 몰고 간 하녀들을 살짝 흘겨봐 주는 것을 잊지 않았다. 그녀의 그런 시선을 알아챈 사람은 이니안과 케라우, 에드워드 세 사람뿐이었다.

"파이어 경, 이쪽은 2년간 우리 가문의 기사 작위를 받은 이니안 세이버 경이에요. 그리고 옆의 분은 세이버 경의 친구인 용병 케라우 씨이고요."

포르시아로부터 이니안을 소개받은 다프네의 두 눈이 번쩍 빛났다. 그녀는 이곳으로 오기 전 네오마인의 몰골을 똑똑히 보았었다, 당연히 동료 기사를 그런 페인으로 만들어 버린 이니안에게 분노를 느낄 수밖에.

"세이버 경, 이쪽은 아버지께서 새로이 제 개인 경호를 위해 칸세르 기사단에서 차출해 보내주신 다프네 파이어 경이라고 해요. 앞으로 세이버 경과 같이 잘 협조해서 절 보살펴 주실 분이죠."

포르시아의 소개에 이니안은 빙그레 웃었다. 아니, 포르시아에게 말을 걸 때부터 그는 웃고 있었다. 이니안이 웃지 않을 때는 케이로스 때문에 주변 사람들이 비명을 지를 때 정도였다.

"처음 뵙겠습니다. 이니안 세이버라고 합니다. 앞으로 잘 부탁드립니다. 그렇잖아도 남자의 몸으로 공녀님의 경호를 하기에는 어려운 점이 많았는데 이렇게 유명하신 파이어 경이 오셔서 마음이 한결 놓이는군요."

이니안도 용병 시절 다프네의 명성을 익히 들었던 터였다. 소드 익스퍼트 상급의 하이 나이트이자 자신의 큰 누이인 로레인과 함께 대륙의 3대 여기사에 이름을 올린 이였다. 물론 로레인은 따로 대륙제일의 여기사라는 수식어가 붙기도 했지만 어쨌든 충분히 관심을 가질 만한 기사였다.

"흥. 과연 나에게도 네오마인 경에게 한 것처럼 할 수 있을까요? 기대하겠어요."

이니안의 인사에 돌아온 것은 코웃음과 함께 냉담한 말이었다. 어떻게 보면 폭언으로 들릴 수 있는 말에도 이니안은 어깨를 으쓱하면서 쓴웃음을 지을 뿐이었다.

"네오마인 경의 일은 유감입니다만 정당한 대련이었습니다."

다프네의 눈에는 이니안의 쓴웃음이 능글맞은 웃음으로 비추어졌다. 어찌 정당한 대련으로 인간을 그런 폐인으로 만들 수 있단 말인가. 사람이 50센티미터 이내에만 접근하면 벌벌 떨던 그의 모습이 아직도 눈에 선했다.

"정당했는지 어쨌는지는 두 사람만 알 뿐이죠. 그럼 공녀님, 저는 이만 쉬도록 하겠습니다."

찬바람을 쌩 일으키며 다프네는 이니안에게서 몸을 돌렸다. 포르시아에게 인사를 한 그녀의 시선은 에드워드에게 고정되어 있었다. 그 눈빛이 무엇을 의미하는지 쉬이 알아챈 그는 다시 그녀의 방으로 안내했다.

네오마인의 상태에 대해서는 포르시아도 어느 정도 알았기에 그녀는 다프네의 심정을 이해했다. 그랬기에 일견 무례해 보일 수 있는 그녀의 행동에도 아무런 말을 하지 않고 지켜본 것이다.

"휘유~! 성질 한번 참 드센 분이로군요."

지금껏 가만히 지켜보던 케라우가 그녀가 시야에서 사라지자마자 휘파람과 함께 특유의 평가를 내렸다.

"그렇네요."

케라우의 말에 포르시아는 웃으며 대답했다.

그는 처음 만났을 때부터 그런 사람이었다. 여자도 질투를 느낄 정도로 아름다운 외모를 지녔음에도 오히려 항상 익살과 장난으로 가득한 사람. 외모와 전혀 어울리지 않는 성격이지만 오히려 그는 그 두 가지가 절묘하게 어울렸다.

그랬기에 그는 항시 그녀의 기분을 좋게 해주었다. 지금도 그렇다. 다른 사람이 했으면 인상을 썼을지도 모를 말이건만 케라우가 이야기하자 그녀는 웃음을 짓고 말았다. 도저히 보통 용병이라는 사실이 믿기지 않았다.

"이니안, 너 앞으로 고생 좀 하겠다. 크크크."

케라우의 놀림에 이니안은 그저 씨익 웃었다.

'누가 고생할지 아직은 모르는 일이지.'

이니안의 그런 내심을 읽은 이는 아무도 없었다.

"그럼 공녀님, 여행 일정은 예정대로 진행해도 될까요?"

이니안의 물음에 포르시아는 고개를 끄덕였다.

"그래요. 어차피 파이어 경을 맞이하기 위해 사흘을 연기하기는 했지만요."

"알겠습니다. 그럼."

이니안은 고개를 숙여 인사를 하고는 자신의 방으로 향했다. 케라우가 그 뒤를 따랐으나 케이로스는 여전히 저택의 현관에 앉아 있었다.

"후훗. 케이로스, 너는 나와 서재로 가자꾸나. 아직 다 읽지 못한 책이 있단다."

케이로스는 포르시아의 말에 그녀의 몸에 잠시 머리를 비빈 후 그 뒤를 따랐다.

케이로스를 저택에 들인 후 케이로스의 주인이 모호해져 버렸다. 일단 저택 안에 들어오면 주인인 이니안보다 포르시아를 더 잘 따랐기 때문이다. 그런 케이로스의 모습에 포르시아는 일견 이니안에게 미안해하는 듯했으나 다른 한편으로는 기뻐했다.

'후우… 마스터, 언제까지 이런 애완견과 같은 생활을 해야 하는 겁니까?'

자신의 처지가 한심했는지 케이로스는 이니안이 들을 수 없는 푸념을 마음속에 늘어놓았다.

"흐음… 여행이라……."

서재로 향하면서 포르시아는 작게 중얼거렸다.

기분 전환을 위한 여행이라 하지만 실상 그녀는 여행을 떠날 마음이 없었다. 이제 막 반년에 걸친 대법을 마친 터여서 그냥 영지에서 조용히 쉬면서 몸을 추스르고 싶었다. 막 치료가 끝난 차에 여행을 떠나 몸에 이상이 찾아올지도 모를 가능성에 대한 염려가 있었기 때문이다.

하지만 클레비클은 적극적으로 여행을 권했다, 여행을 하면서 많은 것을 보고 경험하는 것이 오히려 대법의 안정에 더 좋다고 하면서. 한 곳에만 있으면 몸을 움직이는 일이 적어지니 대법이 완전히 자리 잡기에 힘들다는 것이다. 얼핏 들으면 그 말이 맞는 것도 같았다. 일정한 곳에서 매일 똑같은 광경을 보는 꽉 짜인 생활을 하는 것보다는 매일이 새로운 여행이 오히려 더 좋을지도 모르겠다는 생각이 들었다.

클레비클의 끈질긴 설득과 그런 생각이 합쳐져 포르시아는 여행을 결정했다. 제도에 계신 아버지도 흔쾌히 허락을 했고 그녀의 경호를 위해 새로이 기사를 보내주기도 했다.

여행의 준비는 이니안이 온 후 그가 도맡아 했다. 아무래도 용병 출신이다 보니 여러 곳을 돌아다닌 경험이 풍부하겠다는 생각에 맡긴 것이다. 그리고 그는 그녀의 기대에 부응했다.

심지어 용병은 결코 알 수 없는 귀족의 생활에 관련된 부분까지 꼼꼼히 챙기는 모습을 보여 포르시아가 의구심을 가지기도 했다.

"갈라히벤 왕국이라… 재미있겠지?"

여행의 목적지를 떠올린 그녀는 소풍 전날 가슴이 부푼 소녀와 같은 얼굴을 했다. 그녀가 한 번도 가본 적이 없는 곳이었기에 기대감에 가슴이 부풀었다. 더군다나 갈라히벤 왕국이라는 목적지가 그 기대를 더욱 크게 부풀렸다.

갈라히벤 왕국.

흔히들 대륙 속의 다른 대륙이라 부르는 곳이다. 그리고 대륙의 수수께끼라고도 불린다.

지형적으로는 대륙 안의 다른 곳과 크게 다를 것이 없었다. 다만 대륙의 중심부에 있어 겨울이 없는 따뜻한 날씨가 계속될 뿐이다. 그것은 비단 갈라히벤 왕국만이 아니었다. 다른 왕국들의 대륙의 중심 부근의 영토도 그것은 마찬가지였다.

그럼에도 갈라히벤 왕국의 문화는 독특했다. 사람의 이동을 막는 커다란 산맥이나 강으로 다른 왕국과의 교류가 차단된 것이 아님에도 그곳의 문화는 다른 곳과는 극단적으로 달랐다.

그런 상이한 문화가 대륙 속의 다른 대륙이라는 별칭을 만들었고 또한 왕국을 대륙의 수수께끼로 만들었다. 갈라히벤 왕국은 그런 상이한 문화로 인해 일 년 내내 다른 왕국으로부터의 관광객들이 끊이질 않았다.

"얼마 후면 갈라히벤 왕국의 무투회가 열리겠군."

며칠 전 여행 이야기가 나왔을 때 케라우가 지나가듯 중얼거린 한마디. 그 말에 목적지가 갈라히벤으로 결정되었지만 꼭 그것이 아니라도 충분히 갈 만한 곳이었다.

포르시아는 조용하고 단아한 모습과 맞지 않게 기사들의 대련을 구경하는 것을 좋아했다. 제도(帝都) 미오나인에 있을 적에도 곧잘 칸세르 기사단의 연무장에 구경하러 가곤 했었다. 그 와중에 기사단원들에게 있어 어린 포르시아는 기사단의 마스코트 같은 존재가 되었다. 세월이 흘러 포르시아가 성인이 되었음에도 칸세르 기사단원들의 포르시아에 대한 애정은 여전했다.

"무투회라… 후훗."

서재에 들어서는 포르시아의 얼굴은 기대와 흥분으로 인해 은은한 홍조를 띠었다.

"아함~ 이제 준비는 대강 끝냈지? 이제 이틀 후면 출발이군."

침대에 털썩 누운 케라우가 피곤하다는 듯 중얼거렸다.

"곁에서 가만히 구경하는 것도 상당히 피곤한 일인가 보군."

그 모습이 마음에 들지 않은 듯 이니안이 중얼거렸다. 그 말에 천장을 보고 누워 있던 케라우의 몸이 휙 돌았다.

"너 말야, 그 쪼잔한 성격도 고치면 더 좋을 것 같은데."

"네가 신경 쓸 일 아니다."

케라우의 말에 이니안은 빙긋 웃으며 대꾸했다. 케라우는 그 모습을 신기하다는 듯 바라보았다. 처음 봤을 때의 놀람에 비할 바는 아니지만 여전히 이니안의 저 웃음은 적응이 되지 않았다.

예전 같으면 대번에 주위를 꽁꽁 얼릴 듯한 살기가 풀풀 피어 올라야 했을 상황이다. 그런데 그런 살기 대신 봄볕같이 따사로운 웃음이라니… 자신의 눈앞에 있는 이가 이니안이 아닌 듯했다.

"너 말야, 정말 이니안 맞아?"

벌써 몇 번째 묻는 말인지 모른다. 가끔씩 자신을 향해 쏘아붙이는 말을 하는 것을 보면 분명 이니안이 맞는 듯하다. 하지만 문제는 그런 말을 할 때도 웃고 있다는 것이다.

더군다나,

"후훗. 아닐지도 모르지."

이런 농담까지 하는 것이다. 대체 자신이 포르시아를 감시하는 동안 이니안에게 무슨 일이 일어났는지 알 수가 없었다. 물론 포르시아가 로즈이던 때, 이니안에게 의미심장한 말을 하는 것 같기는 했지만 그 말 한마디에 이니안이 이렇게 변했다는 사실을 믿을 수가 없었다.

"그런데 갈라히벤 무투회 이야기는 왜 꺼낸 거야?"

침대에 반신을 걸치고 누워 있던 이니안이 물었다. 갈라히벤은 이니안 역시 한 번도 가본 적이 없는 곳이었다. 이니안이 주로 대륙의 북부에서 활동한 탓이다. 갈라히벤은 대륙의 중부에 살짝 걸친 남부의 국가였으니 이니안이 그곳에 갈 일은 없었다.

라칼트 대륙은 크게 여섯 부분으로 나눌 수 있다. 우선 가로로 주욱 이어지는 선으로 경계를 지어 남부, 중부, 북부의 세 지역. 그리고 대륙을 세로로 둘을 나누는 선을 기준으로 동부와 서부. 그렇게 가로와 세로의 경계가 겹쳐져 여섯 개의 지역으로 나누어진다.

그리고 중부는 무덥고 중부로부터 멀어질수록 기후가 온난해지다가 서늘해지며 대륙의 남부 끝 부분과 북부 끝 부분은 매우 춥다.

"오랜만에 가보고 싶어서 말이지. 마지막으로 갔던 때가 이백 년 전이라서 말이야. 그곳의 여인들은 무척이나 활동적이지. 그런 만큼 건강미 넘치는 미녀들이 많아. 후훗."

지극히 개인적인 목적으로 포르시아가 그곳으로 가고 싶게끔 유도했다는 말이다.

"너답군. 그런데 어떻게 포르시아가 무투회에 흥미를 보일 거라는 걸 알았지?"

이니안의 물음에 케라우는 멀뚱히 이니안을 바라보았다.

"왜?"

"내가 포르시아를 감시하게끔 만든 사람이 어디 사는 누구였을까?"

케라우의 물음에 이니안은 피식 웃음을 터뜨렸다.

"내가 멍청했군."

케라우는 가볍게 고개를 끄덕였다. 하나 이니안은 예전과 다르게 웃을 뿐이었다.

"그나저나 다프네라고 했던가? 제법 실력이 있어 보이던데."

"그래. 상급과 최상급의 경계라고 해야 하나? 적어도 전에 있던 그 허접한 네오마인이라는 녀석보다 두어 수는 위야."

이니안의 대답에 케라우가 은근한 미소를 지었다.

"그리고 제법 예뻤어. 불쌍한 녀석, 그런 미인에게 찍히다니."

"이제 그만 그 입 좀 닫지 그러냐? 피곤하다면서?"

어떻게 웃으면서 날리는 독설이 더 무서워졌다. 차라리 예전처럼 살기를 날리는 편이 오히려 편했다. 싱글벙글 웃는 얼굴과 그 얼굴에 전혀 어울리지 않는 말이 주는 괴리감. 케라우는 그것이 매서운 살기보다도 더 싫었다.

이틀은 순식간에 지나갔다.

이른 아침부터 공작의 저택은 분주했고 오전 즈음에 모든 준비가 끝났다. 아침 식사를 마친 후 포르시아는 여행의 첫발을 떼기 위해 저택의 현관 앞에 멈춰 있는 마차에 몸을 실었다. 마차에 타는 동안 무엇이 아쉬운지 포르시아는 계속해서 케이로스를 바라보았다.

포르시아가 케이로스에게 눈빛을 보낼 때마다 에드워드의 얼굴이 한층 엄해졌다.

"큭큭큭."

모든 기사와 병사들이 정자세로 절도있게 서 있는 와중에도 케라우만은 그녀의 모습에 작은 웃음을 흘렸다. 대번에 기사와 병사들의 사나운 눈초리가 쏟아졌지만 케라우는 신경 쓰지 않았다. 하지만 에드워드의 사나운 눈빛이 날아오자 그는 서둘러 웃음을 멈췄다.

'쳇. 아무리 봐도 아무것도 없는 노인네인데 말야, 이상하게 반항할 수가 없단 말이야.'

케라우가 속으로 투덜거리는 사이 다프네 역시 마차에 올라 포르시아의 곁에 앉았다. 그녀는 포르시아와 마차를 함께 타면서 경호를 하기로 한 상태였다. 포르시아의 시중을 들기 위한 캐서린까지 마차에는 모두 세 명이 탔다.

마차는 세 여인이 타기에는 무척이나 컸다. 마차를 끄는 말이 여섯 마리나 되는 육두마차. 마차의 한곳에는 푹신한 침대까지 들어가 있었다. 과연 제국 제일의 공작가의 공녀가 타는 마차였다.

마차의 문이 닫히자 케이로스의 등에 올라탄 이니안의 마차의 옆에 섰다. 마차의 창을 격하고 전해지는 포르시아의 부러움이 가득한 시선에 이니안은 머쓱한 웃음을 지었다.

그녀가 아무리 간절히 원해도 이것은 어쩔 수 없는 일이다. 늑대의 등에 올라탄 공녀라니, 절대로 귀족의 품위에 맞는 행동이 아니었다.

이니안의 곁에 말에 탄 케라우가 위치하고 나머지 기사들과 병사들이 각자의 위치에 자리하자 마차를 중심으로 한 대열이 완성되었다.

"출발!"

대열이 완성된 것을 확인한 이니안의 우렁찬 목소리에 선두의 기사와 병사가 천천히 움직였다.

포르시아의 경호를 위해 모여 있던 기사들의 우두머리 격이었던 네오마인을 반병신으로 만든 이후 자연스레 이니안이 기사들의 대장과 같은 대접을 받게 되었다. 그에 따라 자연스레 이니안이 지시를 내리게 된 것이다.

병사들의 움직임에 따라 마차를 끄는 말들도 천천히 걸음을 옮겼고 마차는 부드럽게 앞으로 움직였다. 서서히 병사들의 속력이 빨라짐에 따라 마차의 속력도 조금씩 빨라지면서 저택의 정문을 벗어났다. 하늘의 태양도 서서히 남쪽을 향해 움직이고 있었다.

"출발했다고?"

"네."

칸세르 공작의 물음에 클레비클이 낮은 어조로 대답했다.

"조금 전 영지의 집사인 에드워드로부터 연락이 왔습니다."

칸세르 공작은 턱수염을 쓰다듬으며 고개를 끄덕였다.

"별일은 없겠지?"

"물론입니다. 호위를 위해 배치된 인원이 상당합니다. 게다가 공녀님의 호위를 위해 일부러 새로이 기사들까지 뽑지 않으셨습니까? 게다가 제국의 공작가 영애의 여행입니다. 허튼 마음을 먹을 녀석들은 없을 겁니다."

칸세르 공작도 그 사실은 잘 알고 있었다. 하지만 어딘가 불길한 예감이 온몸을 감싸 안았다. 포르시아는 그에게는 정말이지 소중한 존재다. 그의 원대한 야망을 실현시켜 주기 위한 최고의 숨겨진 패가 그녀다. 혹시라도 그녀에게 무슨 일이라도 생긴다면 정말로 곤란했다. 그랬기에 네오마인이 몰골로 돌아왔을 때 서둘러 다프네를 영지로 보낸 것이다.

"공녀님의 곁에는 사이몬 가의 인물이 붙어 있습니다. 무슨 목적인지 모르지만 제국 최고의 기사라는 카르세온도 승부를 장담할 수 없는 자입니다. 별일없을 겁니다."

가만히 침묵하고 있던 시메티딘의 말에 공작은 다시 한 번 고개를 끄덕였다. 하지만 왜인지 시메티딘의 말이 그에게는 더 불길하게 느껴졌다. 그는 분명 자신의 불안한 마음을 다잡으려고 한 말일 텐데 말이다.

"공작 각하의 염려를 모르는 것은 아니나 앞으로 몇 개월간은 어쩔 수 없습니다. 예전의 대법에서도 1년이 지나기 전에는 가끔 기억의 혼란이 찾아왔었습니다. 그럴 때는 가만히 한곳에 있는 것보다는 여러

곳을 다니면서 새로운 경험을 하는 것이 낫습니다. 그렇다면 그러한 기억의 혼란을 여행 탓으로 돌릴 수 있으니까요."

클레비클의 말에 공작은 고개를 끄덕였다. 그것은 자신도 잘 알고 있는 사실이기에. 예전의 대법에서 그와 같은 기억의 혼란을 무마하느라 얼마나 많은 노력을 쏟아 부었던가.

"이제 계획은 마지막 단계에 접어들었는데 지금 와서 그런 일이 일어난다면 그야말로 낭패입니다. 게다가 행방을 모르던 기간 동안 어떤 강렬한 경험을 했는지 이번 대법은 제법 힘들었습니다."

계속된 클레비클의 말에 공작은 소파에 몸을 깊게 묻었다. 한 번 낭패를 볼 뻔한 경험을 해서인지 더욱 조심스러워졌다.

"그래, 앞으로의 큰일을 위해서는 어느 정도의 위험은 감수해야지. 게다가 그렇게 신경을 썼으니까."

작은 혼잣말이다. 하지만 시메티딘과 클레비클은 그 혼잣말을 들을 수 있었다. 두 사람 모두 공작의 말에 작게 미소 지었다.

"그리고 내가 조사시킨 일은?"

"진전이 없습니다."

시메티딘이 송구하다는 듯 고개를 숙이며 말했다. 그의 말에 공작의 눈가에 잔주름이 생겼다.

"으음… 대체 어떤 녀석들인지."

공작의 목소리에는 언짢음이 가득했다.

포르시아를 데리고 귀환한 카르세온의 보고로는 누군가 대규모로 포르시아의 목숨을 노리고 있었다고 했다. 대체 누가 왜 포르시아를 노리는 것인지.

현재 대외적으로 포르시아는 미오나인 제국의 공녀이자 제1황자의 약혼녀이다. 그런 그녀의 목숨을 노릴 이유가 없었다. 현재 제국의 정세는 매우 안정되어 있어 황자의 약혼녀라는 신분은 오히려 세상 누구보다도 힘이 있는 자리였다. 감히 불손한 마음을 먹을 수 없게 만드는 위치인 것이다.

'포르시아의 목숨을 노린다면 그 이유는 한 가지밖에 없다. 하지만 그런 일은 있을 수 없어······.'

카르세온의 보고를 떠올리자 다시 한쪽 머리가 아파왔다.

"어서 흉수의 정체를 알아내게."

공작은 그 말을 끝으로 소파에서 몸을 일으켰다.

"알겠습니다."

시메티딘의 대답을 들은 공작은 곧 서재를 나갔다.

"후우~ 대체 어떤 놈들일까?"

공작이 나간 후 소파에 앉으며 클레비클이 알 수 없다는 듯 말했다. 시메티딘은 그런 클레비클의 맞은편에 앉으며 고개를 가로저었다. 그 역시 그에 대해 아는 바가 전혀 없었기에 당연한 반응이다.

"알 수가 없지, 대체 어떤 녀석들이 어떤 목적으로 공녀님을 노리는지는. 하지만 그 녀석들이 여전히 포기하지 않은 것만은 분명해. 그것이 이번 여행의 최대의 불안 요소이고."

"그렇지. 하지만 그 이니안이라는 녀석이 붙어 있으니 조금은 낫겠지. 게다가 만약을 위해 자네가 만들어 드린 스크롤 카드도 있고."

"그래. 분명히 전해 드렸겠지?"

"물론. 대마법사 시메티딘이 만든 스크롤 카드인걸. 분명히 전해 드렸어."

클레비클의 대답에 시메티딘은 고개를 끄덕이며 작게 웃음 지었다. 클레비클의 눈에는 그 미소가 어딘가 미묘하게 보였다. 무언가 알 수 없는 웃음.

'괜한 생각인가?'

클레비클은 고개를 갸웃거리며 머릿속에만 의문을 떠올렸으나 곧 그 의문도 저 멀리 날려 버렸다.

푸르른 하늘은 구름 한 점 없이 눈부신 태양의 빛을 땅으로 내려보내고 있었다. 간혹 불어오는 바람은 마차에 걸린 공작가의 문장이 그려진 깃발을 한 번씩 뒤흔든다.

"생각보다 여행이란 게 많이 따분하네요."

멀리 펼쳐진 지평선을 바라보며 포르시아가 무심히 중얼거리자 다프네는 작게 웃음 지었다. 귀하게만 자란 공작가의 영애에게 솔직히 몇 달의 여정이 걸리는 여행은 지루하고도 따분한 일일 수 있다, 귀하게 자란 귀족가의 자제들이 소설 속에서 보고 꿈꾸는 그런 낭만과 모험이 넘치는 여행 같은 것은 존재하지 않으니까. 다프네 그녀 자신도 기사 수행을 목적으로 긴 여행을 해본 경험이 있었기에 잘 아는 사실이었다.

포르시아의 곁에 앉아 있는 캐서린의 얼굴에도 지루함이 역력했다.

"벌써 이틀째 같은 풍경이네요."

투정 섞인 포르시아의 중얼거림. 영지를 떠난 후 이틀째 광활한 평원이 사방에 펼쳐져 있을 뿐, 그 외에는 어떤 것도 보이지 않았다.

톡톡.

그때 포르시아가 앉아 있는 쪽의 마차의 창밖에서 문을 두드리는 소리가 들렸다.

"무슨 일이죠?"

캐서린이 창을 열자 포르시아가 밖으로 보며 물었다.

"무척 지루해하실 것 같아서요."

창문을 두드린 이니안이 빙그레 웃으며 대답했다. 늘 웃는 얼굴의 이니안. 그 웃는 얼굴은 그를 보는 사람으로 하여금 기분 좋게 만들어주었다. 물론 사람에 따라서는 기분 나빠 할지도 모르지만 말이다.

"정확하세요. 많이 지루하네요. 긴 여행을 해본 적이 없어서요. 여행이 이렇게 지루할 줄은 몰랐어요."

이니안의 말에 포르시아는 쓴웃음을 지으며 대답했다. 그녀가 장거리를 이동한 일이라고는 제도에서 영지로 가는 것이 고작이다. 그것도 제도와 영지의 성에 그려진 이동 마법진을 이용한다. 포르시아가 마차를 통해 영지로 간 것은 단 한 번이다.

포르시아의 기억을 잃고 로즈로 살던 시절. 기억을 되찾는 대법을 받기 위해 영지로 가던 때가 유일했다. 하지만 현재의 포르시아에게는 그 기억이 없다; 대법을 통해 포르시아의 기억을 찾으면서 로즈의 기억은 모두 잃었기에.

"원래 여행이란 지루함과의 싸움이죠. 여행의 설렘도 출발 후 조금 지나면 사라지고 맙니다. 그 이후 계속해서 반복되는 똑같은 풍경에 말이죠. 게다가 지금 우리가 가는 길이 더욱 지루한 길이고요."

"그래요?"

"예. 현재 공녀님께서는 공간 이동 마법진을 이용하실 수 없으니까요."

이니안의 대답에 포르시아는 작게 고개를 끄덕였다. 클레비클이 포르시아에게 말한 주의 사항 중 하나가 가급적 마법을 접하지 말란 것이었다.

현재 자신은 마법의 대법을 받느라 몇 개월간 의식없이 지내다가 깨어난 지 얼마 되지 않았다. 그리고 지금은 황자비가 되기 위해 받은 대법이 완전히 몸에 자리 잡게 하기 위한 여행 중이다. 그런 차에 다른 마법이 몸에 작용하는 것은 자칫 자리 잡지 못한 대법을 불안정하게 할 수 있었다.

"후우… 제가 받은 그 대법이란 것. 참 여러 가지로 번거롭네요."

"제1황자 전하의 비가 되신 후를 위한 대법입니다. 그런 번거로움들은 어쩔 수 없지요."

포르시아의 맞은편에 앉아 이니안과 그녀의 대화를 잠자코 듣고 있던 다프네가 끼어들었다.

"그건 그렇죠."

다프네의 말에 포르시아는 다프네를 향해 생긋 웃었다.

"뭐, 그래서 갈라히벤 왕국으로 가는 경로를 제법 멀리 돌아가는 길로 잡았습니다. 시일이 걸리더라도 최대한 편안하게 가실 수 있도록요."

사실 포르시아는 여행의 경로도 모르고 있었다. 다만 목적지가 갈라히벤 왕국이라는 것만 알고 있을 뿐이었다. 여행에 관한 모든 것을 이니안에게 믿고 맡겼기 때문이다.

"캐서린, 지도를 좀 펼쳐 줘."

포르시아의 말에 캐서린은 마차의 트렁크에 곱게 접혀져 있는 지도를 마차의 가운데 탁상 위에 펼쳐 놓았다. 대륙의 전부가 한눈에 들어왔다.

"흐음, 그래서 우리는 어떤 길로 해서 가나요?"

"지도를 보시면 아시겠지만 갈라히벤 왕국으로 가려면 커다란 산맥을 하나 넘어야 합니다."

이니안의 말에 포르시아는 지도를 유심히 살폈다.

"아, 길리안 산맥 말이로군요."

"네. 그렇습니다. 무척이나 험준한 산맥이지요. 게다가 몬스터들도 제법 많이 나타나고요."

"으음… 분명 그리로 가면 힘들겠네요."

"위험하기도 합니다."

다프네가 끼어들었다.

"파이어 경의 말이 맞습니다. 분명 아주 위험한 길이죠."

이니안도 그녀의 말에 동조하며 고개를 끄덕였다.

"흥."

다프네는 이니안이 자신의 말에 맞장구쳤다는 사실이 기분 나쁜 듯 코웃음을 쳤다.

"그러면 우리는 어떤 길로 가는 거죠?"

"지도를 잘 살피면 갈라히벤 왕국까지 산맥을 거치지 않고 가는 길이 있습니다. 좀 많이 돌아가긴 합니다만."

이니안의 말에 포르시아는 다시 시선을 지도로 돌렸다.

"아! 이 길을 말하는 건가요, 길리안 산맥을 크게 돌아가는? 분명 이 길이라면 큰 산맥은 없네요."

"예. 영지의 서쪽으로 해서 산맥을 돌아가는 길이죠. 이 길은 미오나인 제국에서도 유명한 평야 지대라 별로 볼 것 없이 같은 풍경이 계속 이어지죠. 그래서 더 지루하기도 하고요."

포르시아는 지도에서 시선을 뗐다.

"그럼 앞으로도 얼마나 더 이런 지루한 여정이 이어지는 건가요?"

"지금 저희가 지나고 있는 곳이 마그나 후작님의 영지입니다. 앞으로 하루 정도만 더 가면 후작님의 영주성에 도착할 수 있으니 그때면 조금 나을 겁니다."

이니안의 말에 포르시아의 얼굴이 조금 밝아졌다. 앞으로 갈라히벤까지는 먼 거리가 남았지만 그래도 그 중간에 잠시 쉴 수 있다는 말에 힘이 난 것이다.

"그럼. 전 이만."

"고마워요."

이니안은 포르시아에게 고개를 숙여 인사를 하고 마차의 창에서 얼굴을 뗐다. 그리곤 마차의 창문이 닫히자 케이로스의 등에 벌렁 누웠다.

"하아, 말은 그렇게 하기는 했지만… 나도 지루한걸……."

눈부시게 내리쬐는 햇볕에 눈을 찡그리며 이니안은 투덜거림 섞인 혼잣말을 중얼거렸다.

"크크크. 어째 너답지 않은 행동을 한다고 했다."

"뭐, 나답지 않긴 했지만 말이지. 네 말투와 얼굴처럼 심각한 괴리감을 주는 정도는 아니지."

"뭐야?"

돌아온 이니안의 대꾸에 순간 케라우는 언성을 높였다.

"내 얼굴이랑 말투가 어때서?"

"니 얼굴? 잘생겼지, 어지간한 미남들은 울고 갈 정도로."

"알긴 아는군. 크하하하."

자기가 잘생겼다고 하는데 싫어할 사람이 있을까? 뱀파이어인 케라우도 예외는 아니라 이니안의 말에 기분 좋은 웃음을 터뜨렸다.

"그런데 뭐가 문제야?"

"바로 그 말투. 아주 천박한 수준이라고. 특히나 그 기괴한 웃음은 들어주는 사람도 힘들어. 그렇게 생긴 사람이 그렇게 말하고 웃으면 이해야 하겠는데, 그렇지 않게 생겨서 그러니 보고 듣는 사람은 더 괴롭지."

"크윽. 네놈이."

"시끄럽다."

자기 할 말을 다한 이니안은 하늘로 시선을 돌렸다. 밝게 빛나는 태양 때문에 눈이 아플 법도 한데 이니안은 아무렇지도 않은 듯 파란 하늘을 가만히 응시했다. 옆에서 케라우가 무어라 했지만 대꾸하지 않으면 그만이다. 그렇게 시간이 지나자 역시 케라우는 잠잠해졌다.

다만 병사들과 다른 기사들이 그런 둘을 힐끔거릴 뿐.

Chapter 2

하면 저 깃발이 무엇을 뜻하는지 모릅니까?

"마나를 움직이는 길은 하나가 아니다라……."

카르세온은 가만히 앉아서 메이린이라는 사이몬 가의 여인이 전해
준 말을 가만히 되뇌었다.

현재 그가 있는 곳은 저택 안의 실내 연무장. 문은 안쪽에서 잠겨 있
어 누구도 들어올 수 없게 해둔 상태다. 얼마간 먹을 식량과 물도 준비
해서 들어왔기에 앞으로 한 달 정도는 밖으로 나가지 않아도 상관없었
다. 안에 생리 현상을 해결할 수 있는 곳과 씻을 수 있는 곳 역시 준비
되어 있었다.

그는 네모반듯하게 잘린 돌들이 질서 정연하게 깔린 바닥에 앉아 손
에 들린 책을 가만히 바라보았다.

STORM.

아무런 장식도 없이 무미건조하게 쓰인 알파벳이 책의 제목인 듯했다.

"스톰… 폭풍이라… 그게 이 검법서에 기록된 검법의 이름인가?"

카르세온은 곧 책장을 넘기며 책의 내용에 몰입해 갔다. 검법서를 보고 익히는 검법이 얼마나 대단할지 믿음이 가지 않았지만 그래도 전설에나 전해 내려오는 고대 시대의 검법서였다. 무언가 얻는 것이 있을 것이란 생각으로 카르세온은 한 글자, 한 글자 집중해서 책을 읽어 나갔다.

잠시 후 책을 모두 읽은 카르세온은 살며시 책을 덮었다.

"그런가? 사이몬 가에서는 이미 이 사실을 알고 있었던 모양이군, 마나를 움직이는 길은 하나가 아니다라는 말을 해준 것을 보니."

검법서에 적혀 있는 내용은 놀라웠다. 고대의 검법은 현재의 검법과는 판이하게 달랐다.

현재 대륙에 퍼져 있는 검법은 호흡법으로 몸 안에 마나를 쌓고 검을 움직임으로써 그 마나를 사용했다. 하지만 고대의 검법은 달랐다. 의지로 마나를 움직이며 검의 움직임에 마나를 맞춰 나갔다. 검을 움직임으로써 수동적으로 마나가 움직이게끔 하는 방식과는 차원이 달랐다. 과연 고대의 방법대로라면 마나가 움직이는 길은 여러 가지일 수 있었다.

"대체 어떻게 이런 고대의 검법이 사라질 수 있었던 걸까? 그리고 사이몬 가는 어떻게 이런 비전을 가지고 있을 수 있었고?"

검법서에 기록되어 있는 검법은 아주 훌륭했다. 하지만 의지로 마나를 움직이는 방법이 카르세온에게는 더욱 충격이었다.

"이 검법서에 있는 마나를 움직이는 법은 이 검법에 맞게 되어 있는 것이니… 일단은 나의 검법도 바꿔야 하겠군."

카르세온은 책을 한곳에 놓아두고 가만히 정좌를 하고 앉은 후 두 눈을 감았다. 책에 있는 내용대로 마나를 움직이는 수련을 하기 위해서.

곧 그 혼자만이 있는 실내 연무장에 고요가 내려앉았다.

"아버님, 부르셨습니까?"

"앉거라."

자신의 집무를 보던 칸세르 공작은 자신의 부름에 집무실로 찾아온 아들을 바라보았다.

부리부리한 두 눈에 호남형의 인상. 친아들이지만 자신과는 기질이 너무나도 달랐다. 공작 자신이 전형적인 문관이라면 자신의 아들인 아데노마 오마 칸세르는 전형적인 무관이자 기사였다.

'후훗. 하지만 저놈 가슴에 숨겨진 야망의 크기를 보자면 내 아들이 분명한지도 모르지.'

자신 못지않은, 아니, 자신의 그것보다 더욱 큰 야망을 가진 아데노마를 보며 칸세르 공작은 가는 웃음을 머금었다.

"무슨 일로 부르셨습니까?"

칸세르 공작이 책상 서랍에서 비단 천에 소중이 싸여 있는 어떤 물건을 꺼내 아데노마의 맞은편에 앉았다.

"네가 잠시 제도를 떠나있던 동안의 일들에 관해서는 들었느냐?"

"네."

아데노마는 기사 수행을 위해 2년 정도 대륙을 떠돌다가 사흘쯤 전에 다시 제도 미오나인에 돌아왔다.

"설마, 그 아이의 대법이 그런 식으로 문제를 일으킬 줄은 몰랐습니다."

"뭐, 이제 수습을 했으니 지난 일이야 어쨌든 상관없지 않겠느냐. 앞으로 일을 잘 진행시키면 되니 말이다."

공작의 말에 아데노마는 작게 고개를 끄덕이며 눈을 빛냈다.

포르시아. 자신의 동생인 너무나 아름다운 아이. 아버지가 야망을 이루기 위해 선택한 수많은 것들 중 유일하게 자신을 안타깝게 만드는 사랑스러운 아이다.

"그건 이제 별로 중요한 일이 아니다. 제법 성가신 녀석들이 있긴 하지만 또 그 성가신 녀석들을 막아줄 이도 들어왔으니."

"사이몬 가의 막내 말씀이신가요?"

"그래. 몇 년 전 대륙을 떠들썩하게 만들었던 그 사라진 검의 천재 말이다. 내가 들은 정보에 의하면 그때 이미 열다섯에 소드 마스터의 경지에 오르고 또 그 힘을 모두 폐한 후 사라졌다더구나."

과연 제국의 공작이었다. 사이몬 가에서는 결코 외부에 알리고 싶지 않은 일이었기에 나름대로 보안에 신경을 쓴 사건이다. 대륙 제일의 검의 가문이라는 사이몬 가에서 신경을 써 소문이 흘러나가는 것을 막았음에도 불구하고 그는 이미 이니안에 대한 개략적인 일을 파악하고 있었다.

"소드 마스터의 힘을 잃고 사라진 이후 포르시아와 함께 나타났더구나. 어이된 연유인지 알 수는 없지만 당시 그의 실력은 소드 익스퍼트였다고 한다."

"그런데 카르세온과 호각으로 싸우다가 패했다죠."

카르세온의 이름을 말하는 아데노마의 두 눈이 활활 타올랐다.

페르마타 카르세온.

제국 내에서 그가 유일하게 라이벌로 인정하는 인물이다. 게다가 아버지의 명에 따라 아데노마는 자신의 실력을 숨기고 있었다. 그랬기에 누구도 그 자신의 진면목을 알지 못한다. 알고 있는 사람은 아버지를 포함해 다섯을 넘지 않는다.

하지만 카르세온은 달랐다. 그는 당당히 자신의 실력을 내보였고 또 제국인들의 선망을 한 몸에 받았다.

제국의 자랑이자 명예인 기사. 그것이 카르세온이다.

양지에서 찬란한 빛을 받고 있는 카르세온과 그런 카르세온을 음지에서 묵묵히 지켜보고 있는 자신. 그렇기 때문에 더욱 카르세온을 향해 투지를 불태우는지도 몰랐다.

"그래, 역시 사이몬 가더구나. 그러면 그 이후의 일도 들었느냐?"

"네. 쉬쉬하고 있지만 알 만한 사람들은 다 아는 소문이죠. 사이몬가의 여기사 로레인 케이 사이몬 경에게 카르세온이 패했고, 지금 모든 직무를 중단한 채 수련을 시작했다는 것도요."

"그렇지. 하지만 한 가지 중요한 것을 모를 게다."

공작의 말에 아데노마의 눈이 빛났다. 아버지가 자신을 부른 것은 필경 그 때문일 것이다.

"1황자가 현재 황궁에서 발굴 중인 고대 던전의 유물을 하나 슬쩍했지."

고대 던전의 유물 따위 아데노마에게는 관심 밖의 일이다. 그리고 황궁에서 발굴 중인 던전이라면 어차피 이변이 없는 한 황태자가 되고 황제가 될 1황자의 것이나 다름없었다. 그런 물건을 하나 슬쩍했다고 크게 문제될 것은 없었다.

물론 제국법으로 따지자면 명백한 범법 행위다.

"1황자가 유물 하나를 슬쩍한 거야 별로 대수로울 것도 없지만… 그가 그걸 그리 쉽게 할 수 있었을까요? 황궁에서 발굴하는 던전이라면 그만큼 관리도 철저할 텐데요."

"그렇지. 그래서 내가 빼내줬지. 덕분에 나도 모르던 귀중한 정보를 얻을 수 있었다."

처음에 눈을 빛냈던 것과는 달리 던전 이야기가 나오자 시큰둥한 반응을 보이던 아데노마의 자세가 달라졌다. 귀중한 정보라는 이야기를 할 때 아버지의 분위기가 달라졌던 것이다. 자신의 아버지는 어지간한 일로는 몸에서 풍기는 분위기가 바뀌지 않는다. 그만큼 자신을 통제하고 숨기는데 능숙한 것이다. 그런데 분위기가 바뀌었다.

"1황자가 나에게 부탁을 해서 빼낸 물건은 고대의 검법서다."

"네에?!"

공작의 말에 아데노마는 비명과도 같은 외침을 토하며 자리에서 벌떡 일어났다. 천성적인 기사이자 검사인 그는 고대의 검법서라는 이야기에 그만큼 경악한 것이다.

전설로만 전해 내려올 뿐, 그 실존의 여부는 불확실했던 고대의 검법. 그 검법서가 발견된 것이다.

"그래서 황실에서 발굴을……."

그제야 아데노마는 고작 던전의 발굴을 황실에서 직접 한 내막을 이해할 수 있었다.

"그래. 처음 한 권이 발견됐을 때 황실이 개입했다 하더구나. 그 정보를 철저히 통제했음은 물론이고. 1황자가 나에게 알려주지 않았다면 나도 몰랐을 것이다. 물론 그가 나에게 그것을 알려준 것은 검법서를 중간에 빼돌리기 위해서였겠지만. 어쨌든 모두 다섯 권이 발견됐다. 그중 하나는 내가, 다른 하나는 1황자가 가지고 갔지. 황제 폐하께는 세 권이라 보고가 올라갔고 말이다."

공작의 설명에 아데노마의 시선은 소파 사이의 테이블에 있는 비단천에 싸인 물건에 고정되어 있었다. 저 비단천 안에 들어 있는 물건이 고대의 검법서가 분명했다.

"그렇다면 그 한 권은 카르세온의 손에 들어갔겠군요."

"그렇지. 카르세온이 비록 그 아버지 때문에 우리 가문이 가신으로 있다고 하지만 그는 1황자의 친구. 틀림없이 1황자는 그것을 그에게 전했을 거다. 그런 물건은 임자를 제대로 만나야 쓸모가 있지. 그렇지 않으면 그저 오래된 종이 조각에 불과할 뿐이니까. 그런 면에서 네가 내 아들이라는 것이 얼마나 다행인지 모르겠다. 이런 건 외인에게는 함부로 건넸다가는 자칫 큰 화를 불러올 수도 있는 물건이니 말이다."

"그럼 이 책의 존재를 아는 이는?"

"너와 나, 그리고 1황자와 고대어 번역 마법을 걸어준 시메티딘, 이렇게 넷이 전부다."

낮은 목소리의 아버지의 말에 아데노마는 침음을 삼켰다.

"이제 막 기사 수행에서 돌아와 몸이 피곤할 테지만 너는 즉시 이 책을 가지고 저택의 지하 연무실로 들어가도록 해라. 이미 모든 준비는 해두었다.”

“당연한 일입니다. 아버님, 정말 감사드립니다.”

칸세르 공작이 건네는 비단천에 싸인 고대 검법서를 받아 든 아데노마는 허리를 숙이며 진심으로 감사의 인사를 했다. 이토록 기뻐하는 아들의 모습을 처음 본 공작은 그저 흐뭇한 얼굴로 고개를 끄덕였다. 아들이 기뻐하는 모습을 보니 그 자신도 기뻤던 것이다.

아데노마가 고대의 검법서를 받아 들면서 검법서를 싸고 있던 비단천이 조금 흘러내렸다. 그리고 그 사이로 검법서의 표지에 쓰인 문자들이 살짝 보였다.

FIRE SΔUL.

그것이 아데노마가 받은 검법서에 기록된 검법의 이름이었다.

*　　　　*　　　　*

마차에 매인 여섯 마리의 말이 거칠게 투레질을 하고 있다. 질서 정연하게 늘어선 기사들과 병사들이 투레질을 하는 말들이 매인 마차를 둘러싸 호위하고 있다. 마차의 문으로 가는 길 한 곳만 열어둔 채 철저한 대형으로 호위를 하고 있었다.

“그간의 환대에 감사드립니다, 마그나 후작님.”

“허허. 뭘, 시골 귀족에 불과한 이 늙은이가 오히려 공녀 덕에 즐거운 시간을 보냈어. 긴 여행인데 몸조심하게나.”

인자한 인상의 노귀족인 마그나 후작은 몇 년 전 중앙 정계에서 은퇴한 후 자신의 영지에서 여유로운 노후 생활을 보내고 있었다. 그의 큰아들이 그를 대신해 현재 중앙 정계에서 활발히 활동 중이다.

마그나 후작의 영주성에서 지난 이틀 동안 포르시아 일행은 정말이지 훌륭한 대접을 받았다. 노후를 보낸다지만 별다른 일 없이 똑같은 하루하루를 보내는 후작에게 있어서 찾아온 포르시아 일행은 결코 단순한 손님이 아니었다. 자신의 똑같은 일상에 활력을 불어넣어 줄 수 있는 자극이라고 할까? 그런 고마운 방문이었다. 덕분에 포르시아가 떠나는 것을 배웅키 위해 나온 후작의 얼굴에는 진득한 아쉬움이 묻어 있었다.

"그래, 공녀는 여행을 마친 후 바로 제도로 갈 것인가? 아니면 다시 영지로 올 것인가?"

"그건 아직 모르겠습니다. 긴 여행이라서요. 돌아오는 일정에 대한 것은 일단 목적지에 도착해 봐야 알 수 있을 듯합니다."

"그렇지. 혹시라도 영지로 돌아온 후 제도로 돌아간다면 그때도 꼭 이 늙은이의 집에 들러주게."

"꼭 그러도록 하겠습니다."

"그래. 그러면 이만 가도록 하게나. 먼 길인데."

"그럼 몸 건강히 안녕히 계십시오."

포르시아는 공작가의 영애다운 우아한 동작으로 예의를 갖춰 인사를 마친 후 사뿐거리는 걸음으로 마차로 향했다. 그 뒤를 이니안과 다프네, 케라우, 캐서린이 조용히 따랐다. 포르시아와 다프네, 캐서린이 마차에 오른 후 마차의 옆에 가만히 엎드려 있던 케이로스의 등에 이니안이 올랐다. 그 옆의 말에 케라우도 올랐다.

"그럼, 출발!"

이니안의 외침에 대열은 천천히 움직이기 시작했다. 마그나 후작은 그런 포르시아 일행의 모습이 시야에서 완전히 사라질 때까지 저택의 현관에서 그 모습을 바라보고 있었다.

"늑대를 말 대신 타고 다니는 기사라… 허허, 신기한 일이로세."

저택을 향해 몸을 돌리면서 마그나 후작은 자신에게 강렬한 인상을 남겨준 한 기사에 대한 평을 하며 너털웃음을 지었다.

"아웅. 다시 지루한 여행인가?"

기지개를 켜며 지나가듯 중얼거린 포르시아의 말에 캐서린이 웃으며 말했다.

"그래도 이틀간 피로도 풀고 재미있게 지내셨잖아요. 아가씨."

"그렇긴 하지만 앞으로 또 얼마나 긴 시간 동안 같은 풍경을 보면서 마차에 있어야 하냐고. 영지에 가만히 있는 게 좋지 않다고 해서 여행을 나왔는데 이건 장소만 영지에서 마차로 바뀌었다 뿐이지 난 여전히 가만히 있는걸."

출발한 지 채 한 시간도 되지 않아 포르시아의 입에서 나온 투덜거림에 다프네는 고소를 지었다. 하지만 그녀의 말도 일리는 있었기에 다프네도 무어라 하지는 않았다.

"하긴. 저도 지루하긴 해요."

"그치, 캐서린?"

지루하다는 캐서린의 말에 포르시아는 반색을 했다.

사실 다프네는 공녀와 그녀의 시녀와 함께 마차를 타고 움직이며 적

잖이 놀랐다. 영지에 있을 때는 공작가의 여인으로서의 기품과 위엄있
는 모습을 보이던 그녀가 마차 안에서는 영락없는 보통의 아가씨였다.

캐서린은 원래 포르시아의 전속 시녀였다. 그랬기에 같이 있는 시간
도 많았고 또 나이도 비슷했기에 둘은 스스럼없이 지내는 사이였다.
물론 그것은 포르시아가 기억을 잃고 사라지기 전까지의 일이었다. 그
후 기억을 잃고 로즈라는 이름으로 그녀가 나타났을 때 캐서린은 얼마
나 놀랐는지 모른다.

포르시아가 기억을 되찾았을 때는 얼마나 기뻤던가. 캐서린은 포르
시아를 따라 나서기 전에 공작으로부터 직접 철저한 주의를 들었다.
캐서린이 포르시아의 전속 시녀였기에 그녀가 기억을 찾은 후 캐서린
이 없으면 포르시아가 이상하게 여길 것을 우려해 공작은 캐서린을 포
르시아의 곁에 두도록 했다. 하지만 포르시아가 알아서는 안 될 일을
알고 있는 캐서린을 곁에 둔다는 것은 모험이나 다름없는 일이다.

그럼에도 곁에 두는 것은 포르시아가 캐서린을 그만큼 아낀다는 것
을 알기에 어쩔 수 없이 위험을 감수한 일이다.

물론 만반의 대비는 해두었다. 시메티딘을 시켜 캐서린 자신도 모르
게 마법으로 몇 가지 암시를 걸어둔 것이다. 공작같이 철두철미한 인
물이 그리 쉽게 일을 진행시킬 리는 없었다.

"파이어 경."

"네, 공녀님."

캐서린과 함께 지금의 처지에 한탄을 하던 포르시아가 갑자기 자신
을 부르자 다프네는 자세를 바로 하고 대답했다.

"후훗. 적어도 우리끼리 있을 때는 그런 딱딱한 자세는 취하지 않아

도 된다니까요."

"아닙니다, 공녀님. 기사로서 그런 일을 절대 있을 수 없습니다."

다프네의 대답에 포르시아는 손가락으로 턱 끝을 문지르더니 생긋 웃으며 대답했다.

"하지만 여자잖아요."

"네?"

영문을 알 수 없는 말에 다프네는 되물었다.

"그러니까, 경은 기사이기 이전에 여자잖아요. 그리고 이 마차는 여자들만 셋이 있다구요. 그러니까 그런 남자 같은 딱딱한 격식은 치워도 된다는 거죠. 알겠어요?"

여전히 생긋 웃고 있는 포르시아.

"하지만 그것은……."

"제가 굳이 '명령'이라는 말을 해야 해요?"

결국 포르시아는 기사의 주군이 가진 전가의 보도를 빼 들었다. 주군의 명령에 절대적으로 충성해야 하는 기사에게 있어 포르시아의 '명령'이란 말은 절대의 권위를 지닌 언령이나 다름없었다.

"아, 아닙니다, 공녀님."

대답을 하는 다프네의 어깨와 허리에서 힘이 빠졌다.

"그것 봐요. 힘을 빼고 한결 편안히 있으니 훨씬 보기도 좋네요. 너무 딱딱한 자세로 있으면 보고 있는 내가 숨이 막히거든요."

"네……."

포르시아의 말에 다프네는 마지못해 말을 길게 늘어뜨리며 대답했다.

"아, 내가 말하려던 건 이게 아니었는데."

포르시아가 잊었다는 듯 손뼉을 '짝' 하고 치면서 말했다.

"무슨······?"

"파이어 경, 아직도 제 모습이 적응 안 되나 봐요?"

"그··· 그것은······."

다프네는 태어나서 오늘처럼 한꺼번에 당황한 일은 맹세코 단 한 번도 없었다. 포르시아는 오늘 다프네에게 생애 첫 경험을 멋지게 선사하고 있었다.

"후훗. 얼굴에 다 보인다고요. 내가 아무리 캐서린하고 이야기하고 있어도 경의 얼굴 정도는 보거든요."

"죄, 죄송합니다, 공녀님."

즉각 머리를 숙이며 용서를 구하는 다프네의 행동에 포르시아는 손사래를 쳤다.

"그러지 말아요. 탓하는 게 아니니까요. 단지 이제 그만 적응하라는 거죠. 그리고 좀 전에 말했듯 이 안에서는 좀 더 편안히 지내라는 뜻이기도 하고요."

포르시아의 말에 다프네의 눈에 의문이 떠올랐다.

"경은 무언가 큰 착각을 하는데요, 제가 경에게 기사이기 전에 여자라고 했듯, 저 역시 공녀이기 전에 그냥 평범한 여자예요. 그러니까 너무 공녀라는 틀로만 저를 바라보지 않았으면 해요. 저도 그냥 또래 친구들이랑 수다 떨고 놀기 좋아하는 평범한 여자인걸요."

다프네는 포르시아가 말하고자 하는 것이 무엇인지 알 수는 있었다. 하지만 이해하지는 못했다.

왜냐하면 그녀는 평범한 여자의 일상 같은 것은 경험한 적도 없고,

들은 적도, 생각한 적도 없었으니까. 그녀의 생활은 오로지 수련의 연속이었다. 좀 더 강한 기사가 되기 위한 수련에 수련. 파이어 가의 딸로서 스스로 선택한 길이었기에 후회는 없었다.

'조금은 부러워.'

포르시아와 캐서린의 모습을 지켜보는 그녀의 솔직한 느낌이었다. 내색하지는 않았지만 말이다.

"알겠습니다, 공녀님. 노력하도록 하죠."

"그래요. 일단 노력하는 게 중요하니까요."

다프네의 대답에 포르시아는 환하게 웃었다.

[재미있군. 공녀라는 아이.]

"그게 무슨 말이야?"

갑자기 들려온 칼의 목소리에 이니안이 의아한 듯 물었다. 마차는 마법을 사용한 방음막이 쳐져 있어 안의 소리를 밖에서 듣지 못하게끔 되어 있다. 안에서는 밖의 소리를 들을 수 있지만 말이다. 물론 안에 탄 사람이 원한다면 안의 소리가 밖에 들리게끔 할 수 있다. 방음막의 일시 해제어를 말하면 된다.

아무튼 이니안은 마차 안의 소리를 전혀 들을 수 없었기에 안의 상황을 알 수 없었다. 하지만 영혼의 상태인 칼은 충분히 마차 안에 들어갈 수 있기에 그사이 마차 안의 상황을 지켜보고 온 것이다.

[으음… 포르시아라는 아이, 지켜보고 있으니 상당히 재미있어서 말이야.]

"또 마차 안에 갔다온 거야?"

이니안의 주변 사람들이 들을 수 없을 정도로 낮은 목소리로 물었다, 이 정도라도 칼은 들을 수 있었기에. 사실 의념으로 말을 걸어도 되지만 의념을 사용한다는 것은 상당한 정신 집중을 요했다. 그것이 귀찮았기에 이니안은 그냥 소리 내어 말한 것이다.

케라우 역시 이니안의 목소리를 들을 수 있었지만 내색하지 않았다. 이니안에게서 블랙 드래곤의 영혼에 관한 이야기를 듣고 실제로 봤을 때 얼마나 놀랐던가. 비록 영혼이라 할지라도 뱀파이어인 케라우는 그 존재감을 똑똑히 느낄 수 있었다.

'그때의 그 어마어마한 압박감이란… 그런데도 저렇게 아무렇지 않게 지내다니, 이니안 저 녀석도 엄청난 별종이야.'

이니안의 중얼거림을 들은 케라우는 그가 칼과 이야기를 나누고 있다는 것을 눈치 채고 그냥 모르는 척 잠자코 있었다. 칼이라는 존재는 현재의 케라우에게 있어 가장 껄끄러운 존재였다.

[그 아이에게 걸린 대법을 풀 실마리를 찾으려면 계속해서 관찰해야 하니까 어쩔 수 없지.]

"그냥 보고 즐기려는 것이 아니라?"

[보고 즐길 게 뭐가 있다고?]

"하긴 마차 안에 뭐 특별히 볼 건 없지."

이니안은 납득한다는 듯 고개를 끄덕였다.

'노노노. 이니안. 세 미녀가 있는 마차 안은 그저 같이 있는 것만으로도 낙원이다. 멍청한 녀석.'

포르시아와 다프네뿐만 아니라 캐서린도 상당한 미모를 자랑한다. 공녀의 전속 시녀인데 아무나 뽑을 리가 없었다.

실상은 관찰은 단지 핑계이고 칼은 은근히 세 여자가 대화하는 것을 재미있게 들으며 그 모습을 지켜보고 있었다. 사실 상당히 재미있는 일이었다.

"그런데 정말 포르시아의 대법은 너도 풀기가 불가능 한 거야?"

[그래. 원래가 상당히 복잡한 대법인데다가 그게 세 번이나 덧씌워 졌어. 게다가 두 번째 대법을 펼칠 때 어떤 일인지 모를 방해로 대법이 불안정해졌고 그것을 바로잡으려고 억지로 세 번째 대법을 펼쳐서 얽 히고설켜서 정말이지 제대로 꼬였어. 이건 아무리 드래곤이라고 할지 라도 상당히 난해한 문제야. 본디 드래곤의 세계에는 없는 마법이고. 세상에 드래곤의 눈물을 마법의 재료로 이용하다니, 드래곤은 상상도 할 수 없는 일이야. 오직 인간만이 가능한 발상이지.]

길게 이어지는 칼의 설명을 이니안은 잠자코 들었다. 마법에 관해서 는 문외한이나 다름없었기에 그저 그렇다고 하니 그런가 보다 하는 정 도로 듣고 있는 것이다.

[그럼, 난 이만.]

그리고 곧 칼의 존재감이 사라졌다. 아니, 정확히는 마차 안에서 느 껴졌다.

"케이로스."

[예, 마스터.]

"칼 말인데."

[네.]

"정말 순수하게 대법의 해제 방법을 알아보려고 마차에 들어가 있는 걸까? 내가 마법은 잘 모르지만 우리 누나가 마법에는 천부적이거든.

가끔 누나를 보면 마법 문제로 고민이 있을 때는 주로 명상을 하던데 말이야."

[…….]

의심쩍다는 듯한 이니안의 물음에 케이로스는 아무런 대답을 않았다. 비록 이니안이 자신의 주인이라고는 하나 칼그레이언은 자신의 창조주. 쉽사리 무어라 할 수 있는 일이 아닌 것이다.

"어이, 케이로스. 말 좀 해봐."

[저는 모르겠군요…….]

하지만 이니안은 한 번의 침묵 후 이어진 어정쩡한 대답에 의심을 더욱 키웠다.

"그러면 역시 그냥 놀려고 마차에 들어간 건가?"

[…….]

케이로스는 역시 아무런 말이 없었다.

'쯧쯧, 이니안. 어리구나, 어려.'

케라우는 안타깝다는 듯 속으로 혀를 차며 고개를 가로저었다.

하늘을 향해 포효하는 사자의 문장이 그려진 깃발이 꽂혀 있는 마차는 아무런 일 없이 순조롭게 나가고 있었다. 칸세르 공작가의 문장인 사자가 마차를 지켜주듯 여행은 평화롭고도 조용하게 계속되었다.

마그나 후작령을 떠난 지 하루가 지났다. 그러자 주변 풍경에 변화가 보이기 시작했다.

"우와!"

창문을 열고 밖의 풍경을 보는 포르시아의 입에서 절로 감탄성이 터져 나왔다.

그녀의 시선 끝에는 장대하게 펼쳐져 있는 산맥의 줄기가 있었다.

"저게 길리안 산맥인가요?"

"네, 그렇습니다."

마차의 창 곁에 있는 이니안이 포르시아의 물음에 답했다.

"이 부분은 산맥의 끝자락이라 산들이 상당히 낮은 편이죠. 길리안 산맥의 가운데 줄기의 장엄함에 비하면 저 줄기는 그냥 애들이 키 재기하고 있는 것 정도죠."

어느 사이 곁으로 다가온 것일까? 케라우가 포르시아를 보며 주절주절 떠들었다. 그런 케라우의 설명을 포르시아는 눈을 빛내며 들었다. 그녀의 인생에서 이렇게 큰 산을 보는 것도 처음이었는데 이 정도가 애들 키 재기라니, 길리안 산맥의 진면목이 어떨지 호기심이 생겼다.

그때 그녀의 머리를 스쳐 지나가는 영상. 그것은 굽이굽이 이어진 거대한 산들이 이루는 줄기의 모습이었다. 마치 거대한 드래곤이 용틀임이라도 하는 듯한 장엄한 풍경.

"어라?"

"응? 왜 그러시죠?"

케라우가 포르시아의 이상한 반응에 물음을 던지는 순간 머릿속에 떠올랐던 그 풍경은 씻은 듯 사라졌다.

"아, 아니에요."

포르시아는 머리를 흔들며 어색하게 대답했다. 그 모습에 케라우를 비롯한 이니안이 고개를 갸웃거렸으나 본인이 아무 일도 아니라니 달리 뭐라 할 수 없었다.

'그건 대체 뭐였지? 난 그런 풍경을 본 적이 없는데…….'

케라우의 설명에 자신이 호기심을 보인 순간 떠올랐다가 사라진 그 아릿한 영상이 왜 그리 가슴 저미는 감정을 불러일으키는지 알 수 없었다.

"산맥의 모습을 좀 더 가까이서 보고 싶은데 산맥에 다가가서 우회할 수는 없을까요?"

아련한 눈으로 지평선 위에 우뚝 솟은 길리안 산맥을 보며 포르시아가 말했다.

"어려운 일은 아닙니다만… 단지……."

"단지 뭐죠?"

이니안이 대답을 얼버무리며 길게 끌자 포리시아가 바로 질문을 던졌다.

"이런 곳에는 꼭 있는 녀석들이 있지요. 산맥의 끝 자락은 몬스터들도 그렇게 강한 녀석들은 없고 또 여행객들도 주변에 종종 나타나고 하니까요."

대답은 케라우가 했다. 하지만 케라우의 대답에도 포르시아는 알 수 없다는 듯 고개를 갸웃거렸다.

"그자가 말하고 싶어하는 것은 산적들입니다."

그때 뒤에서 들려오는 딱딱한 목소리. 다프네의 간결한 설명에야 포르시아는 이니안이 망설이는 이유를 알 수 있었다.

"그래도 공작가의 깃발이 걸린 마차인데 산적들이 습격할까요? 기사들과 병사들도 이렇게 많은데?"

"산적들이 공작가의 깃발을 알아보고 알아서 보내줄 거라고 기대하기는 힘듭니다."

"하지만 산으로 들어가는 것도 아니고 산맥 옆을 돌아가는 건데도요?"

"그래도……."

어떻게 해서든 꼭 가까이서 보고 싶은지 포르시아의 질문은 쉬지 않고 이어졌다. 계속되는 질문에 이니안은 제대로 대답하지 못했다. 그의 경험과 직관으로는 분명 산적들이 존재하고 산적들은 자신들을 습격할 것이다.

하지만 포르시아는 그 사실을 납득하지 못하고 있었다.

"좀 더 가까이에서 보고 싶어요."

"후우……."

이니안은 자신을 바라보는 포르시아의 가녀린 눈망울에 한숨을 길게 내쉬었다.

어쩌다가 이렇게 되었을까?

포르시아는 영지를 떠나자 그 모습이 급변했다. 영지에서 보여주었던 공녀로서의 위엄과 기품, 고아한 자태와 그 존재감은 옅어지고 오히려 그 나이에 처음 여행을 떠난 평범한 여인이 자리해 있었다.

하지만 그것은 또 여행 도중에만 그랬다. 마그나 후작의 영지에서는 다시 예전 영지에서의 모습을 회복했다. 어쩌면 그렇게 완벽하게 변화무쌍할 수 있을까?

지금도 초롱초롱한 포르시아의 눈빛에 이니안의 마음이 흔들리고 있었다.

"…알겠습니다."

이니안은 어쩔 수 없다는 듯 고개를 흔들며 대답했다.

"고마워요, 세이버 경."

이니안의 허락에 포르시아는 진심을 담아 감사의 인사를 했다. 그 순간만은 공녀 포르시아 오마 칸세르다운 기품있는 모습이 나타났다.

대열은 곧 이니안의 지시에 따라 산맥에 좀 더 근접한 경로로 이동했다. 사실 산맥에 근접해서 이동하면 할수록 이들의 이동 거리와 시간은 단축된다. 그럼에도 불구하고 산적들의 위험 때문에 일부러 멀리 돌아가는 경로를 선택했던 것이다.

"정말로 산적들이 나올까요?"

마차의 창을 닫은 포르시아가 맞은편의 다프네에게 물었다.

"아마도 그럴 겁니다. 저 역시 이번만큼은 세이버 경의 의견과 같습니다. 산맥에 더 근접해서 이동하는 것은 확실히 위험합니다."

이니안을 보면 개가 고양이를 보듯 으르렁거리는 다프네가 의외로 이니안의 의견에 동조하자 포르시아는 놀란 듯 눈을 동그랗게 떴다.

"더군다나 길리안 산맥은 길리안 길드라고도 불리는 산적들이 유명하죠."

다프네는 기사 수행 때의 경험을 떠올리며 말했다.

"산적들인데 길드라고 불러요?"

"그네들 스스로 그렇게 부른다더군요. 그리고 그 규모도 엄청납니다. 무려 삼만이라 하더군요."

다프네의 말에 포르시아와 캐서린 둘 모두 입을 크게 벌리고 아무런 말도 하지 못했다. 그저 그 자세 그대로 딱딱하게 굳어 있었다.

"저… 공녀님."

그 모습에 다프네가 조심스레 말을 걸었다.

"아, 예, 파이어 경."

"많이 놀라신 듯하시네요."

다프네의 물음에 포르시아는 고개를 끄덕였다. 그에 동조하듯 곁에 앉은 캐서린도 고개를 끄덕였다.

"삼만이면 거의 군대 수준 아닌가요?"

"그렇습니다."

"그런데 그런 집단이 산적으로 존재한다고요?"

"퇴치하기에는 그 수가 너무 많고 또 길리안 산맥이 너무 험준하니까 제국에서도 어떻게 하지 못하고 있는 거죠."

다프네의 설명에 포르시아는 이해했다는 듯한 반응을 보였다. 하지만 다프네는 그녀의 표정에서 완전히 이해하지 못했음을 알 수 있었다.

'하긴, 공녀님께서 그런 곳의 험준함과 치열함을 이해하실 수 있을 리가 없지.'

다프네와의 대화가 끝나자 포르시아는 마차의 창턱에 팔을 괴고는 유리창 너머로 보이는 산줄기의 풍경에 몰입해 갔다. 처음 거대한 산의 모습이 신선하기도 했지만 그것 외에 무척이나 친숙한 어떤 것이 느껴졌다. 그것이 무엇인지는 모르겠지만 덕분에 포르시아는 더욱 산의 모습에 빠져들었다.

그렇게 네 시간쯤 달리자 어느새 저녁때가 다가왔다. 서쪽 하늘이 붉게 물드는 이때 마차는 산맥에 상당히 근접해 있었다. 조금만 더 가까이 가면 평원의 길이 끝나고 험준한 산의 길이 시작되는 낮은 경사가 나타날 정도의 거리였다.

"하아~ 역시나로군."

"그렇지?"

이니안은 마차를 향해 몰려드는 인기척에 한숨을 쉬었다. 곁에 있던 케라우는 그럴 줄 알았다면서 슬며시 미소를 지었다.

이니안은 마차의 바로 곁에 다가가 창을 두드렸다.

"무슨 일이죠?"

창이 열리며 포르시아의 얼굴이 나타났다.

"산적들입니다."

이니안의 대답에 포르시아의 얼굴에 놀람이 떠올랐다. 겨우 네 시간 정도 달린 것에 불과한데 산적이 나타났다는 말에 상당히 놀란 것이다.

"역시."

다프네는 이니안의 말에 맞게 중얼거렸다.

"혹시 그 길리안 길드라는 사람들인가요?"

"길리안 산맥의 산적들이라면 그들일 것입니다."

이니안은 작게 고개를 끄덕였다.

"마차 안을 부탁드리겠습니다, 파이어 경."

이니안은 포르시아의 얼굴 너머로 보이는 다프네를 향해 말했다. 다프네는 작게 머리를 움직이는 것으로 대답을 대신했다.

"그럼, 창문을 닫고 장막을 치고 계십시오. 공녀님께서 보실 필요가 없는 일들입니다."

이니안은 그 말을 끝으로 마차에서 떨어졌다.

"대형을 바꾼다, 마차를 중심에 두고 원형진을."

이니안의 지시에 기사들과 병사들은 재빨리 몸을 움직여 마차를 둥글게 감쌌다. 이동을 위해 마차의 전후에 병사와 기사들을 두텁게 배치하고 양 측면에 비교적 소수의 병사들을 배치했던 진형에서 완전히 마차를 지키기 위한 대형으로 바뀐 것이다.

마차를 원형의 진으로 완전히 감싼 후 이니안과 케라우는 원의 밖으로 나가 있었다.

"이거 위험한데? 해가 지고 있다니. 나 시간 별로 없으니 빨리 끝내자."

케라우가 점점 더 산맥 너머로 기울고 있는 태양을 보며 기분 나쁜 듯 중얼거렸다. 그 모습에 이니안이 피식 웃었다.

"몇이나 몰려왔느냐에 따라 달라지는 거지."

"쳇."

케라우는 진심으로 귀찮다는 눈빛을 아무도 없는 산을 향해 던졌다.

대형을 바꾸고 잠시의 시간이 흐른 후 대략 이백 명에 조금 못 미치는 인원들이 마차를 향해 달려왔다. 마차를 호위하는 기사들과 병사들의 숫자를 보고 그 정도의 규모로 달려든 것 같았다. 길리언 길드에 남는 것이라고는 사람뿐이니 당연한 일이라고 할까.

"멈춰라!"

이백 명의 산적을 이끄는 대장으로 보이는 듯한 인물이 선두에서 이니안들을 향해 큰 소리로 외쳤다.

"이미 멈춰 있거든?"

케라우가 짜증난다는 듯 중얼거렸다.

하지만 산적의 대장은 듣지 못했다는 듯 형형한 눈빛을 발하며 마차를 둘러싼 병사들을 훑어보았다.

"네가 이 일행의 우두머리인가?"

산적들의 대장이 이니안을 바라보며 물었다.

"아무래도 그런 것 같군요."

이니안이 빙그레 웃으며 대답했다. 알 수 없는 웃음과 기사라면 절대 하지 않을 경어에 산적의 대장은 고개를 갸웃거렸다.

"난 길리안 길드의 제13중대 중대장 제피라고 한다. 너희들이 가지고 있는 모든 재물 중 절반을 내놓는다면 아무런 위해를 가하지 않겠다고 약속하지."

스스로를 제피라고 밝힌 사내의 말에 케라우가 피식 웃었다. 저 녀석들이 지금 대체 이 일행을 뭘로 보고 있는지가 궁금했다.

"흐음… 가진 재물의 절반이란 말이죠?"

마치 한 번 고려해 보겠다는 듯한 말투. 케라우가 무얼 생각하든 상관없이 이니안은 자신의 생각대로 대화를 끌고나갔다.

그런 이니안의 반응에 마차를 마주한 이백의 산적들의 얼굴에 화색이 돌았다. 아무리 산적이라지만 그들도 자신의 몸이 다치고 자칫하면 죽을 수도 있는 전투를 하고 싶을 리 없었다.

반면 마차를 감싸고 있는 병사들과 기사들의 눈은 투지로 불타고 있었다. 감히 공작가의 행렬을 털려고 하는 간 큰 산적들에 대한 분노로 가득한 것이다. 일부는 이니안의 대응에 노골적인 불만을 보이기도 했다.

"그런데 제피님, 저기 저 깃발이 안 보이시나요?"

"사자 깃발 말인가?"

기사임이 분명해 보이는 이니안이 계속 말을 높이자 제피는 그러려니 하고 자신은 자신대로 응대를 했다.

"예, 그 문장의 깃발이요."

"분명히 보인다."

"하면 저 깃발이 무엇을 뜻하는지 모릅니까?"

"뭐, 귀족가의 문장이겠지. 하지만 그딴 게 우리랑 무슨 상관이 있다는 거지?"

역시나 이들은 귀족가의 문장이라는 것만 알지 어느 귀족가인지에 대해서는 전혀 관심이 없었다.

"흐음… 이 마차에 타고 계신 분은 칸세르 공작가의 영애이십니다. 즉, 칸세르 공작가의 마차라는 거죠."

"그게 뭐 어쨌다는 거냐?"

칸세르 공작가의 이름이 언급되었음에도 불구하고 제피의 얼굴에는 추호의 흔들림도 없었다. 그리고 그것은 나머지 산적들 역시 마찬가지였다.

그 모습에 이니안은 직감할 수 있었다, 이들은 공작이 아니라 제국의 황제가 나타나도 똑같이 행동할 것이라는 것을.

솔직히 길리안 길드를 토벌하려고 해도 할 수 없는 상황이었기에 이들이 이런 자신감을 보이는지도 몰랐다.

"그러니까 여러분들이 함부로 제물을 내놔라 어쩌라 할 대상이 아니라는 거죠."

이니안이 생긋 웃으며 친절하게 대답했다.

"흥. 결국은 피를 봐야 하겠다는 거구나."

제피의 입에서 그 말이 떨어지는 순간 산적들의 분위기는 급변했다. 두 눈에서 형형한 살기가 피어오르기 시작한 것이다.

살기와 투기의 대치.

양측에서 솟아오른 살기와 투기는 팽팽히 맞부딪쳤다.

"누가 피를 보게 될 건지는 모르는 일이죠."

그 말을 하는 순간 이니안의 웃음에 살기가 한 겹 덧씌워졌다. 이런 부류는 많이 상대해 봐서 알고 있다, 어설프게 상대하느니 그냥 원하는 대로 제물을 주어서 돌려보내는 것이 낫다는 것을. 앞으로 이들과 몇 번을 부딪쳐야 할지 모른다. 명색이 삼만의 인원이 모여 있다는 길리 안 길드와의 충돌인 것이다.

"쳐라!"

제피가 크게 지시를 내리는 순간 이미 케이로스와 한 몸이 된 이니 안이 뛰쳐나가고 있었다. 그리고 그 순간 이니안이 뽑아 든 검이 눈에 보이지 않을 빠르기로 휘둘러졌다.

써억.

툭.

제피의 외침 뒤에 이어진 간결한 소리.

그리고 그 소리의 결과는 땅으로 떨어지는 제피의 머리였다.

너무나 갑작스럽게 벌어진 일에 고요함이 그 주변을 지배했다.

"휘유. 역시 깔끔한 실력이라니까."

낮은 휘파람과 함께 울린 케라우의 감탄성이 적막과 함께하는 고요 를 깨뜨렸다.

이니안의 일검이 미친 영향은 컸다.

병사들의 투기는 더욱 거세게 타올랐고 산적들의 살기는 주춤했다.

"대형을 유지하고 마차의 보호를 최우선으로 해라!"

이니안의 명령에 당장이라도 산적들을 향해 뛰어들려던 병사들이 그 자리에 못이라도 박힌 듯 멈춰섰다. 하지만 두 눈은 여전히 투지로 불타고 있어 조금이라도 접근하는 자가 있으면 그 투기에 갈갈이 찢길 듯한 기세였다.

"대장이 죽었으니 부대장은 누군가요?"

이니안은 산적들을 바라보며 물었다.

"저, 접니다."

이니안의 실력에 겁을 먹은 것일까? 부대장이라는 자가 떨리는 목소리로 대답했다. 그의 얼굴은 창백하게 질려 있었다.

"피를 보는 것은 이 정도로 충분하지 않을까요?"

부드러운 목소리로 이니안은 상대에게 말했다.

이쯤해서 물러가라는 완곡한 표현.

"기, 길리안 길드를 우습게 보지 마라!"

하지만 오히려 그런 이니안의 말이 상대를 자극한 것일까? 부대장은 악에 받쳐 소리를 질렀다.

"후우. 그렇다면 어쩔 수 없군요, 싸울 수밖에."

그 말이 끝나는 순간 케이로스는 산적들의 사이로 뛰어들었다. 일단 싸우기로 했으면 상대에게 틈을 주지 않고 몰아쳐야 한다. 그래야 어려울 수 있는 싸움도 쉽게 싸울 수 있다.

일단 결심을 했다면 손속에 사정을 주면 안 된다는 사실 이니안은 뼈저리게 알고 있었다.

이니안의 검이 한 번 움직일 때마다 피가 튀었다. 게다가 이니안이 타고 있는 케이로스가 발을 한 번 휘저을 때마다 산적 하나가 커다란 발톱 자국이 난 채 날아갔다.

이니안과 케이로스는 종횡무진 산적들을 누비며 차례로 처리해 나갔다.

"마, 마차를 쳐라!"

누군가가 크게 소리쳤다. 상대는 어차피 하나. 그렇다면 그 하나를 무시하고 애초의 목표를 공격하면 된다는 간단한 생각이었다. 그 지시에 산적들은 우르르 마차를 향해 몰려갔다. 하지만 그것을 가만히 보고 있을 이니안이 아니었다.

"귀혼천검!"

외침과 함께 움직이는 검은 무수한 그림자를 만들며 산적들을 향해 쏘아져 갔다.

"으악!"

"크윽!"

"괴, 괴물이다!"

이니안을 피해 마차를 향해 공격하느라 이니안에게 등을 보인 것이 더욱 치명적이었다. 물론 일부가 이니안을 붙잡아 두기 위해 이니안과 대치하고 있었지만 그 정도로는 역부족이다. 이니안의 마령천참검의 위력에 산적들의 칠 할이 쓰러졌다.

그리고 찾아온 것은 정적.

어마어마한 위력에 아무도 입을 벌리지 못했다.

"흐음, 대단한 위력이군."

마부석에 난 창을 통해 밖의 모습을 지켜보던 다프네는 낮은 침음을 흘렸다. 저 정도의 실력이라면 네오마인의 그런 처참한 몰골이 충분히 수긍이 갔다.

"무슨 일이지요?"

포르시아가 궁금한 듯 물었다.

포르시아가 봐서 좋을 장면이 아니었기에 다프네는 마부석으로 통하는 창에도 장막을 치고 자신은 장막 너머로 머리를 넣어 밖의 상황을 지켜보았다. 때문에 포르시아는 현재 밖의 상황을 모르고 있었다.

단지 산적들의 외침과 이니안의 목소리만 들렸을 뿐.

밖이 어떻게 돌아가는지 모르고 가만히 안에만 있으려니 더욱 답답했다.

"세이버 경이 엄청난 실력으로 대강 상황을 정리했습니다. 이제 곧 출발할 수 있을 듯합니다."

"그래요?"

다프네의 대답에 포르시아는 반색을 하며 창을 가린 장막을 걷으려했다. 그 모습에 다프네는 서둘러 포르시아의 손목을 잡아 장막을 여는 것을 제지했다.

"무슨?"

갑작스러운 다프네의 행동에 놀란 포르시아가 두 눈을 동그랗게 떴다.

"무례를 용서하시길."

다프네는 정중히 허리를 숙였다.

"하지만 밖의 상황은 공녀님께서 볼 만한 것이 아닙니다. 상당히 잔인한 모습이 펼쳐져 있어서……."

다프네는 차마 말을 끝맺지 못했다.

"그래요?"

정확한 상황은 알 수 없었지만 포르시아는 대강은 짐작할 수 있었다. 자신을 위해 보지 말라고 하는 것인데 따라야 했다. 포르시아는 천천히 장막을 걷으려던 손을 내렸다.

"더 덤빌 분이 있습니까?"

이니안은 여전히 웃는 얼굴로 산적들에게 말을 높이고 있었다. 처음에는 그 모습이 우습게 보였는데 지금은 오히려 더 무서웠다. 험악한 인상으로 거친 말을 내뱉는 기사보다 어울리지 않게 웃는 얼굴에 예의 바른 말투는 상황과의 지독한 괴리감을 만들어 공포를 더욱 극심하게 만들었다.

이니안의 웃음 끝에 매달린 살기. 이제는 누구나 그것을 느낄 수 있었다.

"우… 우… 괴물이다!"

"사, 살려줘!!"

누가 먼저 시작한 것일까? 한 명이 도망치기 시작하자 남아 있던 산적들은 곧 썰물 빠지듯 사라졌다.

"혼자 다 처리했군."

케라우가 질린다는 얼굴로 중얼거렸다.

질린다는 얼굴을 한 것은 비단 케라우만이 아니었다. 기사들 대부분이 그런 얼굴을 하고 있었다. 네오마인을 폐인으로 만들었을 때 그 실력이 엄청날 것이라 예상은 했지만 이 정도일 거라고는 상상도 못 했다.

병사들은 이니안의 엄청난 신위에 선망의 시선을 보냈다. 위험한 순간에는 시간 벌이용 칼받이에 불과한 이들이었기에 조금 전 이니안이 보인 엄청난 무위는 자신들에게 든든한 보호막이 될 수도 있어 이니안을 다른 눈으로 보게 만들었다.

"출발."

이니안은 아무 일 없었다는 듯 검을 꽂고는 나직이 명령을 내렸다. 그의 명령에 병사들은 더욱 일사불란하게 대형을 바꾸고는 이동을 시작했다.

"케라우."

"응?"

이니안이 나직이 케라우를 불렀다.

"저것들 좀 처리해 줄 수 있어?"

"뭐, 그쯤이야. 아직 태양은 지상 위에 있으니까."

케라우는 별것 아니라는 듯 빙긋 웃으며 말했다.

"다크 파이어(Dark Fire)."

나지막한 시동어와 함께 바닥에 널브러져 있는 시체들에서 검은 불꽃이 피어올랐다. 그 불꽃은 천천히 너울거리며 서서히 시체를 태워 없앴다. 분명 불꽃에 타는데도 불구하고 어디에도 시체가 타는 매캐한 냄새는 나지 않았다.

"신기하군."

이니안이 무얼 신기하다고 하는지 알고 있는 케라우가 빙그레 웃으며 말했다.

"흑마법의 불꽃은 일반 불꽃하고는 다르니까. 후훗."

Chapter 3

좋네요

좋네요

　반듯하게 정리되어 길게 이어지는 대로. 그 위로 수많은 사람들이
걸음을 옮기고 있다. 활기가 가득한 거리 속에 사람들은 저마다의 일
상을 위해 바쁜 삶을 살아가는 중이다.

　잭도 그런 바쁜 사람들 중 하나다. 아직 이른 아침이지만 잭의 일터
에서는 늦어도 한참 늦은 시간, 벌써 지각이다.

　"쳇. 오늘도 그 영감쟁이 잔소리로 하루를 시작하겠군."

　아니, 잔소리만이 아니다. 잭이 일을 배우고 있는 대장간의 주인인
톰 영감은 절대 잔소리만으로 끝낼 인간이 아니다. 오랜 세월 대장장
이로서 단련된 그 팔뚝이 무지막지하게 잭을 향해 날아올 것이다.

　하지만 굳이 그런 끔찍한 생각까지 하고 싶지는 않았다. 어쨌든 조
금이라도 지각 시간을 줄이기 위해 잭은 거의 뛰다시피 했다.

어느 순간.

잭은 멈췄다. 마치 시간이 정지한 것처럼 말이다. 정확히는 시간이 멈춘 것이 아니라 단지 잭의 정신이 나갔을 뿐이다. 그의 두 눈에서는 이미 초점이 사라졌다. 그저 멍하니 앞을 바라볼 뿐. 그러다가 천천히 고개가 뒤로 돌아갔다.

그런 현상은 비단 잭만이 아니었다. 이 거리 위에 잭과 같은 방향으로 걸음을 옮기던 모든 사람들이 그런 반응을 보이고 있다.

그리고 얼마나 지났을까?

"아차! 내가 이러고 있을 때가 아닌데… 그나저나 정말 사람이 맞는 거야? 내가 헛것을 본 건 아니겠지?"

잭은 알 수 없다는 듯 고개를 갸웃거리며 다시 걸음을 재촉했다. 이 거리에 있는 사람들 중 많은 수가 잭처럼 고개를 갸웃거렸다. 개중에는 몇 번씩 뒤를 돌아보는 이도 있었다.

"이제는 어디로 가는 거야?"

로레인이 불만 가득한 어조로 메이린에게 물었다.

거리를 바삐 움직이는 사람들을 잠시나마 넋이 나가게 한 것은 이들 세 자매였다. 로레인과 이리아, 그리고 메이린이 이른 아침 다음 목적지를 위해 걸음을 옮기는 모습을 보고 다들 정신이 쏙 빠진 것이다.

이런 마을에서는 절대 볼 수 없는 세 미녀가 나란히 신비로운 분위기를 풍기면서 걷고 있는데 누가 온전한 정신을 유지할 수 있었을까?

"갈라히벤."

로레인의 물음에 메이린이 짧게 대답했다.

메이린이 막내였지만 가진 바 그 지식과 지혜 덕에 현재는 이 일행의 리더 격이었다. 로레인과 이리아 역시 메이린이 자신들을 이끄는 것에 아무런 불만이 없었다. 비록 막내이기는 했지만 통찰력과 직관력 등은 메이린이 가장 뛰어나가는 것을 잘 알았기 때문이다.

"갈라히벤? 그곳에는 왜?"

이리아 역시 들은 것이 없었는지 메이린의 대답에 의아한 시선으로 물었다.

"꼭 한 번 가보고 싶었거든, 책으로만 읽었던 대륙 속의 다른 대륙에. 그런데 너무 먼 곳이라 어지간해서는 갈 수가 없잖아. 마침 적당한 핑계로 장기간의 여행도 가능한데 한 번 들르고 싶어서."

"뭐야?"

메이린의 대답에 로레인이 도끼눈을 뜨고 노려봤다.

어찌 그렇지 않겠는가? 자신들이 이와 같은 여행을 하기 위해 자신이 희생을 했다.

결혼하겠노라고 마음에 드는 남편감을 찾아오겠노라고 그리고 떠나온 여행이지 않았던가. 실상은 이니안을 찾기 위한 것이고.

그런데 지금 메이린은 명목상의 목적과 진실한 목적, 그 두 가지 중 어느 것과도 상관없는 이유로 다음 목적지를 잡은 것이다. 어찌 화가 나지 않겠는가.

로레인이 당장이라도 잡아먹을 듯 무시무시한 기세를 내뿜고 있는데도 메이린은 시종일관 여유였다. 입가에는 자신만만한 미소도 떠올라 있었다. 그녀에게 비장의 한 수가 있기에 가능한 행동이었다.

"뭐야? 그 웃음은?"

메이린의 입가에 걸린 웃음이 더욱 기분 나쁜 듯 로레인의 언성이 높아졌다.

"후우. 알았어. 언니가 싫다면 다른 곳으로 가지 뭐. 그런데 가야 할 곳은 있어?"

메이린은 갑자기 힘 빠진다는 표정을 지으며 순순히 포기하는 듯했다.

"뭐, 그건 차차 생각해 봐야지."

의외로 메이린이 순순히 물러서자 의외라는 생각도 들었지만 어쨌든 자신이 원하는 대로였기에 로레인은 그러려니 했다. 하지만 그때 로레인의 귓가를 간질이는 메이린의 혼잣말.

"아아, 아쉽네. 슬슬 갈라히벤 무투회가 열릴 때인데. 재미있는 구경거리 못 보게 생겼네."

로레인의 두 눈이 번쩍였다.

그리고 재빠르고 힘있는 동작으로 메이린의 어깨를 잡아챘다.

"꺄악!"

메이린은 이미 이럴 것을 예상했기에 짐짓 과장된 비명을 질렀다.

"뭐야? 갑자기? 깜짝 놀랐잖아."

"아, 미안."

메이린의 반응에 로레인이 순순히 사과를 했다.

"그런데 그게 무슨 말이야?"

"뭐가?"

로레인의 다급한 물음에 메이린은 모르겠다는 듯 되물었다. 물론 이것도 모두 그녀가 의도한 것임에는 두말할 필요도 없었다.

"그 갈라히벤 무투회라는 거 말이야."

무투회 이야기가 로레인의 입에서 나오는 순간 메이린은 승리자의 미소를 지었다.

"아아, 그거? 매년 이맘때쯤이면 갈라히벤에서는 무투회가 열려. 그것도 대륙에서 가장 격렬한 무투회로 명성이 나 있어. 그 나라 사람들이 정열적인데다가 격렬한 것을 좋아해서 말이야."

메이린의 설명이 계속될수록 로레인의 두 눈이 반짝반짝 빛났다.

'끝났군. 그럼 다음 목적지는 갈라히벤인가?'

이리아는 쓴웃음을 지으며 머리를 흔들었다. 자신의 저 엉큼한 동생의 잔꾀를 어찌 당할까? 갈라히벤을 목적지로 생각하면서 이미 저 상황을 머릿속에서 그렸을 것이다, 그 정도는 우스울 정도로 똑똑한 아이니까.

"가, 갈라히벤으로 가자!"

이리아가 생각을 마친 순간 로레인의 목소리가 울렸다. 이리아는 '역시' 하는 표정으로 고개를 끄덕였다.

"왜? 언니는 싫다며? 아까는 그렇게 무서운 눈으로 날 보더니?"

메이린이 새침한 표정으로 로레인을 보면서 말했다. 이렇게 로레인을 놀리는 것까지 아마 계획에 포함되어 있었을 것이다. 하지만 로레인도 만만치 않았다. 자신만만한 미소를 지으며 자신의 앙큼한 동생을 바라보았다.

"왜긴? 남편감 찾으러지. 무투회가 열린다며? 그렇다면 제법 강한 녀석들이 모일 거 아냐? 혹시 알아? 그중에 내 마음에 드는 녀석이 있을지."

"하아……."

로레인의 대답에 메이린은 졌다는 듯 한숨을 내쉬었다.

"재미없어."

그 뒤에 이어지는 한탄과도 같은 말.

"푸훗."

그 말에 이리아는 결국 소리 내어 웃고 말았다.

"자자, 그럼 갈라히벤으로 가는 거다. 어서 서둘러."

무투회라면 밥 먹는 것보다 좋아하는 무골이 로레인이다. 메이린이 무투회의 이야기를 꺼낸 순간 이미 목적지는 갈라히벤으로 정해진 것이나 다름없었다.

*　　　　*　　　　*

"파르미안, 나와 함께 갈 거야?"

친구의 물음에 파르미안은 묵묵히 생각에 잠겼다. 1년 전 염원하던 기사의 작위를 받았다. 평민이었기에 절대 받을 수 없다고 생각했던 기사의 작위. 하지만 왕립학교에서 알게 된 한 인물의 도움으로 검술 실력이 급속도로 늘었고 결국에는 기사의 작위를 받았다, 그것도 어디에도 속하지 않은 왕국의 인정을 받은 자유기사. 자신이 스스로 주군을 정하기 전까지 그는 기사의 작위를 가진 자유인이었다.

"가자."

오랜 시간 고민을 하는 듯하던 파르미안의 입에서 허락이 떨어졌다.

"역시. 너라면 그럴 줄 알았어. 이제 기사 수행을 나갈 때도 됐잖아."

그럴 줄 알았다는 듯 파르미안의 절친한 친구 마일론은 싱글벙글 웃고 있었다.

"그런데 왜 갑자기 갈라히벤으로 가자는 거야?"

"당연히 견문을 넓히려는 거지. 나 같은 사람은 다양한 곳을 보고 경험하는 것이 최고의 공부인걸. 게다가 갈라히벤은 대륙 속의 다른 대륙이라 불릴 정도로 재미있는 곳이고 말야. 우리 왕국에서는 절대 알 수 없는 것들을 알게 될 거야. 너도 좋은 수행이 될 거고. 게다가 책에서 읽었는데 갈라히벤 왕국은 매년 이맘때쯤 무투회가 열린다고 하더라."

무투회라는 말에 파르미안의 눈이 빛났다.

"그래?

친구의 반응에 마일론은 흐뭇한 웃음을 지었다. 이것 또한 자신이 의도한 것 중 하나였기에. 하지만 곧 파르미안의 두 눈에서 빛이 사라졌다.

"이맘때라면 얼마 안 있으면 열린다는 거잖아. 여기서 갈라히벤까지 거리가 얼만데, 갈 수 있을 리 없잖아."

"내가 그 정도도 생각 안 했으리라 생각해? 마법은 뒀다 어디 쓰게? 대륙 이동 마법진을 이용하면 되지."

대륙 이동 마법진은 급히 먼 거리를 이동해야 하는 사람들을 위해 마법사 협회에서 대륙의 각 거점에 공간 이동 마법진을 설치하고 돈을 받아 사람들을 이동시켜 주는 것이다. 당연한 말이겠지만 이동을 위해 필요한 돈은 엄청났다. 거리가 멀면 멀수록 요금은 기하급수적으로 올랐다.

"대륙 이동 마법진을 이용하려면 돈이 많이 들 텐데……."

"헤헷."

돈 이야기가 나오자마자 마일론은 품에서 묵직한 주머니를 꺼내 장난스레 위로 던져올렸다 잡았다를 반복했다.

그사이 짤랑거리는 소리는 그 주머니가 돈 주머니임을 알게 해주었다.

"뭐야 그건? 네가 그런 돈이 있을 리 없잖아."

"뭐, 이 정도쯤이야. 장난 좀 쳤지. 결국 장사도 전략과 전술을 잘 활용해야 하는 법이지."

마일론은 아무것도 아니라는 듯 웃음 지으며 말했다. 그 말에 파르미안은 고개를 내저었다. 아무튼 마일론 이 녀석은 항상 과묵한 자신이 말을 많이 하게끔 만드는 특출난 재주를 지니고 있었다.

"그럼, 준비해서 내일 출발하는 거다."

"알았어."

그렇게 두 사람은 갈라히벤을 목적지로 잡고 여행을 하기로 했다.

*　　　*　　　*

첫 충돌 이후 더 이상은 길리안 길드의 산맥들과 부딪치지 않았다. 물론 그것은 산맥과 어느 정도 거리를 두었기 때문이다.

이니안과 다프네의 제지로 산적들과 싸우는 모습을 보지는 못했지만 포르시아는 들을 수는 있었다. 무수한 비명 소리. 그리고 이니안의 검이 지나갈 때―포르시아는 누구의 검인지 모르지만―마다 들리는 살과

뼈가 갈리는 소리.

그 정도로도 포르시아 몸서리치기에는 충분했다.

전투가 벌어졌던 지역에서 어느 정도 거리가 멀어지자 포르시아가 마차의 창을 열고 이니안에게 말했다.

"세이버 경, 아무래도 처음 예정대로 산맥에서 거리를 좀 두고 가는 것이 좋겠어요. 제 쓸데없는 기분 때문에 여러분들이 고생하시고 또 아까운 이들이 목숨을 잃고 다치는군요."

살짝 눈을 내리깔고 어두운 목소리로 말하는 포르시아는 풀이 많이 죽어 있었다. 온실 속에서 보호만 받고 생활한 그녀에게는 조금 전 있었던 일도 충분히 커다란 충격이었으니.

이니안은 보일 듯 말 듯 쓴웃음을 지었다. 이런 일이 생길 것 같아서 최대한 안전한 경로로 길을 잡았던 것이었다.

"알겠습니다. 그렇게 하도록 하겠습니다. 저희는 경상을 입은 이도 없고 그리고 그다지 힘겨운 일도 아니었습니다. 그러니 너무 마음 쓰지 마십시오."

"예. 고마워요, 세이버 경."

하지만 포르시아도 이니안의 그 말이 자신을 위로하기 위한 것이라는 걸 잘 안다.

이니안이 입은 갑옷 곳곳에 아까 전투의 흔적이 남아 있었다. 산적들의 몸에서 뿜어져 나왔을 거라 생각되는 핏자국들. 포르시아는 애써 그 핏자국들을 외면하면서 창문을 닫았다.

"아가씨 너무 마음 쓰지 마세요."

캐서린이 포르시아의 손을 꼬옥 잡으며 걱정스레 말했다.

"공녀님, 세이버 경의 말대로 저희 쪽은 별다른 피해가 없었습니다. 산적들까지 걱정하시는 공녀님의 마음 씀씀이는 매우 훌륭하십니다만… 그들은 그렇게 죽을 각오를 하고 그런 인생을 사는 자들, 공녀님께서 그들 때문에 힘들어 하서서는 안 됩니다."

다프네도 가만히 보고 있지 못하겠는지 입을 열어 포르시아를 위로했다. 다프네의 위로에 포르시아는 고개를 끄덕였지만 여전히 그녀는 힘이 없어 보였다.

"아무래도 안 되겠어."

"왜?"

이니안의 걱정스러운 중얼거림에 케리우가 물었다.

"공녀님이 충격을 많이 받으신 모양이야. 곧 노숙을 해야 하는데."

"쩝. 마음이 너무 고와도 힘들지. 그딴 녀석들까지 신경을 쓸 게 뭐가 있다고."

케라우도 이미 포르시아의 반응을 본 후다. 그로서는 절대 이해할 수 없는 마음 씀씀이. 그래서 포르시아가 더욱 예쁘게 보이는 것이지만 말이다.

"오늘은 이쯤에서 멈춰야 할 것 같군."

불안한 마음으로 이동하는 것보다는 차라리 그냥 푹 쉬는 것이 낫겠다는 생각이 들었다. 게다가 이제는 하늘도 어둑어둑하다. 이동 가능한 시간도 얼마 남지 않았다.

"정지!"

이니안의 외침에 대열은 그 자리에 멈춰 섰다. 마부도 익숙한 손놀림으로 마차를 멈췄다.

"공녀님."

이니안의 부름에 마차의 창문이 열렸다.

"오늘은 이곳에서 노숙을 해야 할 것 같습니다."

"네. 알겠어요. 그러도록 하지요. 저도 좀 피곤하던 참이에요. 저는 이만 쉴 테니 내일 출발할 때까지 저는 신경 쓰지 마세요."

"알겠습니다."

포르시아는 창문을 닫은 후 마차의 뒤쪽에 마련된 작은 침실로 들어 갔다. 작다고 하지만 그녀 혼자 자는 데는 충분한 공간이다. 포르시아 는 많이 지쳤는지 옷도 갈아입지 않고 그대로 침대에 몸을 묻었다.

평소라면 절대 그대로 놔두지 않는 캐서린도 이번만큼은 아무 말도 하지 않았다.

포르시아가 침대에 몸을 묻자 캐서린과 다프네가 마차의 문을 열고 내렸다. 하루 종일 마차에만 앉아 있었으니 좀이 쑤실 만도 했다. 포르 시아도 그것은 다르지 않을 텐데 그대로 누워 버리다니 상당히 상처가 큰 것이리라.

"당신이 진정한 기사라면 공녀님이 아무리 그렇게 말씀하셨어도 경 로를 바꿔서는 안 됐어요. 경의 실력이 대단한 것은 인정하지만 덕분 에 공녀님께서 저렇게 의기소침해지셨어요."

마차에서 내리자마자 다프네는 이니안을 향해 낮은 목소리로 쏘아 붙였다. 혹시라도 마차에 있는 포르시아에게 들릴까 상당히 작은 목소 리였다.

"후. 이번만큼은 아무 말도 못하겠네요."

이니안은 웃지 않았다. 사실 그도 자신의 행동에 상당히 후회하는 중이었기에 어떤 일이 있어도 웃겠다는 자신의 결심대로 행동하지 못했다.

매서운 눈으로 이니안을 쏘아보던 다프네는 그런 이니안의 반응에 더 이상 아무런 말을 하지 않고 몸을 돌렸다.

"자, 다들 간단히 저녁 식사들 하고 쉬도록 한다."

이니안의 지시에 기사들은 기사들대로, 병사들은 병사들대로 모여서 저녁 준비를 시작했다. 저녁이라고 해봐야 육포를 넣어 끓인 수프와 빵 정도가 고작이었지만 지금의 상황에서는 그것만으로도 충분했다. 하지만 이니안을 향한 다프네의 행동을 모두가 지켜보았기 때문인지 분위기가 전체적으로 가라앉아 있었다.

저녁 식사를 마치자 사방에 어둠이 내려앉았다. 병사들이 모여 앉은 곳 곳곳에 모닥불이 붉은 몸을 흔들며 빛과 열기를 발하고 있었다. 사이사이에 모포를 뒤집어쓰고 잠을 청하는 병사들도 있었다. 분명 이른 새벽 무렵의 불침번을 맡은 이일 것이다.

다프네도 주변 적당한 바위 곁에 등을 기대고 모포로 몸을 감싸고 앉아 있었다. 원래라면 마차 안에서 잠을 청하며 포르시아를 돌봐야 하지만 지금의 그녀는 혼자 내버려 두는 것이 좋을 것 같았다. 같은 이유로 캐서린이 다프네의 곁에서 모포로 온몸을 감싸고 오들오들 떨고 있었다. 아직 밤공기는 상당한 냉기를 머금고 있었다.

"추우면 들어가도록 해요."

"아니에요. 아무래도 오늘은 아가씨 혼자 계시는 게 편하실 거예요."

다프네의 말에 캐서린은 도리질 치며 마차 안에 들어가는 것을 거부했다.

케라우는 이미 깊숙한 잠에 빠진 지 오래다. 빛이 사라지자마자 그는 모포를 뒤집어쓰고는 두 눈을 감았다. 지금까지 봐온 모습이기에 누구도 뭐라 하지 않았다. 누가 뭐라 하더라도 태양이 떠오를 무렵이 되어야 두 눈을 뜰 것을 잘 알기에.

이니안은 마차로부터 제법 멀리 떨어진 곳까지 철저히 살폈다. 케이로스가 마차 곁에 엎드려서 포르시아를 지키고 있었기에 안심하고 제법 먼 곳까지 살필 수 있었다. 물론 이런 평원에 별다른 위험이 있을 리는 없었지만 3년의 용병 생활은 이니안에게 돌다리도 두들겨 보게 하는 철두철미함을 만들어주었다.

이니안은 마차를 걱정스러운 눈으로 바라보았다. 그러다가 이내 훌쩍 몸을 날렸다. 한 마리의 새라도 된 양 이니안의 몸은 가볍게 떠올랐다. 그리고 몇 번의 도약으로 마차의 천장 위에 올라설 수 있었다. 공작가의 마차의 천장에 올라서는 것은 무례함을 넘어서 위험하기까지 한 행동이다. 암살자로 몰아도 할 말이 없는 행동인 것이다.

하지만 그 모습을 지켜본 누구도 이니안에게 무어라 하지 않았다. 아니, 무어라 하지 못했다. 지금 이 자리에 포르시아를 제외하고 이니안을 어찌할 수 있는 이는 없었으니까.

다프네는 이니안의 행동에 눈살을 찌푸렸지만 별다른 말은 하지 않았다. 그 행동에 다른 목적이 있을 거라 생각할 수 없었기에. 지난 며칠간 자신이 지켜본 결과 이니안은 진심으로 포르시아를 섬기고 있는 것이 확실했다. 그랬기에 눈살만 찌푸리는 것으로 끝낸 것이다.

'하지만 저렇게 가볍고 부드러운 움직임이라니……'

이니안은 마차의 천장에 착지할 때 어떠한 소음도 나지 않았다. 혹시라도 잠이 들었을 포르시아를 배려한 행동이다. 하지만 그런 착지가 어지간한 실력으로는 불가능하다는 것을 알기에 다프네의 찌푸러진 눈가가 살짝 떨렸다. 사실 그녀로서는 불가능한 동작이었으니까.

"주무십니까?"

천장에 벌렁 드러누운 이니안이 지나가듯 작은 목소리로 중얼거렸다. 하지만 마차 안에서는 충분히 들을 수 있으리라. 마나를 사용해 소리가 마차 안에서 잘 들리도록 했기 때문이다. 하지만 깊게 잠들었다면 알아차리지 못할 부드러운 목소리였다.

"잠든 것 같군."

두 번째 말은 정말 그 누구도 들을 수 없는 혼잣말이었다. 자신의 물음에 마차 안에서 어떠한 움직임도 느껴지지 않았기에 잠들었다고 판단한 것이다.

마차 안의 소리는 마법의 방음벽때문에 들을 수 없지만 사람들의 움직임 같은 기척은 느낄 수 있었다.

이니안은 깍지 낀 손으로 머리를 받친 채 하늘의 별들을 보며 누웠다. 잠시 그렇게 있더니 작게 입술을 동그랗게 오므렸다.

"휘이이 휘이이 휘이익 휘이휘익~"

사람들의 시선이 마차의 천장을 향했다. 귓가를 간질이는 감미로운 소리. 그리고 사람의 마음을 평안하게 안정시켜 주는 부드러운 소리.

그런 휘파람 소리가 마차의 천장에서 울려 퍼지고 있었다.

마차의 천장에서 휘파람 소리가 들린다면 그것은 한 명뿐이다. 이니안이 불고 있는 것이다.

어느새 이니안은 별들을 바라보던 눈도 감고 휘파람을 불고 있었다. 천천히 그러나 멀리 퍼져 나가는 잔잔하면서도 감미롭고 부드러우면서 평안하고 따뜻한 소리.

깨어 있는 이들은 이니안의 휘파람 소리에 몸을 맡겼다. 듣고 있노라면 절로 빠져들게 되는 그런 소리다.

"좋네요."

그때 이니안의 귀에 들리는 목소리. 아무런 기척이 없었지만 포르시아는 자고 있지 않았다. 아마 이니안의 첫 물음에도 일부러 아무 반응을 보이지 않은 것이리라.

포르시아의 목소리에 이니안이 휘파람 부는 것을 멈췄다. 그 순간 사람들의 얼굴에 아쉬워하는 기색이 스쳐 지나갔다.

"경에게 그런 재주가 있는 줄은 몰랐어요."

다시 들리는 포르시아의 목소리.

"경이 부는 휘파람 소리를 듣고 있으니 절로 마음이 편안해지네요. 계속 듣고 싶은데 무리한 부탁일까요?"

포르시아의 부탁에 이니안의 눈이 곡선을 그리며 휘어졌다. 웃고 있는 것이다.

"휘이익 휘이이 휘이익 휘이휘이이이~"

이니안의 입은 다시 감미로운 휘파람 소리를 만들어내고 있었다.

그렇게 그날 밤은 모두들 이니안의 휘파람 소리에 의지해 기분 좋게 잠에 빠져들 수 있었다.

"젠장. 저 녀석 저런 재주도 있었나?"

땅 속에서 낮게 울리는 목소리. 마차와는 대강 4킬로미터 정도는 떨어진 곳이었다. 이니안이 눈치를 챌 듯해 더 이상 접근하지 못하고 있었다.

어새신으로서 갈고닦은 감각 덕분에 그녀는 그 거리에서도 이니안의 휘파람 소리를 들을 수 있었다. 그리고 그 소리에 빠져드는 자신을 발견하며 소스라치게 놀랐다.

"쳇. 기다려. 반드시 그 심장에 나의 크리스를 박아줄 테니까."

입술을 질끈 깨물고 손에 들린 크리스를 꽉 쥐는 그녀는 다크 크리스 길드의 유일한 생존자, 미르였다.

그녀는 이니안에게서 도망친 후 안전한 지역에 들어섰다 생각했을 때 다시 전투가 벌어졌던 곳으로 돌아갔다. 그리고 그곳에서 카르세온들을 볼 수 있었다. 물론 극도로 조심스레 기척을 지웠기에 그들에게 들키지 않았다. 조심히 그들을 뒤따르면서 상황을 지켜본 결과 로즈의 진정한 정체를 알 수 있었다. 칸세르 공작의 딸 포르시아. 그것이 그들이 죽이려 했던 자의 진정한 신분이었다.

의뢰를 완수하기 위해 홀로 살아남았는데 더욱 완수하기 힘들어졌다. 그래도 동료 네 명의 목숨 값이 더해진 일이다. 절대 포기할 수 없었다.

그때부터였다, 은밀히 포르시아의 뒤를 따르기 시작한 것은.

제도를 떠나 칸세르 공작의 영지로 향할 때도 그 뒤를 따랐다. 그 사이 몇 번이나 포르시아를 처리할 기회가 있었다. 하지만 그러지 못했다. 어새신으로서의 본능이 그것을 말렸다. 거대한 위험이 포르시아의 주변에 도사리고 있다는 것을 온몸의 감각이 경고했다.

처음에는 그것이 무엇인지 몰랐다.

하지만 이니안이 나타난 후 모습을 드러낸 케라우를 보고 짐작할 수 있었다.

'저 뱀파이어 녀석이 계속 근처에 붙어 있었구나.'

정말 위험천만이었다. 대체 어떻게 태양이 뜬 낮에 뱀파이어가 활보하고 다닐 수 있는지는 모르겠지만 만약 포르시아를 습격했다면 목숨을 잃는 것은 자신이었을 것이다. 아직도 발론이 저 빌어먹을 녀석에게 피를 빨리던 그 끔찍한 모습을 잊을 수 없었다.

"그래도 의뢰는 꼭 완수한다."

미르의 눈빛이 어둠 속에서 요사스럽게 빛났다.

지난밤 이니안의 휘파람 소리 덕에 기분 좋게 잠들 수 있어서였을까? 아침 해와 함께 눈을 뜨니 몸이 개운했다.

포르시아는 언제 그렇게 우울했었느냐는 듯 밝은 얼굴로 사람들을 만날 수 있었다.

"세이버 경."

"네."

"고마워요. 덕분에 마음이 많이 편해졌어요. 경의 휘파람 소리는 정말 대단하네요."

은은한 미소를 띠며 하는 감사의 말에 이니안 역시 웃음으로 답했다.

간단한 아침 식사 후 마차는 다시 예정된 길로 움직이기 시작했고 병사들은 자신들의 직무에 충실했다. 그들도 이니안의 휘파람 소리 덕에 잠을 푹 잤는지 다른 때보다 얼굴에 활기가 넘쳤다.

[잠을 제대로 못 잔 건 너뿐인 것 같군.]

칼의 말에 이니안은 고개를 끄덕였다.

"두 시간 정도 잤는지 모르겠어."

[그나저나 나도 놀랐다. 너에게 그런 재주가 있을 줄이야.]

"그래?"

칼의 말에 이니안은 피식 웃었다.

분명 자신과는 어울리지 않는 일이다. 그런 휘파람 소리라니. 휘파람을 부는 것을 좋아하기는 했지만 이 정도의 실력은 아니었다.

모두 한 사람 때문이었다.

그 사람은 유독 이니안이 불어주는 휘파람 소리를 좋아했고 이니안도 그 사람이 자신의 휘파람 소리를 들어주는 것이 좋았다. 그래서 더욱 열심히 연습했고 그럴수록 이니안의 휘파람은 더욱 감미로운 소리로 변했다.

'쉐이나.'

이미 세상에는 없는 아이.

그 아이를 떠올리자 이니안의 얼굴에 잠시 어둠이 머물다가 사라졌다.

이후의 여행은 순조로웠다. 가야 할 길이 멀고 지루하다는 문제점만 없다면 말이다.

영지를 떠난 지 2주가 조금 넘어서 제국과 제이난 왕국의 국경을 넘을 수 있었다. 그리고 제이난 왕국을 가로질러 2주 정도 더 이동을 하자 드디어 갈라히벤 왕국의 국경을 넘어 갈라히벤의 젖줄이라는 비라인 강을 마주 볼 수 있었다.

이것은 생각보다 빠른 이동이었다. 갈라히벤 왕국의 무투회가 얼마 남지 않았기에 그 일정에 맞춰 무리하게 이동한 때문이다. 그때문에 마그나 후작령 이후 다른 귀족의 영지는 영주성을 방문하지 않고 그냥 지나쳐 이동했다. 병사들 역시 지속적으로 속보로 뛰듯이 걸었기에 다들 많이 지쳐 있었다.

하지만 별다른 위험이 없었기에 체력적으로 지친 것이 전부였다.

"우와! 저것이 비라인 강이란 말이죠?"

마차의 창밖으로 얼굴을 내민 포르시아는 햇빛을 받아 반짝이는 강을 황홀한 눈빛으로 바라보았다.

그사이 포르시아의 복장에 변화가 있었다. 반소매의 얇은 여름옷을 입고 있었다. 그도 그럴 것이 계절적으로도 어느새 여름에 접어들 무렵이었고 또 갈라히벤 왕국은 무척이나 더운 지역이다. 대륙의 중부에 걸쳐 있는 나라였으니 당연했다.

"이제 조금만 더 가면 갈라히벤의 수도인 나이안에 도착할 것입니다. 이미 왕궁에는 기별을 넣어뒀으니 조금만 더 참으십시오."

이니안의 말에 포르시아는 웃으며 고개를 끄덕였다.

제국의 공작가의 영애라면 일반 왕국에서는 국빈 못지않은 손님이었다. 그랬기에 왕궁으로 기별을 넣은 것이고 지금쯤 갈라히벤의 왕궁은 손님맞이를 위해 분주할 것이다.

비라인 강을 넘어 하루 정도만 더 가면 수도인 나이안이니 이제 거의 다 왔다고 볼 수 있었다. 비라인 강을 보고 있는 기사들과 병사들의 얼굴도 무척 들떠 있었다. 그들도 이미 지칠 대로 지친 것이다.

마차를 싣고 강을 건널 수 있는 배를 찾느라 시간이 조금 걸렸다. 그리고 겨우 찾은 배도 일행의 인원을 전부 태울 수 없었다.

"별수없지. 두 번에 나누어 이동한다. 우선 마차와 나, 케라우, 그리고 기사 여섯이 건너고 나머지는 그 다음에 건너도록 한다."

이니안의 지시에 따라 먼저 건널 사람과 나중에 건널 사람이 나뉘어졌다. 배의 크기상 마차를 올리면 사람은 열 명 이상 오를 수 없었다.

배의 선두에 케이로스가 도도한 자세로 앉아 강의 물살을 물끄러미 내려다보았다. 선원들은 그 모습이 신기한지 케이로스를 힐끔거렸다.

갈라히벤에 들어와서 겪은 신기한 일은 사람들이 케이로스를 그다지 무서워하지 않는다는 것이다. 아니, 오히려 경외시하는 듯했다. 어떤 이는 케이로스를 향해 양 손바닥을 모은 자세로 고개를 숙이며 무어라 중얼거리기도 했다. 그리고 자연 그런 케이로스를 타고 다니는 이니안에게 더욱 조심스러웠다.

포르시아를 비롯한 일행은 영문을 알 수 없는 일이었지만 좋은 게 좋은 거라고 그냥 다행이라는 생각으로 지나쳤다. 사실 이곳까지 오면서 케이로스 덕에 크고 작은 문제들이 있었기에 은근히 걱정이 되었던 일이 잘 넘어가서 안심하는 분위기였다.

다만 케라우는 무언가를 아는 듯했지만 별다른 말이 없었기에 굳이 묻지 않았다.

두 번에 나눠 강을 건넌 후 나이안의 방향으로 조금 이동하자 멀리서 한 무리의 인마가 나타났다. 갈라히벤 왕국의 깃발과 미오나인 제국의 깃발을 함께 세우고 달려오는 모습에 이니안이 마차로 다가가 포르시아에게 말했다.

"나이안에서 마중을 나온 듯합니다."

"그래요? 그렇다면 마차에 있을 수는 없죠."

포르시아의 말에 이니안은 케이로스의 등에서 내려 마차의 문을 조심스레 열었다. 마차의 문이 열리자 포르시아는 우아하고 기품있는 동작으로 마차의 밖에 내려섰고 캐서린과 다프네가 그 뒤를 따랐다.

포르시아가 마차 앞에 자리를 잡고 서자 이니안과 다프네과 그 좌우 뒤로 호위하듯 서고 캐서린은 한 발 물러나 있었다. 그리고 케라우가 그 근처에 서 있었다.

이윽고 마중 나온 일행이 먼지를 일으키며 도착했다.

"워워."

말을 멈추고 두 사람이 마중 나온 사람들에서 앞으로 나왔다.

그 둘은 공녀가 이미 마차에서 내려와 있는 것을 보고 서둘러 말에서 내렸다. 그리고 나머지 일행들도 말에서 서둘러 내렸다.

공녀가 땅에 내려서 있는데 그들이 말 위에서 공녀를 내려다보다니 있을 수 없는 일이었다.

"처음 뵙겠습니다, 포르시아 오마 칸세르 공녀님. 저는 왕궁에서 나온 무마타 라오라고 합니다."

"오랜만에 뵙습니다, 공녀님. 갈라히벤 왕국에 공사(公使)로 와 있는 듀카 자작입니다."

두 사람이 허리를 숙이며 포르시아를 향해 인사를 했다.

"처음 뵙겠어요, 무마타 라오님. 그리고 듀카 자작님은 참으로 오랜만에 뵙는군요."

포르시아는 생긋 웃으며 그들의 인사에 답했다.

"그럼 여기서부터는 제가 안내하도록 하겠습니다."

무마타가 허리를 펴며 말했다.

"그럼 부탁드리겠습니다."

"공녀님, 갈라히벤에 계시는 동안은 제가 모시도록 하겠습니다."

듀카 자작이 포르시아의 곁으로 다가가며 말했다.

"어머, 그런 폐를 끼칠 수는 없지요."

"아닙니다. 이미 공작 각하의 전언이 있었습니다."

그 말에 포르시아는 고소를 머금었다. 역시 아버지는 자신을 위해 이미 손을 써둔 것이다. 하지만 공사는 제국과 왕국의 외교적 협력을 위해 왕국에 파견 나온 외교관이다. 그런 외교관이 귀족가의 딸의 여행을 위해 사사로운 일을 하다니 그녀의 성격에는 맞지 않은 일이었다.

"게다가 황자 전하의 전언 또한 있었습니다."

뒤이어 낮게 속삭이듯 전해온 듀카 자작의 말.

"하아."

포르시아는 어쩔 수 없다는 듯 한숨을 내쉬었다.

정말이지 아버지도, 약혼자도 공과 사를 구분할 줄 모른다는 생각에 고개를 내저었다.

"그렇다면 당분간 잘 부탁드리지요, 자작님."

"네. 맡겨두십시오."

사실 1황자도 칸세르 공작도 공과 사에는 칼같이 철저한 사람들이다. 하지만 세상의 모든 법칙에는 예외가 있듯 사람에게도 예외라는 것이 있었다. 그 둘에게는 포르시아라는 존재가 바로 공통의 예외였다. 물론 포르시아가 그런 사실을 알 리 없었다. 그저 과도한 배려가 부담스러울 뿐이었다.

"그럼, 무마타 라오님과 듀카 자작님은 저와 함께 마차로 가도록 하세요."

포르시아의 제안에 무마타는 정중히 사양했다.

"어찌 제가 감히 그럴 수 있겠습니까? 저는 말을 타고 가도록 하겠습니다."

"뜻이 그러시다면 그렇게 하도록 하세요. 그럼 자작님께서는?"

"분부에 따르도록 하겠습니다."

자작은 허리를 숙이며 대답했다. 그렇지 않아도 갈라히벤에 대한 여러 가지 설명을 해야 했기에 그는 꼭 포르시아와 함께 있어야 했다.

사실 갈라히벤의 문화와 풍습은 정말로 대륙 속의 다른 대륙이라 불리는데 손색이 없을 정도로 대륙에 공통적으로 퍼져 있는 문화와 풍습과 달랐다. 아무것도 모르는 사람이 처음 갈라히벤에 오면 그런 차이 때문에 자칫 커다란 실수를 하기도 한다.

보통 사람이라면 그런 실수를 하더라도 몰라서 그런 거겠지 하고 넘어갈 수 있다. 그리고 갈라히벤의 사람들도 자신의 문화가 대륙의 그것과는 크게 다르다는 것을 알고 있었기에 그런 실수 한두 번은 크게 탓하지 않는다.

하지만 포르시아는 달랐다.

제국의 공녀이자 황자의 비가 될 사람이다. 그런 그녀가 하찮은 실수로 체면을 깎이는 일이 있어서는 안 된다. 그래서 자신이 사전 지식을 전하기 위해 이렇게 마중을 나온 것이다.

포르시아가 마차에 오르고 뒤이어 다프네와 캐서린, 듀카 자작까지 모두 마차에 오르자 무마타는 앞서서 천천히 말을 몰아갔다. 도보로 이동하는 병사들을 배려해서 상당히 천천히 움직였다.

이니안은 케이로스를 몰아 무마타의 곁으로 움직였다.

"처음 뵙겠습니다. 공녀님의 호위를 책임지고 있는 이니안 세이버라고 합니다."

그 누구도 이니안을 책임자로 임명하지 않았다. 하지만 어느새 스스로도 책임자라 칭할 정도로 이니안의 위치가 그렇게 결정되어 버렸다.

"아, 처음 뵙겠습니다. 저는 무마타라고 합니다."

이니안이 다가오자 그는 과도하게 반가워하며 인사를 했다. 사실 처음 나타났을 때부터 그는 이니안을 힐끗거리고 있었다. 그것도 선망의 시선으로 말이다.

"갈라히벤에는 처음이십니까?"

무마타의 물음에 이니안은 고개를 끄덕이며 대답했다.

"네, 기회가 없어 이제야 와보게 되었습니다."

"그러시다면 우리 왕국에 대해 생소하신 것이 많겠군요."

"그렇지요."

무마타의 말에 이니안은 미소를 지으며 대답했다. 둘의 대화에 어느새 케라우도 곁에 와 있었다.

"아, 이 친구는 제 친구인 케라우라고 합니다. 용병이죠."

"처음 뵙겠습니다. 저는 무마타라고 합니다."

"하하하. 처음 뵙겠습니다. 저는 케라우 드로 라토시스라고 합니다."

케라우는 특유의 쾌활한 웃음과 함께 인사를 했다. 200년 만의 갈라히벤 방문이었기에 어떻게 변했을까 하는 기대로 그의 가슴도 상당히 설레고 있었다.

"한데 아까 라온이라고 하시는 것 같던데요."

"예. 라온입니다."

"젊은 나이에 대단하시군요."

케라우는 진정 감탄한 듯 말했다.

이니안으로서는 무슨 말인지 몰랐기에 그저 두 사람의 대화를 멀뚱히 지켜보았다. 단지 예전 선배 용병에게 귀동냥한 내용을 떠올리며 추측할 뿐이었다. 갈라히벤의 신분제는 대륙의 보통의 신분제와 다르며 호칭도 다르다는 이야기. 아마도 라온이라는 것이 신분 계급의 하나인 듯했다.

"케라우님은 갈라히벤이 처음이 아니신 듯하군요."

케라우가 갈라히벤의 작위 체계를 알고 있는 듯하자 무마타는 놀랍다는 듯 말했다.

"하하, 아닙니다. 들은 것이 다른 사람들보다 좀 많을 뿐, 처음이나 다름없습니다."

케라우는 자신이 200년에 와본 적이 있다고 해봤자 믿지 않을 것을 뻔히 알기에 대강 얼버무렸다. 하지만 그렇다고 거짓말을 하지는 않았다.

처음이나 다름없다고 했지 처음이라고는 하지는 않으니까 말이다.

"대체 무슨 이야기야?"

"아, 너는 모르겠군."

이니안의 물음에 케라우가 승리자의 미소를 띠며 의기양양하게 말했다. 그 미소가 은근히 기분이 나빴다.

"뭐, 보통은 모르는 것이 정상이죠."

이니안의 물음에 대답을 한 것은 무마타였다.

"우리 갈라히벤의 신분제는 대륙의 다른 나라와는 전혀 다르니까 말입니다."

역시 이니안의 예상대로 신분에 관한 이야기였다.

"저도 거기에 관해서 들은 적이 있습니다. 대륙과는 완전히 그 체계가 다르다고요. 하지만 어떻게 다른지는 듣지 못했는데 설명을 부탁드려도 될까요."

"하하. 기꺼이 설명해 드려야죠."

무마타는 기분 좋은 웃음을 터뜨리며 설명을 시작했다.

"일단 저희 갈라히벤의 신분은 능력주의에 기초하고 있습니다. 능력이 있다면 그 능력에 걸맞은 작위를 얻을 수 있고 능력이 없으면 높은 작위를 가지고 있더라도 곧 작위가 낮아지죠."

파격적인 신분제였다. 일단 한 번 작위를 얻으면 어지간히 큰 문제를 일으키지 않는 한 영원히 그 신분이 굳어지는 대륙의 일반적인 작위 체계와는 그 궤가 달랐다.

"작위의 명칭이 다르다 뿐이지 우리 갈라히벤도 귀족은 다섯 단계의 계급을 가집니다. 최고위 귀족이 바로 '부만'입니다. 대륙의 공작과 같은 위치이죠. 그 다음이 '마단', '라온', '카임', '로우'이지요."

무마타의 설명에 이니안은 고개를 끄덕이면서 작위의 명칭을 머리에 집어넣었다. 어디든 상대의 신분을 제대로 알고 신분에 걸맞은 대우를 하는 것은 중요했기에 특히 신경을 썼다.

"그렇다면?"

귀족의 작위를 숙지하던 이니안은 무언가를 깨닫고 놀랍다는 눈으로 무마타를 바라보았다.

"크크크. 이제 알았냐? 무마타 라온은 제국으로 치면 백작이시지. 일개 기사 따위인 너랑은 비교도 안 되는 분이지. 크크크."

이니안이 깨닫자마자 바로 케라우의 공격이 들어왔다. 그의 공격에 이니안은 케라우 쪽으로 고개를 돌리며 웃는 얼굴로 멋진 반격을 날려 주었다.

"어디 겨우 용병 따위가 귀족 분들 말씀하시는데 끼어들어."

웃음과 전혀 어울리지 않는 말.

"쳇."

이니안이 기사이기는 하지만 기사도 분명한 귀족이다. 계승 귀족이 아닌 단승 귀족이지만 어쨌든 귀족은 귀족. 이니안의 말에 틀린 것은 없었다.

"그래 봤자 겨우 몇 년짜리 귀족이."

이니안이 한시적으로 기사의 작위를 칸세르 공작가에서 받은 것을 비꼬며 혼자 웅얼거렸다.

무마타는 그 모습을 무척이나 재미있게 바라보았다. 두 사람의 어찌 보면 살벌한 듯한 말속에 악의가 전혀 없다는 것을 알 수 있었기에, 그저 친한 친구의 작은 장난이라 생각한 것이다.

"신분을 모르고 무례를 저질렀군요. 부디 용서해 주십시오."

"아닙니다. 보아닌의 가호를 받는 용자이신데 그런 하찮은 신분 따

위야 무엇이 대수이겠습니까?'

알 수 없는 말에 이니안은 고개를 갸웃거렸다.

"쳇."

케라우는 무엇인가 알고 있는 듯 고개를 획 돌렸다. 별로 알게 하고 싶지 않은 것을 이니안이 알아서 기분 나쁘다는 기색이었다.

"보아닌의 가호라니. 혹시 알고 있는 것 있어? 칼."

[아아. 알고 있지. 물론. 이래 봬도 유희를 즐기며 대륙에서 안 가본 곳이 없으니까.]

이니안의 물음에 칼이 대답했다. 칼은 현재 마차 안에 있었기에 의념을 사용해 대화를 했다.

"그게 뭐지?"

[뭐, 곧 설명을 듣게 될 거니까 너무 성급하게 굴지 말고 여유를 가지라고.]

그러고는 칼에게서 아무런 대답이 없었다.

"보아닌의 용자요?"

"네."

"생소한 말이로군요."

"그럴 수밖에요."

무마타는 당연한 듯이 고개를 끄덕였다.

"보아닌은 우리 갈라히벤에서 섬기는 신입니다. 자비와 환생의 신이시죠."

이니안은 고개를 끄덕였다. 그러고 보니 분명 창세신화에 그런 신이 존재했다. 다만 다른 왕국에서는 별로 중요시하지 않는 신이라 잠시 떠올리지 못한 것뿐이다.

"은색 늑대는 보아닌께서 직접 축복을 내리신 신수(神獸)입니다. 그래서 우리 갈라히벤에서는 은색 늑대를 신성시하죠. 그리고 그런 늑대를 데리고 있는 자를 보아닌의 용자라고 부릅니다. 은색 늑대는 그 기질이 강하고도 고고하여 쉬이 사람들 따르지 않습니다. 그럴 수밖에요. 보아닌께서 축복을 내리신 신수인데 당연한 일이지요. 그런데 가끔 은색 늑대가 가까이 하는 인간이 나타납니다. 신의 축복을 받은 신수와 함께할 수 있다니 그야말로 신의 가호를 받는 용자라는 것이지요. 실제로도 은색 늑대와 함께하는 이들은 하나같이 훌륭한 용자였습니다."

설명을 하는 동안 무마타는 계속해서 이니안와 케이로스를 선망의 시선으로 바라보았다. 주변에서 같이 말을 타고 있는 갈라히벤의 병사들 역시 그런 시선은 마찬가지였다.

의외의 사실에 이니안은 머쓱한 듯 머리를 긁적였다.

"그런, 저는 그렇게 대단한 사람이 못 됩니다."

이니안이 쑥스럽게 말했지만 그를 바라보는 사람들의 시선은 변하지 않았다. 단지 케라우의 고개가 좀 더 심하게 돌아가 있었을 뿐이다.

"하하, 아닙니다. 은색 늑대와 함께한다는 것만으로도 용자의 자격이 있으십니다. 신의 가호가 따르는 용자께는 인간들의 신분이란 무의미한 것이지요."

이니안은 이제야 갈라히벤에 들어온 이후 자신과 케이로스를 향한 시선을 이해할 수 있었지만 무척이나 부담스러웠다. 무마타의 말대로라면 나이안에 들어간 이후 자신이 상당히 피곤해질 것이라는 사실은 뻔했기 때문이다.

"그런데 갈라히벤의 귀족은 다섯 단계의 신분이 전부입니까? 대륙에는 계승 귀족의 전에 단승으로 귀족의 작위를 가질 수 있습니다만. 준남작이나 기사 같은 작위 말입니다."

"그런 작위가 있습니다. 귀족들은 모두 평민에서 실력을 인정받아 단계가 올라간 것이니 당연히 그런 작위가 있죠. 바로 '세르'라는 작위입니다. 다른 왕국이나 제국의 준남작에 해당한다고 보시면 됩니다. 저도 세르부터 시작해서 라온에까지 올랐답니다."

"젊은 나이에 대단하시군요."

무마타의 말이 의미하는 바는 컸다. 라온은 계승 작위임에도 불구하고 그는 세르에서 스스로 라온의 작위를 손에 넣었다는 것이니 가진 바 능력이 그만큼 대단하다는 것이리라.

본디 신분이란 물려받은 것을 지키는 것보다 스스로 쌓아올려 가는 것이 몇십 배는 더 어려운 법이었다.

"과찬이십니다. 단지 운이 좋았을 뿐입니다."

이니안의 칭찬에 그는 무척이나 쑥스러워했다. 그럴 것이 신의 가호를 받는 용자의 칭찬이 아니던가.

"아, 라온이 작위의 이름이라면 무마타는 성인가요?"

"아닙니다. 이름입니다. 저희는 성이 아닌 이름에 작위 명을 붙입니다. 그리고 성은 이름 앞에 쓰고요. 제 풀 네임은 로토 무마타입니다. 저희가 이름에 작위를 붙이는 것은 작위를 가문의 힘으로 얻은 것이 아니라 스스로의 능력으로 인정받은 것이라는 자부심 때문입니다."

"그렇군요."

알면 알수록 갈라히벤의 문화는 재미있었다. 나와는 다른 독특한 것을 알아간다는 것, 그것은 무척이나 신선하면서 재미있는 일이었다.

그 외에도 길을 가는 동안 무마타는 갈라히벤의 다양한 문화와 풍습에 대한 이야기를 해주었다. 덕분에 이니안은 시간 가는 줄 모르고 길을 갈 수 있었다.

마차 안에서도 밖과 크게 다르지 않은 모습이 연출되고 있었다. 듀카 자작이 포르시아가 반드시 알아야 할 사항들에 대해 설명하고 있었다.

"그렇군요. 잘 알겠어요, 듀카 자작님. 이렇게 일부러 찾아오셔서 중요한 것들을 알려주시다니 정말 감사합니다."

"아닙니다. 당연히 해야 할 일이죠. 그나저나 세이버 경 말입니다."

듀카이 이니안의 이야기를 꺼내자 포르시아가 고개를 갸웃거렸다.

"네, 세이버 경이 왜요?"

"공작님께 말씀은 들었습니다. 임시로 기사로 삼은 자라고요."

"예."

"이거 공녀님께서 운이 좋으시다고 해야 할지 나쁘시다고 해야 할지······."

듀카 자작은 미처 말을 제대로 끝맺지 못했다.

"그게 무슨 말이죠?"

포르시아는 의아해 하는 얼굴로 듀카 자작에게 물었다. 그에 대한 답으로 듀카 자작은 갈라히벤의 신앙과 은색 늑대, 그리고 은색 늑대와 함께하는 인간에 대한 이야기를 하나하나 풀어갔다. 마차 안의 세 사람은 흥미진진한 얼굴로 그 이야기를 들었다.

"그렇다면 이곳에서는 저보다도 세이버 경이 더 대단한 존재라는 건 가요?"

"납득하기 어려우실 수 있습니다만 그럴 수 있습니다. 일단 은색 늑대와 함께하는 용자는 왕도 함부로 할 수 없는 위치이니까요. 국왕 역시 독실한 보아닌의 신자이기도 하시고요."

"그거 정말 대단하네요."

듀카 자작은 일개 기사가 공녀보다 더 대접받을지도 모른다는 사실에 그녀가 언짢아할 거란 생각에 무척 조심스럽게 말했다. 하지만 포르시아의 반응은 그의 생각과는 정반대였다. 오히려 진심으로 기뻐하고 있었다.

포르시아는 수하가 잘되면 그것을 기뻐하는 그런 넓은 마음을 가진 진정한 귀족이었지, 다른 이가 자신보다 잘되는 꼴을 못 보는 편협한 가짜 귀족이 아니었다.

"자작님의 우려와 달리 이것은 공녀님께 절대적으로 유리한 일입니다."

그때 다프네가 끼어들었다.

"그게 무슨 말이요, 파이어 경?"

"갈라히벤의 모든 사람이 경외하는 보아닌의 용자가 진심을 다해 모시는 분이 포르시아 공녀님입니다. 자연 보아닌의 용자를 향한 경외는 공녀님께도 이어지겠죠."

"그렇군요."

다프네의 설명에 듀카 자작의 얼굴이 밝아졌다.

"그리고 저 케이로스라는 늑대는 실내에 들어가면 세이버 경보다는 오히려 공녀님을 더 따르지 않습니까?"

이어진 그녀의 말에 듀카 자작의 얼굴이 더 더욱 밝아졌다.

"그게 정말입니까, 파이어 경?"

"네."

다프네가 한 번 더 확실히 대답하자 듀카 자작은 세상이라도 다 얻은 듯 기뻐하는 기색이 역력했다.

포르시아는 그저 잔잔한 미소를 머금고 그런 듀카 자작을 지켜보았다.

"은색 늑대가 따르는 여인을 이곳에서는 보아닌의 성녀라고 부릅니다. 보아닌의 용자 못지않은 존경을 받는 위치이죠. 용자의 경우는 어떻게 가끔 나타납니다만 보아닌의 성녀는 벌써 몇백 년째 없었습니다. 단지 기록으로만 남아 있죠. 은색 늑대가 지키는 성녀란 이미 이곳에서도 전설로만 남아 있습니다. 그런데 저 늑대가 실내에서는 공녀님을 따른다니……."

듀카 자작은 감격에 겨운 목소리로 미처 말을 끝맺지 못했다.

"제국의 공녀가 보아닌의 성녀라면 제국과 갈라히벤 왕국의 관계에도 무척이나 좋은 일입니다. 그들이 신성시하는 성녀가 제국의 황제 폐하를 섬기며 또한 황자 전하의 약혼녀라니 대단한 일이지요."

듀카 자작은 어느새 자신만의 세계에 빠져들어 감격에 찬 말을 계속 쏟아냈다. 양국의 관계에까지 생각이 미치는 것을 보면 그는 분명 외교관이었다.

"그 이야기는 이제 그쯤 하도록 하죠. 그것보다도 갈라히벤의 신기한 문물 이야기가 듣고 싶네요."

포르시아의 제지에 듀카 자작은 머쓱한 듯 머리를 긁적였다.

"이거 제가 너무 흥분했나 봅니다. 하하하."

그리고 나서 듀카 자작은 포르시아의 요청대로 갈라히벤의 다양한 문화에 대한 설명을 계속했다.

마차 안과 밖 모두 갈라히벤의 신비하고 생소한 문화의 이야기 속에 흠뻑 빠져들고 있었다.

Chapter 4

성녀님을 뵙습니다

성녀님을 뵙습니다

푸른 초원을 가로지르는 관도를 달려 정확히 하루 만에 갈라히벤의 수도인 나이안에 도착했다.

나이안의 왕궁에서 대대적인 환영을 해주었음은 두말할 필요도 없었다.

아니, 마차의 선두에 있는 케이로스의 모습에 수많은 사람들이 왕궁으로 향하는 대로에 뛰쳐나와 포르시아 일행의 행렬을 구경했다.

은색 늑대의 출현 소식에 본디 왕궁의 대전에서 포르시아를 기다리고 있던 갈라히벤의 국왕 메오루도 몸소 왕궁의 성문 앞까지 행차했다.

"허허. 어서 오시오, 제국의 공녀여. 우리 갈라히벤에 온 것을 환영하오."

"환대에 깊은 감사를 드립니다, 국왕 전하."

메오루의 환대에 포르시아는 기품있는 모습으로 감사의 인사를 전했다.

"과연 제국의 공녀로구려. 보아닌의 용자를 앞세우고 우리 왕국을 방문하다니 말이오."

메오루는 케이로스와 이니안을 흐뭇한 얼굴로 번갈아 보았다. 보아닌의 독실한 신자이기도 한 그가 살아생전 보아닌의 용자를 보게 되는 행운을 누렸으니 어찌 기쁘지 않겠는가.

메오루 국왕의 말을 포르시아는 담담함 미소로 받았다.

"자, 어서 들어가도록 합시다. 일단은 여독을 풀어야 할 테니 내 쉴 곳을 마련해 두었소."

아무리 제국의 공녀라 하더라도 일국의 국왕에 비하면 그 위치는 낮았다. 국왕이 반 경어를 쓸 정도의 위치는 아닌 것이다. 하지만 포르시아는 보아닌의 용자를 앞세우고 왔기에 그 위치에 대한 존중으로 메오루 국왕은 반 경어를 사용했다.

국왕이 앞장서 왕궁 안으로 들어가자 포르시아와 이니안이 그 뒤를 따랐다.

물론 케이로스도 함께 안에 들어갔음은 두말할 필요도 없었다. 보아닌의 신수인 은색 늑대가 보아닌의 나라나 다름없는 갈라히벤에서 못 갈 곳은 없었다.

"오오!"

왕궁의 복도를 얼마나 걸었을까? 국왕은 뒤에서 들려오는 탄성에 고개를 갸웃거리며 뒤를 돌아보았다. 국왕이 앞장서 걸음을 옮기는데 뒤에서 탄성이라니 이것은 엄청난 무례였다.

하지만 뒤를 돌아본 국왕은 그런 무례를 탓할 수가 없었다.

"이럴 수가……!"

그도 놀람에 찬 소리를 토하고 있을 뿐이다.

달랐다.

케이로스의 위치가 달랐다.

왕궁의 입구에서는 분명 케이로스는 용자의 뒤에 앉아 있었다. 하지만 지금 그 신수는 포르시아의 곁에서 걸음을 옮기고 있었다. 거기에 가끔 장난치듯 자신의 머리를 작은 포르시아의 얼굴에 비비기까지 했다.

"이럴 수가……."

포르시아가 웃으며 케이로스의 목덜미를 쓰다듬자 사람들은 경악에 찬 소리를 흘렸다.

"이런, 케이로스, 그만 하렴. 나중에 많이 놀아줄 테니까. 지금은 국왕 전하도 계신 자리니 말이야."

사람들의 시선이 자신을 향한 것을 안 포르시아는 조용히 달래듯 케이로스에게 말했다. 그러자 케이로스는 고개를 끄덕이며 당당한 자세로 포르시아의 곁에 섰다.

메오루 국왕의 두 눈은 찢어질 듯 커졌다.

"서… 성녀로고… 보아닌의 성녀가 나타났구나!"

국왕이 말이 선언이라도 되었을까? 주변에 있던 모든 사람이 포르시아를 향해 무릎을 꿇었다.

"성녀님을 뵙습니다."

극상의 예를 표하는 자세로 공손히 무릎을 꿇고 엎드려 절하는 인물들의 행동에 포르시아는 당황해서 어쩔 줄을 몰라 했다. 심지어 국왕마저 자신을 향해 허리를 굽히고 있었다.

듀카 자작은 그런 모습을 흐뭇한 얼굴로 바라보고 있었다. 자신의 생각이 대충 들어맞았기 때문이다.

물론 케이로스의 행동은 이니안의 지시였다. 마차에서 내린 후 칼이 이니안에게 보아닌의 성녀에 관한 이야기를 해주었기에 이니안이 케이로스에게 지시한 것이다.

[또 애완견 신세란 말입니까, 마스터?]

한숨 섞인 말을 하기는 했지만 어차피 칸세르 영지에서도 했던 일이다. 갈라히벤 왕궁에서도 그런다고 해서 대단할 것은 없었다.

케이로스는 충실히 이니안의 지시를 이행했고 덕분에 포르시아는 이 자리에서 찬란히 빛을 발하고 있었다.

"오오, 내가 살아서 보아닌의 성녀를 뵙게 될 줄이야… 실로 430년 만의 재래이나니. 보아닌이여, 감사합니다. 마라."

국왕이 허리를 굽힌 자세로 보아닌의 성호를 그으며 기도하듯 말하자 무릎을 꿇은 이들 역시 성호를 그으며 같은 말을 중얼거렸다.

"보아닌이여, 감사합니다. 마라."

갑작스러운 사람들의 행동에 포르시아는 당황해 어쩔 줄을 몰라 했다. 아무리 공녀라 하지만 일국의 왕이 그녀 앞에서 허리를 숙이고 있는데 어찌 평정심을 유지할 수 있을까.

"국왕 전하, 이 무슨 행동이십니까? 부디 옥체를 바로 하십시오."

포르시아의 말에 메오루 국왕을 허리를 폈다.

"미처 성녀이심을 모르고 저지른 무례를 용서하십시오."

어느새 국왕은 포르시아에게 경어를 사용하고 있었다.

보아닌의 성녀라는 위치가 갈라히벤에서는 그런 것이다. 용자는 인정을 받지만 성녀는 숭배를 받는다. 국왕이라 해도 그 숭배에서 결코 예외일 수는 없었다. 몇백 년에 한 번 나타난 성녀이기에 당대에 성녀가 나타났다는 것만으로도 엄청난 일이었다.

"무마타 레온, 경은 어서 신전에 이 사실을 알리게."

"네, 전하."

무릎을 꿇고 있던 무마타는 서둘러 달렸다. 왕궁에서 달리는 것이 묵인이 될 정도로 이것은 엄청난 일인 것이다.

"그럼, 준비해 둔 처소로 가시지요."

하지만 국왕의 걸음의 애초의 예정과 다른 곳으로 향했다. 귀빈 중의 귀빈만을 대접하는 별궁으로 방향을 바꿨다. 물론 그러한 사실을 포르시아 일행은 알지 못했다.

"우와! 훌륭하네요!"

캐서린은 안내받은 별궁을 둘러보며 연신 감탄성을 토하느라 정신이 없었다.

그럴 수밖에 없는 것이 작은 궁전 하나가 포르시아 일인을 위해 준비된 것이다. 이것은 그 누구도 예상하지 못한 파격적인 대우였다.

"부담스럽기만 한걸."

갈라히벤 왕국의 사람들이 물러간 후 포르시아는 쓴웃음을 지었다. 마차에서 성녀 이야기를 들었을 때는 그저 그런가 보다라고만 생각했는데 실제로 이곳 사람들의 반응을 보니 이것은 상상을 초월하는 수준이었다.

"그러게 말입니다."

이니안이 쓴웃음을 지으며 들어왔다. 그 역시 포르시아의 별궁 정도
는 아니지만 제법 큰 저택 수준의 건물을 배정받았다. 하지만 그 자신
의 임무가 포르시아의 경호였기에 그곳을 고사하고 이 별궁의 방 하나
에 짐을 풀었다.

"하아. 조용히 주변을 둘러보다가 가려고 했는데 이래서야 그러기는
틀린 것 같네요."

케이로스의 목덜미를 쓰다듬으며 포르시아가 한숨을 쉬었다.

앞으로의 일은 보지 않아도 대강 알 수 있었다.

성녀라는 존재는 각 신의 교단마다 존재했다. 그리고 성녀가 나타났
을 때의 일도 기록으로 남아 있다. 포르시아는 그런 기록을 읽었고 때
문에 앞으로의 일을 대강은 예상할 수 있었다.

"죄송합니다, 제가 괜히 케이로스를 데리고 와서는."

이니안이 면목없다는 듯 말했다.

"아니에요. 케이로스를 영지의 저택에 둘 수도 없는 노릇이잖아요.
그리고 제가 케이로스가 좋은걸요. 후훗."

케이로스를 보며 그녀는 웃음을 머금었다.

"예. 일이 이렇게 된 것 어쩔 수 없으니, 일단은 푹 쉬십시오. 사실
그간의 일정으로 몸이 상당히 피로하실 겁니다."

"네. 그래야지요."

소파에서 몸을 일으킨 포르시아는 욕실 쪽으로 걸음을 옮겼다. 그
모습에 왕궁에서 제공해 준 시녀들이 재빠르게 움직였다.

성녀님을 한 치의 불편함도 없이 모시는 것이 그녀들의 임무. 그녀

들은 성녀님을 모시게 되었다는 소식에 감격에 떨었으며 불타는 의무
감으로 이 별궁으로 왔다. 그리고 그 사명감만큼이나 동작이 재빨랐
다.

"응? 케이로스, 너도 함께 들어갈래?"

케이로스가 포르시아의 뒤를 따르자 포르시아는 생긋 웃으며 케이
로스와 함께 욕실로 향했다. 시녀들은 그 모습을 감격에 가득 찬 눈으
로 바라보고 있었다.

"쩝. 부럽네."

그때 이니안의 옆에 서 있던 케라우가 아쉽다는 듯 입맛을 다셨다.
물론 그런 그를 향해 다프네의 살길로 불타는 눈빛이 쏘아졌음은 두말
할 필요도 없었다.

"그게 정말인가?"

배꼽까지 내려오는 흰 수염을 기른 인자한 인상의 노인의 두 눈이
격정으로 심하게 떨렸다. 한 가지 특이한 점이 있다면 그 노인의 머리
에는 머리카락이 하나도 없는 대머리라는 것이었다.

"네. 틀림없습니다, 교황님."

무마타는 허리를 숙이며 확신에 찬 어조로 대답했다.

"그럴 수가. 아무런 신탁도 없었거늘… 은색 늑대가 나타나고 그 늑
대가 용자와 성녀를 따르다니… 용자와 성녀께서 하나의 신수를 데리
고 함께 나타난 적은 우리 교단 역사상 단 한 번도 없었네. 허어, 이럴
수가. 아니, 여기서 이러고 있을 것이 아니지. 어서 왕궁으로 가세나."

현 보아닌 교단의 교황인 라고스는 서둘러 채비를 하고 빠른 걸음으

로 신전을 벗어났다. 곁에서 무마타 역시 빠른 걸음으로 그를 쫓았다.

신전을 벗어나는 동안 라고스처럼 대머리에 교단의 사제복을 입은 신관들이 양 손바닥을 모으며 인사를 했으나 그는 인사를 받는 둥 마는 둥 했다. 그 모습에 신관들은 의아한 듯 고개를 갸웃거렸으나 곧 자신들의 할 일을 계속했다.

"성녀님은 안에 계시오?"

포르시아의 침실 문 앞에 서 있던 이니안은 갑작스레 찾아온 노인의 모습에 고개를 갸웃거렸다.

"보아닌 교단의 교황님이십니다."

"아, 처음 뵙겠습니다. 공녀님을 모시고 있는 기사 이니안 세이버라고 합니다."

교황이라는 말에 이니안은 정중히 허리를 숙이며 인사를 했다.

"이분이 바로 용자이십니다."

무마타는 교황에게 이니안을 소개했다.

"오오. 용자셨군요. 이 늙은이의 무례를 용서하시오. 보아닌께 몸을 의탁한 작은 중생 라고스라 하오."

이니안이 용자라는 말에 라고스는 자신을 정중히 소개했다. 그리고 잠시 이니안을 현현(玄玄)한 눈으로 바라보았다.

"허어. 과연 보아닌께서 내린 용자로고. 어둠 속에 홀로 오롯이 빛나는 빛이 있으메 그 힘을 끌어다 쓰는 이라니. 과연이로고."

알 수 없는 라고스의 중얼거림에 이니안은 고개를 갸웃거렸지만 크게 관심을 기울이지 않았다. 아니, 가급적이면 라고스와의 대화를 피하고 싶은 심정이었다.

어린 시절 신학을 얼마나 싫어했던가. 신전이라는 소리만 들어도 머리가 지끈거리는 사람이 이니안이다.

"성녀님께서는 안에 계십니까?"

이니안이 용자라는 것을 알자 라고스는 경어를 사용했다. 신의 사자나 다름없는 용자이니 신께 몸을 의탁한 신관인 그로서는 당연한 행동이었다.

"네. 안에 계시기는 합니다만 지금은 들어가시는 것은 좀 곤란합니다만."

이니안의 말에 라고스는 고개를 끄덕였다.

"그럼 이곳에서 기다리기로 하지요."

그리고는 두 눈을 감고 가만히 서 있었다. 아니, 입은 연신 작은 소리로 무언가를 중얼거리고 있었다. 무슨 말인지 알아들을 수 없지만 아마도 보아닌의 경전의 내용일 것이라 추측했다.

[저 신관 대단하군. 교황이라 해도 보통의 교황과는 달라. 정말 깊은 신앙을 가진 듯해.]

"그래?"

칼의 말에도 이니안은 대수롭지 않게 대답했다. 본디 신에 대한 일에는 별 관심이 없는 이니안이기에 그런 반응이 나온 것이다.

그런 이니안이 보아닌의 용자라니 참으로 재미있는 일이다.

[자세히 살펴보면 알 수 있을걸. 그는 단번에 너의 힘을 꿰뚫어 봤어, 네가 사용하는 힘이 마이너스 마나라는 것을. 어둠 속의 빛이라는 말이 아마 마이너스 마나를 의미하는 것일 거야.]

칼의 이어진 말에 이니안은 유심히 라고스를 살폈다. 칼이 그렇게까지 말한다면 분명 무언가가 있는 사람이 틀림없기 때문이다.

과연 유심히 살피니 정말 무언가 신비스러운 힘이 느껴졌다.

'이게 신성력이라고 하는 건가?'

감히 범접할 수 없는 위엄이 서려 있는 신비로운 힘이 라고스의 몸 깊숙한 곳에서 쉼없이 잔잔히 솟아나고 있는 것을 느낄 수 있었다.

"음, 끝나셨나 보군."

이니안은 방 안에서 포르시아가 목욕을 마치고 소파에 앉는 기척을 느꼈다.

"이제 들어가서도 될 듯합니다."

이니안의 말에 라고스는 감고 있던 눈을 천천히 떴다.

"그런가요?"

"네."

이니안은 방의 문을 열고 안으로 들어갔다.

"보아닌 교단의 교황께서 오셨습니다."

"이런, 어서 안으로 모시세요."

이니안의 말에 포르시아는 앉아 있던 소파에서 몸을 일으켰다.

"들어오십시오."

라고스는 천천히 걸음을 옮겨 방 안으로 들어섰다.

"처음 뵙겠습니다, 성녀시여. 부족한 몸으로 보아닌께 몸을 의탁한 작은 중생들을 이끌고 있는 라고스라고 합니다. 마라."

"처음 뵙겠습니다. 미오나인 제국 칸세르 공작가의 여식 포르시아 오마 칸세르라 합니다."

포르시아는 교황의 정중한 인사에 맞춰 정중하게 인사를 했다.

막 목욕을 끝낸 그녀의 머리칼은 물기를 잔뜩 머금어 촉촉이 젖어 있었고 얼굴은 발그레 상기되어 있었다. 그 곁에는 역시 물기를 머금은 은빛 털이 빛나는 늑대가 앉아 있었다.

그 모습에 라고스는 이니안이 왜 문앞에서 자신을 기다리게 했는지 알 수 있었다.

"이리로 앉으시죠."

라고스가 소파에 앉자 포르시아도 마주 앉았다. 그리고 두 사람의 담소가 시작되었다. 그동안 이니안은 포르시아의 뒤에 서 있었다. 그 곁에는 케라우와 다프네가 서 있었다.

대화를 나누는 도중 라고스가 간간이 케라우를 힐끗거렸으나 아무도 눈치 채지 못했다.

짧지 않은 시간의 담소를 마치고 라고스는 인사를 한 후 별궁을 나섰다.

"흐음. 신기하군. 신수이긴 하나 다른 신수와는 달라. 무언가 다른 강대한 힘이 깃들어 있으니… 게다가 어찌 성녀님의 곁에 어둠의 존재가 있을 수 있는지……."

라고스는 처음 케라우를 보자마자 그의 정체를 꿰뚫어 보았다. 그로서는 도무지 이해할 수 없었다, 어둠의 자식이 어찌 성녀와 함께 있을 수 있는지.

"흐음. 보아닌의 성녀는 다른 교단의 성녀와는 다르니……."

그렇다.

보아닌의 성녀는 다른 교단과는 상당히 달랐다.

일단 성녀라 칭송받는 이에게 신성력이 없을 수도 있으니 말이다. 다른 교단의 성녀는 신의 축복을 받고 태어난 여아였다. 그랬기에 교단의 누구보다도 강대한 신성력을 지니고 있었다.

하지만 보아닌 교단의 성녀는 달랐다.

단지 신수가 인정한 여인.

그것이 성녀가 되는 유일한 조건이었다. 때문에 평범한 사람이 하루아침에 성녀가 되기도 했다.

다른 교단에서 본다면 이해할 수 없는 일이었지만 교단의 사람들은 보아닌의 말씀을 충실히 따르는 것뿐이다.

내 축복을 내려 은색 늑대를 세상에 내려보낼 터이니,

그가 곧 나의 뜻을 대신하리라.

그가 따르는 이는 곧 나의 가호를 받은 이니 아들딸아.

그 이에게 나의 가호가 함께할지어다.

보아닌의 경전의 한 구절이다.

갈라히벤의 사람들은 그 구절을 충실히 지키고 있는 것뿐이었다.

그 이후 포르시아의 일정은 애초에 예상한 대로였다.

이미 왕궁에 성녀가 나타났다는 소문은 나이안 전체에 퍼졌고 수많은 보아닌의 신자들이 왕궁으로 몰려들었다.

포르시아는 그런 신자들 앞에 나서야 했고 그와 같은 행사는 며칠 동안 계속됐다. 성녀의 출현 소문이 갈라히벤 전체에 퍼지는 것은 금

방이었고 곧 전국에서 수많은 신도들이 몰려들었기 때문이다.

성녀의 존재 덕분인지 의외로 용자인 이니안에 대한 관심은 적었다. 덕분에 이니안은 한숨을 돌렸지만 바쁜 것은 마찬가지였다. 성녀를 지키는 일이 자신의 임무로 항상 포르시아의 곁에 있어야 했으니.

"흐음. 수도가 상당히 복잡하네."

이리아는 길을 가득 메운 사람들을 보며 낮게 중얼거렸다.

"그러게. 무투회까지는 아직 상당한 시일이 있는데 벌써 가는 여관마다 만실이라니. 대체 어떻게 된 거야?"

벌써 네 번째 들른 여관에서 방이 없다는 소리를 들으며 발걸음을 돌려야 했기에 로레인의 목소리에는 상당한 짜증이 어려 있었다.

메이린은 지금의 상황을 이해할 수 없었기에 말없이 걸음을 옮기며 고개를 갸웃거렸다.

"아아, 여기에서 이러고 있는다고 결론이 나는 것도 아니니까 차라리 근처 식당에 가서 요기라도 하자. 여관 잡고 식사하겠다고 점심을 안 먹은 지 벌써 두 시간이나 지났어."

이윽고 메이린이 결정을 내린 듯 단호하게 말했다.

일단 이렇게 기이하게 사람들이 많이 몰려든 현상을 알려면 현지인에게 듣는 것이 가장 빠르다. 지나가는 사람 여럿을 잡고 물어봤었지만 그들은 모두,

"마라."

라고 하면서 양 손바닥을 한데 모으며 웃을 뿐이었다.

'아아, 모르겠어. '마라' 라는 말은 분명 보아닌 교단의 성어(聖語).

그리고 손바닥을 모으는 것은 합장. 그러니까 왜 물어본 사람들마다 성어를 말하면서 합장을 하냐고. 내가 물은 건 그런 것이 아닌데.'

현재 메이린의 머릿속은 온통 뒤죽박죽이었다. 현명한 그녀라면 조금만 생각하면 알 수 있는 일이었지만 성녀와 용자의 출현에 대해서는 미처 생각하지 못했다. 용자만 하더라도 마지막으로 나타났던 것이 벌써 60년도 더 전이고 성녀는 백 년 단위를 넘어갔으니 그것에 관한 일은 간과한 것이다.

"아, 저기 식당이 좋겠다."

일단 식사를 하자는 말에 로레인과 이리아도 동의했기에 그들은 빨리 주변에서 식당을 찾았다. 시력이 좋은 로레인이 가장 먼저 식당을 찾았다.

다행히 식당에는 자리의 여유가 있었다. 점심때가 제법 지난 시간이었기에 당연한 일이었다.

"이층으로 올라가자."

로레인이 앞장서서 이층으로 가는 층계를 올랐다.

자리를 잡자 식당의 점원이 메뉴판을 들고 나타났다. 하지만 로레인과 이리아는 갈라히벤의 음식에 대해 아는 것이 없었기에 메뉴판을 멀뚱거리면서 보다가 곧 시선을 메이린에게 향했다.

모르는 것이 없는 그녀라면 다른 나라의 음식에 대한 지식도 있을지 모른다는 막연한 기대 때문이었다.

"후우, 메뉴판 이리 줘."

두 언니에게서 메뉴판을 받아 든 메이린은 몇 가지 음식을 주문했다.

메이린이 능숙하게 주문하자 두 사람은 과연 훌륭한 동생이라는 눈으로 메이린을 바라보았다.

"이곳 음식은 향신료가 특이해서 자칫 잘못 주문하면 입에 대지도 못할 수 있으니까."

그런 시선에 메이린은 대수롭지 않다는 듯 말했다.

"아, 여기요."

메이린은 주변의 손님이 필요한 것이 없는지 살피며 걷고 있는 점원을 불렀다.

"네, 손님."

점원은 메이린이 부르자마자 재빠른 동작으로 메이린들이 앉은 테이블로 다가왔다.

"뭔가 필요하신 거라도 있나요?"

"아니요, 궁금한 게 있어서요."

"네. 무엇이 궁금하신가요?"

점원은 친절한 미소를 띠며 말했다.

"우리는 카일로니아 왕국에서 왔는데요. 제가 알기에 나이안은 이렇게까지 복잡한 도시가 아닌데 너무 복잡해서요. 곧 무투회가 열린다고는 하지만 아직 기간이 제법 남지 않았나요?"

"마라."

메이린의 물음에 점원은 예의 다른 사람들처럼 합장을 하면서 성어를 중얼거렸다.

'또!'

그 모습에 메이린의 눈 사이에 주름이 생겼다. 하지만 지금까지와 달랐던 것은 점원이 합장을 끝낸 후 사람들의 수가 급격히 늘어난 일에 대한 설명을 해주었다는 것이다.

"지금 나이안에 용자님과 성녀님이 나타나셨습니다. 그래서 전국의 수많은 신자들이 그 두 분의 모습만이라도 보려고 나이안으로 몰려드는 것이죠. 덕분에 나이안은 저희 갈라히벤 역사상 최고로 복잡해진 상태입니다."

"아, 그렇군요. 고마워요."

"그럼 즐거운 식사 시간 되시길."

점원은 정중한 인사와 함께 다시 식당 안을 천천히 움직였다.

"하아, 설마 이때 성녀가 나타날 줄이야… 그것도 용자까지."

"그게 무슨 말이니?"

점원의 설명에 어찌 된 영문인지 알게 된 이는 메이린뿐이었다. 이리아와 로레인은 갈라히벤의 모든 것이 생소했기에 그저 메이린을 보며 답답한 눈빛을 보내고 있었다.

"하긴 그 정도 일이 아니면 이곳이 이렇게 복잡해질 이유가 없지. 무투회 때도 이 정도는 아니라고 들었는데. 내가 왜 그 생각을 못했을까?"

메이린은 스스로의 머리를 살짝 쥐어박았다.

"그렇게 해서 아프겠니? 내가 대신 해줘?"

로레인이 그 모습에 싱긋 웃으며 말했다.

"아, 아냐. 언니. 이게 어찌 된 일이냐고 물었었지? 그러니까 그게 말이야……."

로레인이 주먹까지 살짝 들어 보이자 메이린은 서둘러 현재 나이안에서 벌어지고 있는 일에 대한 배경을 설명했다. 갈라히벤의 국교나 다름없는 보아닌 교단, 은색 늑대, 성녀와 용자에 대한 이야기까지. 메이린의 설명이 끝나자 두 사람은 그제야 이해했다는 듯 고개를 끄덕였다.

"그렇게 된 거로군. 이거 운이 없다고 해야 하나 좋다고 해야 하나."

"뭐, 일단은 좋은 거지."

로레인의 말을 메이린이 받았다.

"왜?"

"일단 우리는 갈라히벤에서 몇백 년에 한 번 있다고 하는 축제를 보게 될 거거든. 갈라히벤 사람들도 아는 이가 얼마 없어 아마 고서를 뒤져야 할걸? 후훗."

이리아의 물음에 메이린이 즐겁게 웃으며 답했다.

"갈라히벤에는 성녀의 출현에 신께 감사하며 축제를 벌이거든. 그 마지막 축제가 벌써 500년쯤 전에 있었으니까 정말 쉽게 할 수 없는 구경이지. 원래 갈라히벤의 무투회도 그 축제 중의 하나였어. 무를 숭상하는 분위기 때문에 그 축제 중 무투회만은 매년 열리고 있었던 거고. 마침 무투회 때가 가까워졌으니 아마 그때를 맞춰서 축제가 열릴 거야."

메이린이 설명을 마칠 때쯤 식사가 나왔다. 테이블 위에 놓이는 음식들은 하나같이 먹음직스러웠다.

"으음. 냄새가 신기하네."

"향신료가 다르거든. 이게 또 갈라히벤의 신기한 점 중 하나야."

"그게 무슨 말이야?"

이리아가 호기심 가득한 눈으로 물었다.

"뭐, 나도 책에서만 읽은 내용이고 실제로 보는 것은 처음이네. 이 음식들도 그나마 대륙의 음식과 맛이 비슷하다는 설명을 보고 주문한 거야."

메이린의 설명을 이리아와 로레인은 식사를 하는 것도 중단한 채 듣고 있었다. 사실 선뜻 맛을 볼 용기가 나지 않았던 점도 있었다.

그때 다른 테이블에서 카일로니아 억양의 말소리가 들렸다.

"그러니까 바다와 접한 영토의 면적은 우리 카일로니아가 훨씬 넓어. 우리는 로란 반도까지 영토 내에 있기 때문에 해산물도 무척이나 풍족한 편이고. 그런데 갈라히벤에서 바다와 접할 수 있는 부분은 비라인 강의 하구 일부분이야. 세바노 왕국와 제이난 왕국 사이의 극히 일부의 땅이지. 그런데 향신료라던가 조미료의 기본이 되는 것들이 전부 해산물이라는 거야. 여기 이 '료'라는 소스도 생선을 삭힌 게 기본이 되거든."

"그래, 내가 설명하려던 내용이 바로 저거야."

메이린은 근처의 테이블에서 들려오는 설명에 고개를 끄덕이며 로레인과 이리아에게 말했다.

"우와~ 너만큼이나 박식한 사람이 또 있었네."

"뭐, 여행을 좋아하고 갈라히벤에 관심이 있는 사람이라면 누구나 알 수 있는 내용이야. 조금만 노력한다면 말이지."

로레인의 감탄에 메이린은 크게 대단한 것은 아니라는 듯 말했다.

"그런데 저 사람 어디서 많이 본 것 같은데."

이리아가 말소리가 들려온 테이블을 유심히 살피다가 말했다.

"어디, 어디?"

그 말에 로레인은 이리아가 보고 있는 테이블로 시선을 가져갔다.

"엇! 저 녀석!"

테이블에 앉은 두 사람 중 한 명의 얼굴을 보고 로레인이 자리에서 벌떡 일어섰다.

"왜 그래?"

메이린이 그녀의 갑작스러운 행동에 놀라서 물었다.

"당연히 아는 녀석이라서 그러지."

그 말을 남기고 로레인은 그쪽 테이블로 성큼성큼 걸어갔다.

"오랜만이네."

"네?"

그 테이블의 주인은 갑작스러운 말소리에 대화를 중단하고 소리가 들려온 쪽으로 고개를 돌렸다.

"어엇!"

"앗!"

"에엣!"

세 사람의 시선이 한데 얽히는 순간 셋 모두의 입에서 경악에 찬 소리가 터져 나왔다.

"로레인 누나!"

"로레인 누나가 어째서 여기에?"

"마일론! 너까지 있었어? 대체, 마일론이랑 파르미안 너희가 어떻게 여기에 있는거야?"

셋 모두 상대방이 이 자리에 있다는 사실에 놀란 듯 두 눈을 커다랗게 뜨고 서로를 바라보았다. 로레인은 파르미안의 얼굴을 알아보고 이쪽 테이블로 온 것이기에 마일론의 존재에 한 번 더 놀란 듯했다.

"뭐야?"

"누구라고?"

로레인의 외침 소리를 들은 이리아와 메이린도 그쪽 테이블로 서둘러 다가갔다.

"에, 이리아 누나에 메이린 누나까지? 대체 이곳에는 어쩐 일이세요?"

마일론이 자신들이 앉은 테이블 앞에 서 있는 세 미녀를 보며 얼떨떨한 목소리로 말했다.

마일론과 파르미안.

이니안의 왕립학교 시절 그를 유난히 따르며 또 절친했던 두 친구의 이름이다.

종종 이니안을 따라 집에 놀러왔기에 이들 다섯은 안면이 있었다. 더군다나 로레인은 파르미안과 검술 대련을 해줄 정도로 상당히 친했었다. 마일론은 메이린과 전술에 관한 토론을 벌이는 것을 즐기기도 했었다.

다섯 사람은 테이블이 좀 더 큰 자리로 옮겨 서로의 이야기를 나누었다. 일단 어떻게 이 먼 곳에서 우연이라고는 하지만 이렇게 절묘하게 만났는지 알아야 했다.

"으음. 그러니까 이니안 형을 찾아 나섰단 말이죠?"

"그래."

마일론의 물음에 로레인이 고개를 끄덕였다.

"그리고 그 핑계가 로레인 누나의 시집이라… 하긴 나이가 차고 넘치긴 했죠."

찌릿.

마일론의 중얼거림에 로레인의 사나운 눈빛이 그를 향했다.

"으음. 그런데 그 핑계 너무 위험한 거 아니에요? 이니안 형을 찾는 것보다 로레인 누나의 남편감을 찾는 것이 훨씬 어려울 것 같은데요."

파직!

로레인의 손에 쥐어져 있던 물컵이 산산조각났다.

하지만 마일론은 아무런 동요를 보이지 않았다. 이미 그녀의 그런 반응에는 익숙해져 있었다. 게다가 그는 로레인이 자신을 어쩌지 못한다는 확실한 자신감을 가지고 있었다.

로레인은 기사였다. 그녀는 검을 모르는 이를 함부로 힘으로 억누르지 않았다. 마일론 자신이 장난스런 농담을 좀 했다고 그를 어찌할 로레인이 아닌 것이다.

덕분에 로레인은 마일론을 만나면 항상 험악한 얼굴을 하고는 했다. 물론 마일론이 그녀를 놀리며 원인 제공을 했기 때문이지만 말이다.

"너 요즘 한가한가 보다? 군부에 들어가겠다고 했던 거 같은데?"

마일론의 말이 마음에 들지 않은지 로레인의 가시 돋친 말이 그를 향했다.

"뭐, 그렇죠. 일단 군부는 철저한 상명하복이니까요. 일단 들어가면 제가 해보고 싶은 일을 할 수 없잖아요. 그래서 그전에 하고 싶었던 일을 해두려고요. 돈도 제법 벌었고."

마일론은 싱긋 웃으며 대답했다.

"아, 파르미안, 자유기사 작위 얻은 것. 축하해."

마일론에게는 말로는 안 된다는 것을 알고 있는 로레인은 고개를 획 돌려 파르미안에게 생긋 웃는 얼굴로 말했다. 파르미안이 기사의 작위를 얻은 것은 일 년 전이었지만 그가 작위를 얻고 나서 로레인 자매들은 그를 처음 만나는 것이었다.

"감사합니다."

로레인의 축하에 파르미안은 고개를 숙이고 머리를 긁적였다.

어쨌든 로레인은 소드 마스터다.

검의 길을 걷는 모든 이들에게 선망과 존경의 대상인, 그런 그녀가 직접 축하의 말을 해주자 파르미안은 무척이나 쑥스러워했다.

"아, 그런데 너희 숙소는 구했어?"

이리아가 생각났다는 듯 말했다.

"네. 물론이죠. 예약을 하고 왔는걸요. 오늘은 시내 관광을 한다고 나온 거예요. 이 식당 제법 유명하거든요, 관광 가이드북에도 실릴 정도로."

"그래?"

그 말에 로레인은 자신 앞에 놓은 음식을 포크로 찍어서 살짝 베어 물었다.

"으음. 독특한 맛이네."

카일로니아의 음식보다 시면서 톡 쏘는 듯한 자극적인 맛이 느껴졌다.

"생선을 삭힌 것이 소스의 기본이니까요. 재미있죠?"

"아, 그 설명이라면 이곳에도 들렀어."

로레인은 손을 흔들며 말했다. 이미 들었으니 다시 말하지 않아도 된다는 뜻이다.

"이거 제법 먹을 만하네. 아니, 계속 먹혀. 식욕을 자극하는 무언가가 있나?"

"메이린 누나가 주문을 잘한 거죠. 우리 입맛에 맞을 만한 것만 주문했네요."

마일론이 포크와 나이프를 놀리며 대답했다.

"그런데 이건 뭐야? 왜 식탁에 작은 작대기 두 개를 올려놓은 거지?"

"아, 그건 젓가락이에요."

"젓가락이란 거야."

이리아의 물음에 마일론과 메이린의 입에서 동시에 대답이 나왔다.

"우리가 외국인이라는 걸 알고 포크와 나이프도 식당에서 준비해 준 모양인데, 이곳에서는 일반적으로 그 젓가락으로 음식을 먹어."

메이린이 웃으며 설명했다.

"에? 이런 걸로 어떻게?"

"뭐, 우리가 사용하기에는 제법 힘들지만요, 익숙해지면 상당히 쓸 만해요. 저길 보세요."

마일론의 손끝은 늦은 점심을 즐기고 있는 갈라히벤의 사람들이 있었다. 그들은 능숙하게 젓가락이라는 도구를 놀려 음식을 집어먹고 있었다.

"호오. 저렇게 쓰는 건가? 과연 편리하겠는데?"

로레인은 눈을 빛내며 젓가락을 손에 들었다. 신기한 것을 보았으니 직접 해보려는 것이다.

"아얏!"

하지만 생각처럼 쉽지 않은지 계속 음식을 놓쳤다.

"쉬운 게 아니라니까. 외국인은 상당히 연습해야 해. 그러니까 그냥 거기 있는 포크로 먹어, 언니. 접시 더러워지잖아."

"쳇."

메이린의 말에 로레인은 어쩔 수 없다는 듯 한쪽에 놓아두었던 포크를 집어 들었다.

"참, 숙소를 못 구하셨나 봐요?"

로레인 때문에 살짝 화제가 바뀌었지만 이리아의 물음을 떠올린 마일론이 물었다.

"그래. 우리는 미오나인 제국에 있다가 갑자기 이곳으로 목적지를 정하고 와서 예약을 해둘 정신이 없었어. 게다가 이런 일이 있을 줄 누가 알았겠니?"

메이린의 말에 마일론은 고개를 끄덕였다.

"하긴 성녀와 용자라니 너무 갑작스러웠죠."

마일론도 이미 용자와 성녀에 대한 이야기를 알고 있었다.

"숙소라면 저희가 있는 호텔에 마침 방이 하나 난 거 같은데요."

그때 파르미안이 조심스럽게 끼어들었다.

"아, 그리고 보니 우리가 나올 때 체크아웃 하는 사람들이 있었지. 네 명 정도였으니까……."

마일론도 생각났다는 듯 중얼거렸다.

"그런데 그 방이 아직 남아 있을까? 벌써 시간이 상당히 흘렀잖아."

두 사람의 말에 메이린은 그다지 기대하지 않는 듯 말했다.

"그렇지는 않을걸요. 그 호텔 나이안에서 세 손가락 안에 드는 고급 호텔이에요. 게다가 이미 그런 호텔에서 묵을 만한 귀족들은 모두 수도에 모인 듯하니까요. 여전히 수도로 모여드는 평민들이 묵을 만한 곳은 아니지요."

"그래? 그럼 식사를 마치는 대로 가볼까?"

메이린은 포크와 나이프를 놀리며 말했다. 어차피 방이 없다 하더라도 크게 손해 보는 일은 아니었기 때문이다.

"그런 곳에 묵다니 너 재주도 좋다. 어디서 그런 돈이 난 거야?"

로레인의 물음에 마일론은 씨익 웃을 뿐 별다른 말을 하지 않았다.

"장난을 좀 친 것 같아."

대답은 메이린의 입에서 나왔다.

"뭐?"

로레인이 고개를 갸웃거렸다.

"우리가 사우론을 떠나기 전에 잠깐 알아봤는데 물가가 비정상적으로 움직이더라고. 저 녀석이 뒤에서 장난 좀 쳤겠지. 그 정도 능력은 있으니까."

메이린의 말에 마일론은 더욱 짙은 웃음을 머금었다.

"잠깐, 그런 일이 가능한 거야? 하루에 사우론에서 소모되는 물건들의 종류랑 양이 얼만데!"

로레인은 말도 안 된다는 듯 소리쳤다.

"물론 '보통 사람'은 불가능하지. 하지만 저 녀석은 보통 사람이 아닌걸. 언니를 그렇게 가지고 노는 것만 봐도 알 수 있잖아."

메이린의 말에 로렌인은 기가 질린 얼굴을 했다.

"아우. 아무튼 머리 좋은 인간들은."

무언가 마음에 안 든다는 듯한 투덜거림.

"그래서 마일론, 하고 싶은 일이 갈라히벤 여행만은 아니지?"

메이린이 테이블에 턱을 괴며 물었다. 그녀의 눈은 이미 다 알고 있으니 시치미 떼지 말라고 하고 있었다.

"하하하. 역시 메이린 누나네요. 갈라히벤 무투회는 전부터 꼭 보고 싶었던 거라서요. 뭐 돌아가는 길에는 천천히 가려고요. 올 때는 급하게 대륙 이동 마법진을 이용했지만 말이에요."

"돌아가는 길에는 미에른 후작령을 지날 모양이네?"

메이린은 대수롭지 않다는 듯 중얼거렸다.

"그렇죠, 뭐."

"그래. 난 네가 언제쯤에나 움직일지 궁금했는데 그게 지금이구나."

"뭐, 파르미안이 기사 작위를 얻는 것도 기다려야 했고 또 자금도 모아야 했으니까요."

"그런데 왜 하필 첫 시작이 갈라히벤이야?"

"말했잖아요. 하고 싶은 걸 해두고 싶었다고요."

메이린은 그 말이 의미하는 바를 이해했다. 그만큼 앞으로 마일론이 해야 하는 일은 위험한 일이란 뜻이다. 그전에 심신을 재충전하기 위해 잠시 이곳에 들른 것이리라.

"대체 무슨 이야기야?"

파르미안은 알 수 없다는 눈으로 마일론에게 물었다. 그로서는 마일론에게 들은 적이 없는 이야기였다.

"쩝. 무투회가 끝난 다음에 말하려고 했는데. 메이린 누나 때문에 벌써 알아버렸네. 뭐, 나쁜 이야기는 아니야. 나중에 호텔에서 말해줄 게."

마일론의 말에 파르미안은 더 이상 아무 말도 하지 않았다. 그는 자신의 친구를 믿었고 친구는 지금까지 자신의 믿음에 한 번도 배반하지 않았다.

"자, 식사도 대강 마무리된 것 같으니까 이만 마일론과 파르미안이 묵고 있다는 호텔로 가볼까?"

이리아가 포크와 나이프를 놓으며 말하자 다들 자리에서 일어났다.

"이건 내가 살게."

메이린이 계산서를 들고 내려가면서 눈을 찡긋했다.

다행히 마일론이 말한 대로 호텔에 방이 하나 있었다. 그 방이 특실이라 상당히 비쌌다는 것만 빼면 충분히 만족스러웠다. 그리고 비싸다고는 해도 일국의 공작가의 사람인 그녀들이 충분히 감당할 수 있는 정도였다.

"저기, 그런데 아까 마일론이랑 나눈 이야기는 뭐야? 대강 짐작은 가지만."

로레인이 샤워를 마치고 머리의 물기를 말리며 메이린에게 물었다.

"뭐긴, 언니가 예상하는 그거지."

"그때 그 사건 말이구나."

이리아가 와인잔을 테이블에 놓으며 끼어들었다.

"그래."

"하지만 오빠가 조사했는데도 아무것도 없었잖아, 그 미에른 후작가의 별장에서의 사건."

로레인은 괜한 짓이 아니냐는 투로 말하며 소파에 몸을 기댔다.

"그건 모르지. 뭐 내가 생각해도 미심쩍은 부분들이 많았으니까. 오빠가 철저히 조사하기는 했겠지만 뭐, 마일론은 오빠가 아니니 다른 결과가 나올지도 모르지."

"어머, 그건 무슨 뜻이야?"

로레인이 눈을 가늘게 뜨고 메이린을 지그시 바라보았다.

"말 그래로지, 다른 뜻은 없어. 오빠가 놓친 것을 마일론이라면 알아볼지도 모른다 그런 말이야. 오빠랑 마일론은 다르니까. 게다가 그 아이는 사건 당시 그곳에 있었잖아. 오빠가 모르는 걸 알고 있을지도 모르고. 그리고 아무것도 얻는 것이 없다고 해도 그 아이라면 다시 한 번 꼭 알아보고 싶었을걸? 친구니까."

메이린의 '친구니까'라는 말에 이리아와 로레인은 아무런 말도 하지 못했다, 그 때문에 이니안이 집을 나가기까지 했으니까.

"뭐, 그래도 지금까지는 조사를 할 수 없었을 거야. 마일론은 평민이니까. 하지만 파르미안이 기사의 작위를 받았으니까 이제 폐쇄된 그 별장에 들어갈 수 있잖아. 때를 기다린 거겠지."

"흐응. 그렇단 말이지?"

로레인은 무언가 생각에 잠긴 듯한 얼굴로 잠시 말없이 앉아 있었다. 언니의 그러한 모습에 메이린은 알 수 없는 불안감을 느꼈다. 아니, 그녀의 입에서 무슨 말이 나올지 대강 예상할 수 있었다.

"그럼 우리……."

"그만!"

로레인이 무어라 말을 꺼내기도 전에 메이린이 손을 들어 로렌인의 말을 막았다.

"어머, 왜 그러니? 난 말을 시작도 안 했는데."

메이린의 행동에 로레인은 무언가 마음에 안 든다는 얼굴을 했다.

"말 안 해도 알아, 지금의 언니가 뭐라고 할지 정도는."

"뭐, 보나마나 마일론과 파르미안을 따라 가자는 거겠지."

이리아가 중간에 끼어들었다. 그녀도 자신의 언니가 지금 무슨 생각을 하는지 정도는 훤했다. 누가 뭐라고 해도 같이 자라온 자매였으니까 로레인의 행동 패턴에 익숙한 것이다.

"싫어?"

로레인은 자신의 두 동생을 번갈아 보며 물었다.

"당연하지!"

"썩 내키지는 않는데."

메이린은 단호했고 이리아는 부드럽게 돌려 말했지만 그녀의 평소 행동을 보면 그것은 확고한 거절이나 다름없었다.

"왜?"

로레인의 언성이 살짝 올라갔다.

"우리는 언니 남편감을 찾으러 나온 거야. 그리고 그 일은 오빠가 조사 중이고. 굳이 우리까지 끼어들 이유는 없잖아."

"그래도 사랑스러운 우리의 막내가 가출하게 만든 사건인데 누나들 된 입장에서 어찌 된 일인지 알아보는 게 좋지 않을까?"

메이린의 말에 로레인은 한발 물러서 부드럽게 말했다. 지금은 강하게 나가는 것이 오히려 손해라는 것을 깨달은 것이다.

"언니, 그것보다는 사랑스러운 막내 동생을 찾는 게 순서 아닐까?"

별말없이 로레인과 메이린의 대화를 듣고 있다가 핵심적인 부분을 날카롭게 찌르는 한마디를 던지는 이리아였다.

"으음."

이리아의 말에 로레인은 잠시 이마를 짚으며 고민에 빠졌다.

"그 녀석이 어디 있는 줄 알고 이 넓은 대륙을 떠돌아 다녀? 오빠의 마지막 연락 기억 안 나? 이제 용병 길드에서 그 녀석의 흔적을 찾을 수 없다고 한 거."

로레인의 반격에 이리아와 메이린의 얼굴이 살짝 구겨졌다.

결국 메이린은 비장의 한 수를 꺼낼 수밖에 없었다.

"언니가 정 그러겠다면……."

"그러겠다면?"

로레인은 팔짱을 끼고 도도한 얼굴로 메이린을 내려다보았다. 이렇게까지 나왔는데 감히 네가 뭘 어쩌겠냐는 얼굴이었다.

"집에다 연락하지 뭐."

메이린은 어쩔 수 없다는 듯 손바닥을 펼쳐 보이며 맥 빠진 얼굴로 말했다.

그 말에 로레인의 얼굴이 딱딱하게 굳었다.

"너… 너……."

"뭐, 사실대로 연락하면 되잖아. 언니가 남편감 찾는 거 중단하고 그 사건이 있었던 별장을 조사하러 가려 한다구."

부들부들 떨리는 손가락으로 메이린을 가리키는 로레인은 너무 당황한 듯 입을 어버버거릴 뿐, 아무런 말도 못했다.

"자, 그럼, 이번 이야기는 여기서 끝! 난 이만 씻고 좀 쉴래. 너무 피곤해."

두 사람의 행동을 지켜보던 이리아가 그렇게 이야기에 마침표를 찍고 몸을 일으켜 욕실로 향했다.

"그럼, 언니."

이리아가 몸을 일으켜 사라지자 메이린 역시 몸을 일으켰다.

"나는 산책이나 좀 해볼까나?"

홀로 남겨진 로레인만이 벌게진 얼굴로 소파에 앉아 있을 뿐이었다.

*　　　　*　　　　*

"바실러스 자작이라고? 그게 누구지?"

책상에 앉아 오늘 중 처리해야 할 서류를 검토하고 있던 칸세르 공작은 갑작스러운 시메티딘의 보고에 고개를 갸웃거리며 물었다.

"공녀님의 흔적을 가장 먼저 알린 지방 귀족입니다."

"아! 맞아, 그자였군."

시메티딘의 말에 칸세르 공작은 손으로 머리를 가볍게 두드리며 생각났다는 듯 중얼거렸다.

"분명 우리 측으로 포섭하라고 했었던 것 같은데?"

그리 오래된 일이 아니었지만 그 지시를 내리는 것으로 칸세르 공작은 바실러스 자작에 관한 사항을 기억에서 지웠다. 그 정도면 아랫사람들이 알아서 할 것이고 굳이 자신의 심력을 낭비할 필요가 없었다. 마법 통신으로 본 그의 모습에 대한 판단으로는 바실러스 자작은 크게 신경을 쓸 만한 가치가 없는 인물이었기 때문이다.

"그것이 공작 각하의 지시를 이행하려는 순간 그가 사라졌습니다. 영지의 대소사를 모두 집사에게 위임한 채로 말입니다."

"흐음."

"그래서 그가 돌아오는 대로 연락을 달라고 집사에게 전언을 남겼습니다만 그가 갑작스레 제도에 나타나 이렇게 이곳을 찾아왔습니다."

시메티딘 역시 상당히 곤혹스러운 얼굴이었다. 그 역시 바실러스 자작을 그리 크게 평가하지 않고 있었다. 당시 추적대에 함께 딸려 보냈던 자신의 제자 테리신의 보고 결과 그는 그저 고만고만한 지방 귀족에 불과할 뿐이었으니까.

"어떻게 하시겠습니까?"

시메티딘의 물음에 칸세르 공작은 잠시 고민에 잠겼다. 이윽고 자리에서 몸을 일으켰다.

"먼 길을 왔으니 만나주는 것도 나쁘지 않겠지. 마침 그렇게 바쁜 일도 없고 말이야."

"네. 알겠습니다."

사실 이것은 상당히 파격적인 일이었다. 일개 자작이 약속도 없이 불쑥 찾아와 공작을 만난다는 것은 평민이 아무 약속 없이 자작을 찾아가 만나는 것보다 더 힘든 일이었다. 더군다나 권력의 핵심에 있다는 칸세르 공작이라면 몇 달 전에 약속을 잡고 기다려도 얼굴 한 번 보기가 힘들 정도니 말이다.

"공작 각하께서 곧 오신답니다."

응접실의 소파에서 차를 마시고 있던 바실러스 자작은 시종이 전한 말에 상당히 놀랐다. 사실 그렇게 쉽게 만날 수 있을 거라고는 생각지 않았었다. 그도 귀족. 겨우 자작에 불과한 자신이 공작을 만나는 것이 얼마나 힘든 일인지 잘 알고 있었다.

'으음. 그러면 이것은 필요없는 것인가? 의외로군.'

바실러스는 오른손을 자신의 왼손 가슴에 살짝 올려놓았다. 그 아래 그의 품속에는 하나의 편지가 있었다.

자신이 로즈, 아니, 정확히는 포르시아 공녀를 보고 느낀 것을 적은 편지. 만약 자신과의 만남을 거절했다면 그것을 전했을 것이다. 그렇다면 자신을 만날 수밖에 없으므로.

그사이 칸세르 공작이 나타났다. 그의 뒤에는 시메티딘과 클레비클이 따르고 있었다.

"오랜만이로군, 바실러스 자작."

"오랜만에 뵙습니다, 공작 각하."

바실러스 자작은 정중히 허리를 숙이며 인사를 했다. 그 와중에 그는 잠시 클레비클에게로 시선을 주었다.

'그래. 그렇게 된 것이로군.'

그제야 바실러스 자작은 자신이 풀지 못했던 의문을 하나 풀 수 있었다, 왜 포르시아에게서 드래곤의 눈물의 기운을 느꼈는지를.

포르시아에게서 드래곤의 눈물의 기운을 확실히 느꼈기에 공작이 그것으로 무언가를 하려는 것은 알았다. 하지만 대체 어떤 방법으로 드래곤의 눈물을 포르시아에게 사용했는지 알 수가 없었다. 드래곤의 눈물을 사용하려면 흑마법을 써야 했기에.

세상 사람들은 공작의 오른팔인 대마법사 시메티딘만을 알고 있었다. 바실러스도 그렇게만 알고 있었다.

하지만 그는 오늘 세상에 알려지지 않은 공작의 왼팔을 보았다. 보통 사람은 물론 어지간한 백마법사도 알아차리기 힘들 정도로 미약하게 흑마법의 기운을 흘리는 흑마법사.

시메티딘과 함께 공작의 뒤에 서 있는 인물은 흑마법사가 분명했다. 바실러스가 익힌 흑마법이 그것을 알려주고 있었다.

"그래, 어쩐 일인가? 영지를 비우고 사라졌다 들었는데 이렇게 갑자기 내 앞에 나타나다니 말일세. 허허."

소파에 앉은 칸세르 공작은 인자한 얼굴로 웃음을 흘렸다.

"네, 공작 각하. 제가 잠시 공녀님을 모시는 동안 공녀님의 몸에서 이상한 점을 발견해서요. 그것에 관해 알아본다고 잠시 영지를 비웠습니다. 그리고 그게 무엇인지 대강 알았기에 이렇게 공작 각하를 뵈러 온 것입니다."

바실러스는 쓸데없는 이야기로 시간을 낭비하지 않고 바로 본론으로 들어갔다. 귀족 간의 대화에서는 쉽게 볼 수 없는 직설적인 화법이었다.

과연 그의 말이 끝나기 무섭게 칸세르 공작의 얼굴이 딱딱하게 굳어졌다. 얼굴이 굳기는 그의 뒤에 서 있는 시메티딘과 클레비클 역시 마찬가지였다.

'역시. 후훗. 그런데 저들도 그 일에 관여했나 보군.'

극히 짧은 순간의 표정 변화였지만 그들의 변화를 유심히 살피고 있던 바실러스는 결코 그것을 놓치지 않았다.

"으음. 그런가? 그건 나도 모르는 일인데… 자네가 수고를 했군 그래. 정말 고맙네. 그렇다고 해도 그것은 이런 장소에서 이야기할 만한 것은 아니군. 자리를 옮기도록 하지."

어느새 평소의 얼굴로 돌아온 칸세르 공작은 응접실 주변의 시종과 시녀를 훑어본 후 그렇게 말하고 소파에서 몸을 일으켰다.

'훗. 역시 능구렁이야, 공작.'

바실러스는 충분히 예상했던 일이므로 따라서 몸을 일으켰다.

'하지만 두 사람이라… 감당할 수 있을까?'

지금까지는 모두 바실러스 자신의 계산대로다. 정확히 따지자면 첫 만남은 계산이 어긋났지만 말이다. 그가 이곳에 홀로 올 수 있었던 것은 공작의 곁에 있는 마법사가 시메티딘 하나라는 가정에서였다. 한데 세상에는 드러나지 않은 흑마법사가 한 명 더 있었다. 그 하나의 변수 때문에 어쩌면 일이 상당히 복잡해질지도 몰랐다. 하지만 이미 저지른 일이기에 여기에서 돌아갈 수는 없었다.

"내 집무실이네. 이리로 들어가지."

앞장서 가던 칸세르 공작은 자신의 집무실로 들어가면서 근처에 있던 시종과 시녀를 모두 물렸다. 그로서는 당연한 행동이다. 누구도 알아서는 안 되는 일에 대해 알고 있는지도 모르는 사람이 나타났으니 말이다.

"그래, 그럼 아까 하던 이야기를 다시 해보도록 할까?"

집무실의 책상에 앉은 칸세르 공작은 책상 앞의 소파에 자리를 권하며 물었다.

"아까 드린 말씀 그대로입니다. 공녀님의 몸에서 이상을 발견했습니다."

바실러스가 소파에 앉아서 대답하는 순간 시메티딘과 클레비클의 그의 좌우에 섰다.

"그래, 구체적으로 어떤 변화 말이지?"

공작은 여전히 웃고 있었다.

"어떤 사악한 대법에 걸리신 것 같았습니다."

번쩍.

그 대답이 바실러스의 입에서 나오는 순간 공작의 눈에서 형형한 안광이 뿜어져 나왔다. 그가 기사라든가 마법사라 그런 것이 아니었다. 그야말로 순수한 그의 기세가 안광으로 화해 뿜어지는 것이었다.

그와 동시에 방 안의 분위기가 급변했다.

방 안을 가득 채우는 사납고도 무거운 기세. 그리고 넘실거리는 살기.

'훗. 그렇게 나오셔야지.'

하지만 바실러스는 담담한 얼굴 그대로였다.

"자네, 뭔가 있군."

방 안의 분위기가 급변했음에도 여전히 침착한 바실러스의 모습에 칸세르 공작이 차갑게 중얼거렸다.

"과찬이십니다."

자신만만한 미소가 바실러스의 입가에 맺혔다.

"그럼 하던 이야기를 계속해 보도록 할까? 사악한 대법이라니 무얼 보고 그렇게 말하는 것이지?"

칸세르 공작은 깍지 낀 손으로 턱을 괴면서 스산한 눈으로 바실러스를 바라보았다.

"흑마법을 사용한 대법이니 사악하다고 한 것이죠."

바실러스의 대답에 공작의 눈썹이 꿈틀했다.

"흠음. 거기까지 알고 있다면 거의 다 알고 있다고 봐도 무방하겠군."

공작의 목소리에는 살기가 스며 있었다.

"그렇습니다. 여기 제 왼쪽에 서 계신 분이 대법을 걸었다는 것과 대법에 사용된 재료가 드래곤의 눈물이라는 것도요. 그리고 드래곤의 눈물을 사용한 대법이 어떤 것인지도 알고 있지요. 드래곤의 눈물이 쓰일 용도는 하나밖에 없으니까요."

짝짝짝.

공작은 턱을 괴고 있던 손으로 짧은 박수를 쳤다.

"훌륭해! 내가 자네를 너무 우습게봤었군, 그저 우리 쪽 사람으로 포섭하라는 지시만 내려두고 잊고 있었으니. 내 지금까지 사람 보는 눈은 있다 생각했는데 그런 것도 아닌 모양이야. 자네 같은 사람을 못 알아보다니."

"수정구를 통해 본 것으로 상대의 진면목을 알기는 힘들죠, 특히나 보통 사람은 더 더욱."

바실러스는 여전히 자신만만한 미소를 띠고 있었다.

"그렇다면 내가 어떻게 나올지 정도도 알고 있겠군."

칸세르 공작은 진득한 미소를 지었다.

딱!

그의 손가락이 튀겨지는 순간 빛나는 구체가 바실러스를 몸을 크게 감싸 안았다. 그리고 구체 속으로 몰아쳐 오는 열화의 불꽃.

곧 구체는 시뻘건 불꽃으로 가득 찼다.

"어떻게 안 것인지 모르겠지만 알아서 안 되는 것을 알았어. 그러니 죽어야지."

칸세르 공작은 불꽃이 가득 찬 구체를 보면서 무심히 중얼거렸다.

"으음……."

그때,

두 가지 마법을 동시에 사용해 바실러스를 제거하던 시메티딘이 가는 신음을 흘렸다.

"자네, 왜 그러는가?"

의외의 모습에 칸세르 공작의 시선이 그를 향하는 순간, 구체 속의 붉은 빛이 점점 옅어졌다. 그리고 빛의 구체에 금이 가기 시작했다.

쩌정!

묘하게 울리는 소리와 함께 여전히 자신만만한 웃음을 짓고 있는 바실러스가 처음 그대로의 모습으로 나타났다.

"대단하군요. 역시 대마법사라 불리시는 분입니다. 놀라운 마법 구경 잘했습니다."

너무나 태연한 바실러스의 모습에 시메티딘은 어이가 없다는 얼굴로 그를 바라보았다. 자신이 사용한 마법은 이렇게 간단히 무효화시켜 버릴 정도로 호락호락한 것이 아니었기 때문이다.

"숨겨둔 한 수도 있었던 모양이로군."

이번에는 칸세르 공작도 제법 놀란 탓인지 얼굴에 드러난 동요를 감추지 못했다.

"이 정도 실력이 없었다면 찾아오지 않았을 겁니다. 죽여서 입을 막는다는 가장 간단한 방법. 저 또한 충분히 예상할 수 있으니까요."

"하긴. 포르시아의 몸에 일어난 일을 알아낸 정도의 사람이 내가 어떻게 나올지 예상하지 못한다는 것은 말이 안 되지. 알면서도 왔다는 것은 무언가 바라는 것이 있어서일 테지. 원하는 게 뭐지?"

칸세르 공작 역시 직접적으로 본론을 말했다. 그도 바실러스도 이런 자리에서는 쓸데없는 말은 필요없다는 것을 잘 알고 있었다.

"공작 각하의 그늘에 들어가고 싶습니다."

의외의 말에 칸세르 공작의 표정이 살짝 변했다.

"내 밑에?"

"네."

잠시 동안 공작은 아무 말도 없이 그저 담담한 눈으로 바실러스를 바라보았다. 여전히 방 안의 분위기는 긴장으로 인해 팽팽히 당겨져 있었지만 칸세르 공작의 두 눈만은 고요히 가라앉아 있었다.

"자네 정도의 사람이라면 굳이 내 밑에 들어오지 않아도 될 텐데? 시메티딘의 마법은 간단한 게 아닌데 그것을 그리 간단히 무효화했으니. 그 정도 실력이라면 당장이라도 마법사로서 상당한 대우를 받을 수 있고 말이야."

"보통은 그렇겠습니다만 저는 조금 특이해서요."

바실러스의 대답에 공작의 시선은 시메티딘과 클레비클을 향했다.

게다가 바실러스가 시메티딘의 마법을 무효화하는 순간 클레비클의 얼굴이 딱딱하게 굳었던 것을 공작은 놓치지 않았다.

공작의 시선이 자신을 향하자 클레비클이 입을 열었다.

"이자는 흑마법도 익힌 듯합니다."

"무슨!!"

클레비클의 말에 시메티딘은 말도 안 된다는 듯 소리를 질렀다. 공작의 앞이라는 것도 잊고. 클레비클의 발언은 그 정도로 시메티딘에게 충격적인 것이었다.

"시메티딘."

공작의 한마디. 그때야 시메티딘은 자신의 실수를 알아차렸다.

"죄, 죄송합니다, 공작 각하."

"됐네. 앞으로는 조심하게. 그리고 클레비클, '흑마법도'라고 말한 것은 바실러스 자작이 백마법 역시 익히고 있다는 것인가? 그래서 시메티딘이 저렇게 소리를 지른 것이고?"

"그렇습니다. 저자는 조금 전 시메티딘의 마법을 백마법으로 무효화한 듯했습니다만 그 안에 숨어 있는 암흑 마나의 기운을 제가 분명히 느꼈습니다. 제가 알고 있는 바로도 있을 수 없는 일입니다만 저자는 분명 백마법과 흑마법을 동시에 익혔습니다."

클레비클의 설명에 공작은 고개를 끄덕였다. 자신을 놓고 진행되는 세 사람의 대화에 바실러스의 미소는 더욱 짙어졌다.

'후후후. 공작 당신이라면 나의 가치를 알 것이오. 당신 정도면 내가 잠시 몸을 의탁하기에 부족함이 없지. 물론 어디까지나 '잠시'지만 말이야.'

"그렇다면 납득이 가는군. 포르시아의 몸에 남겨진 대법의 흔적을 알아차렸다는 것이. 어떻게 흑마법과 백마법을 동시에 익혔는지는 이해할 수 없지만. 그런 것은 가르쳐 줄 수 있는 것이 아니지."

"바로 보셨습니다, 공작 각하. 흑마법과 백마법을 동시에 익히는 것은 저희 가문의 비전입니다. 두 가지를 동시에 익혀야 익힐 수 있는 마법. 그것이 저희 가문의 마법입니다. 때문에 대대로 저희 가문의 사람은 몸을 웅크리고 있어야만 했지요. 하지만 저는 공녀님의 몸에서 흑마법의 흔적을 발견하고 공작 각하라면 몸을 의탁할 수 있겠다는 생각에 이렇게 찾아온 것입니다."

사실이 그랬다.

대륙에 흑마법사가 없는 것은 아니었다. 아니, 백마법사에 비하면 적지만 그래도 제법 많은 편이었다. 하지만 흑마법사를 바라보는 세상의 시선이 곱지가 않았다.

마법사로서 인정은 하되 경원시하는 분위기.

일단 흑마법이라면 사악한 것이다라고 생각하는 일반인들의 인식 때문이었다. 실제로도 사악한 마법들이 많았고.

덕분에 흑마법을 인정을 하지만 귀족이 흑마법을 익혔다고 하면 문제가 복잡해진다. 귀족의 체면을 깎는 일이라며 작위를 잃을 수도 있는 일이다.

귀족들이 흑마법을 대하는 이중적인 모습.

필요에 의해 인정은 하고 이용하지만 결코 흑마법사는 귀족일 수 없었다, 그들은 사악한 무리들이기에.

결국 흑마법과 백마법을 동시에 익힌 바실러스 자작가로서는 어찌할 수 없이 마법사라는 사실을 숨기고 숨어살 수밖에 없는 것이었다. 그러던 차에 공작에게 흑마법사가 있다는 사실을 알고 몸을 의탁하러 온 것이다.

"흐음……."

생각에 잠긴 공작의 손가락이 책상을 톡톡 두드렸다.

하지만 바실러스는 이미 공작의 결론을 알고 있었다. 흑마법과 백마법을 동시에 익히고 있다니. 그런 인재는 존재하지 않는다. 자신이 공작이라면 분명 품 안에 거둘 것이다. 그것은 공작 역시 다르지 않을 것.

"좋아. 거두도록 하지."

짧고 간결한 허락.

하지만 그 한마디에 바실러스는 공작 쪽의 사람이 되었다. 그것도 상당한 비밀을 알기에 처음부터 비중있는 위치를 차지할 것이다.

"감사합니다."

미소 띤 얼굴로 바실러스는 허리를 숙여 인사를 했다.

"뭐, 자네라면 이럴 것도 예상하고 있을 테지. 그럼 시메티딘, 클레비클, 새 식구니 알아야 할 것들을 일러주고 인사시킬 곳에 인사시키도록 하게."

"네, 알겠습니다."

시메티딘의 대답을 들은 공작은 바실러스가 찾아오기 전 보고 있던 서류로 시선을 돌렸다.

Chapter 5

다시 한 번 다짐하지만…

사람들이 분주하게 뛰어다닌다. 이것저것 짐을 챙기고 정리하느라 정신이 없는 모습들이다. 그중 몇몇은 두 사람의 치장에 온 신경을 쓰고 있었다. 수많은 사람들을 지나쳐 가야 하기에 그 고결하고도 성스러운 모습을 더 돋보이게 하려면 상당히 공을 들여야 한다. 물론 그러지 않아도 보는 이가 절로 고개를 숙일 위엄과 성스러움을 가졌지만 말이다.

이것이 지금 이니안과 포르시아의 나이안 근교로의 외출을 준비하는 왕궁의 모습이었다.

"여러분들 고생이 많네요."

포르시아의 경어에 그녀의 화장을 손봐주던 시녀가 놀라 허리를 숙인다.

"오히려 영광된 일입니다, 성녀님."

항상 이렇다. 그녀가 무어라 하든 시녀들의 반응은 두 가지 중 하나다.

허리를 숙이며 '영광된 일입니다'라고 하는 것 아니면 합장을 하면서 '마라'라고 성어를 읊조리는 것. 익숙해질 듯 익숙해질 듯 익숙해지지 않는 반응이다.

"세이버 경."

"네, 공녀님."

이미 준비를 마치고 포르시아를 기다리던 이니안은 짧게 대답했다.

"잘 어울리네요. 아주 늠름해 보여요."

"감사합니다."

이니안은 포르시아의 칭찬에 가늘게 웃으며 답했다.

지금 이니안은 갈라히벤의 전통적인 용자의 복장을 하고 있다. 사람들에게 그 모습을 보일 때 용자임을 강조하기 위한 왕궁의 연출이었다. 물론 포르시아도 현재 갈라히벤 전통의 성녀의 복장을 하고 있었다.

이니안의 경우 금세 그 옷이 만들어졌지만 포르시아의 경우 그 옷을 기록을 뒤져 만드느라 시간이 제법 걸렸다. 어제야 겨우 완성되었으니 말이다.

"우리가 오늘 가는 곳이 어디라고 했죠?"

포르시아의 얼굴은 살짝 들떠 있었다.

갈라히벤에 온 이후 처음으로 여행지에서의 관광다운 관광을 하는 날이다. 그간 성녀라는 이유로 사람들을 만나는 것이 그녀가 한 일의 전부였다.

포르시아는 싫은 내색 없이 모든 일을 했기에 보다 못한 케라우가 넌지시 무마타에게 압력을 넣은 것이다.

"무마타 라온, 우리 공녀님이 이곳에 뭐 하러 오셨는지 알고 있습니까?"

"갈라히벤 여행이라고 들었습니다만."

"그렇지요. 그런데 지금 공녀님께서 하고 계신 일들을 여행이라고 보기에는 좀 어려운데요? 공녀님께서 갈라히벤의 성녀라는 것은 왕궁을 들어선 이후에나 밝혀진 일. 그전에 공녀님의 여행을 위한 일정을 짜놓은 게 있지 않을까요? 우리 공녀님이 너무 착하셔서 그렇지만 너무 이렇게 이곳의 방문 목적과 상관없는 일로 무리하시게 하면 좋을 것은 없을지도 모릅니다."

귀족이 아닌 일개 용병인 케라우와의 대화를 떠올린 무마타는 쓴웃음을 지었다. 갈라히벤의 대귀족인 그가 겨우 용병에게 그렇게 휘둘리다니… 물론 그것은 그가 성녀를 모시는 용병이기 때문이다. 그에게 무례한 것은 성녀에게 무례한 것이기에 케라우에게도 예를 다하는 것이다.

게다가 그의 말이 사실이기도 하였기에 무마타는 부랴부랴 나이안 근처의 명소로 포르시아를 안내하기로 하고 준비한 것이다. 물론 국왕의 허락을 받았음은 당연하다.

아니, 애초에 포르시아가 가겠다고 한다면 국왕은 말릴 수가 없었다. 단지 포르시아가 그렇게 가겠다고 먼저 말을 할 사람이 아닐 뿐.

그렇게 케라우의 보이지 않는―포르시아에게―노력으로 성사된 근처로의 외출에 포르시아가 들떠 있는 것이다.

[잘 어울리는군.]

갈라히벤의 전통 복색이 영 어색한지 몸을 움찔거리는 이니안의 모습을 바라보던 칼이 웃으면서 말했다.

"진담이야? 놀리는 거야?"

[양쪽 다라고 해두지.]

칼의 말에 이니안은 포르시아가 눈치 채지 못하게 작게 한숨을 내쉬었다.

"이제 다 되었습니다, 성녀님."

포르시아의 화장과 옷치장을 하던 시녀들이 허리를 숙이며 포르시아에게서 물러났다.

"자, 그럼 이제 제가 모시도록 하겠습니다. 이리로 가시지요."

무마타가 앞장서고 그 뒤를 포르시아가 따랐다. 이니안과 다프네, 케라우가 포르시아의 뒤를 지키며 따랐다. 그 뒤를 캐서린이 종종 걸음으로 따르고 있었다. 케이로스는 포르시아의 곁에서 걷고 있었음은 말할 필요도 없었다.

"아!"

왕궁의 정원에 나온 포르시아는 입을 크게 벌린 채 할 말을 잊었다. 그저 고개를 들어 머리 위를 바라볼 뿐.

"이, 이게 그 말로만 듣던 코끼리라는 동물인가요?"

"네, 그렇습니다."

무마타는 포르시아가 놀라는 모습을 웃으며 바라보았다. 이번만은 이니안과 다프네도 얼굴에 은은한 놀람의 빛을 띠고 있었다. 둘 모두 얼굴에 감정을 잘 드러내지 않는 편인데 코끼리는 두 사람의 얼굴에 경악이라는 감정을 그려주었다.

"대단하네요."

다프네가 새하얀 색의 코끼리를 올려다보며 중얼거렸다.

"그래요. 책에서 그림으로 보고 설명을 읽기는 했지만 역시 실제로 보는 것은 다르군요."

갈라히벤에만 존재하는 거대한 동물, 코끼리.

갈라히벤은 사방이 다른 나라와 트여 있다. 국경을 막는 강이나 산맥 같은 것은 없었다. 그런데 신기하게도 코끼리라는 동물은 갈라히벤에만 있었다.

그 때문에 학자들은 그에 대한 연구를 하면서 분분한 논쟁을 벌였지만 여전히 왜 그런지 원인은 밝혀지지 않은 채다.

이 코끼리라는 동물이 갈라히벤을 또한 대륙 속의 다른 대륙으로 만들어주었다.

휘익!

무마타가 휘파람을 불자 코끼리는 무릎을 굽히며 몸을 낮췄다. 하지만 그럼에도 굉장한 높이였다.

그때 병사들이 무언가를 열심히 끌고 왔다.

그것은 바퀴가 달린 계단이었다. 무릎을 굽힌 코끼리의 등 높이에 딱 맞게끔 제작된 이동식 계단이었다.

"이 녀석은 네오라고 합니다. 국왕 전하께서 타고 다니시는 코끼리로 아주 강하고 영리한 녀석입니다. 이렇게 온몸이 새하얀 코끼리는 갈라히벤에서는 오직 국왕 전하만이 타실 수 있습니다. 성녀님께서 외출을 하신다기에 이렇게 준비한 것입니다."

"나중에 전하께 감사드려야겠네요."

포르시아는 고개를 끄덕이며 말했다.

네오는 국왕의 코끼리답게 화려하게 치장하고 있었다. 금색으로 번쩍이는 비단으로 등이 덮여 있으며 갖가지 빛을 뿌리는 보석들이 비단 위에 장식되어 있었다. 그리고 코끼리의 등에 올려진 지붕이 있는 안장 역시 화려하게 금과 보석들로 세공되어 있었다.

계단이 코끼리의 옆에 장치되자 무마타가 무릎을 꿇으며 한쪽 손을 내밀었다.

"제가 모시겠습니다."

포르시아는 살포시 그의 손에 자신의 손을 얹었다.

무마타의 인도로 포르시아가 안장에 편안한 자세로 앉자 무마타가 코끼리의 목에 걸터앉았다.

"라온께서 코끼리를 모는 건가요?"

"네. 성녀님의 행차이신데 아랫것들에게 몰게 할 수는 없지요. 그리고 갈라히벤의 귀족이라면 누구나 코끼리를 몰 줄 압니다. 그게 귀족의 소양 중 하나이니까요."

포르시아의 물음에 무마타가 웃으며 대답했다.

"그럼 이제 출발하도록 하겠습니다. 제법 많이 흔들릴 테니 옆의 난간을 꽉 잡으십시오."

포르시아는 무마타의 경고에 의자 형태의 안장에 달린 난간을 양손으로 꽉 잡았다.

휘익!

무마타의 휘파람 소리에 네오가 천천히 굽혔던 무릎을 폈다.

기우뚱.

무마타의 말대로 코끼리의 등은 제법 흔들렸다.

"아아!"

그러나 그런 흔들림은 포르시아에게는 큰일은 아니었다, 대신 한없이 높아지는 듯한 자신의 시선에 감탄을 토했을 뿐.

"굉장하네요!"

포르시아의 눈이 반짝였다.

"출발!"

코끼리가 몸을 세우자 어느새 케이로스의 등에 오른 이니안이 외쳤다.

이니안의 외침에 길잡이로 나선 갈라히벤의 기사 한 명이 앞에서 말을 몰았고 이니안이 그 뒤를 따랐다. 그리고 그 뒤로 포르시아가 탄 코끼리가 천천히 걸음을 옮겼다. 그 좌우로 말에 탄 다프네와 케라우가 있었지만 코끼리의 바로 곁에 있었기에 그 모습이 일견 초라해 보였다.

"휘유~ 정말이지 엄청난 녀석이란 말이야."

코끼리의 몸체에 햇빛이 가려 케라우 자신이 말을 타고 있는 곳에 그늘이 드리자 그는 질린 듯 중얼거렸다.

"그나저나 그늘이라니 기분이 좀 그런걸."

태양이 찬란히 빛나는 대낮이었기에 상관은 없었지만 그래도 빛이 가득한 곳을 두고 그늘 속에 있는 것은 기분이 조금 언짢아지는 일이었다.

그렇다고 다프네와 자리를 바꾸기에는 거대한 코끼리의 몸체가 너무나 위험했다.

포르시아가 타고 있는 코끼리 뒤로 기사들과 병사들 그리고 시종들의 행렬이 이어졌다.

은색 늑대가 가슴을 펴고 당당한 걸음을 옮기고 그 뒤로 화려한 백색의 코끼리가 거대한 몸체를 움직이자 곧 대로는 사람들로 가득 찼다.

보아닌의 신수인 은색 늑대와 국왕의 하얀 코끼리도 충분한 볼거리였지만 대로에 모인 사람들의 시선은 오히려 그 두 짐승의 등에 가 있었다.

늑대의 등에 탄 보아닌의 용자와 코끼리의 등에 탄 보아닌의 성녀.

이들은 그 두 사람의 모습을 조금이라도 보려고 이렇게 모여든 것이다.

"성녀님이다! 성녀님! 어쩌면 저리도 고결하고 성스러운 모습이실까!"

"용자님은 어떻고! 아무리 사나운 맹수라도 단번에 때려잡으실 정도로 용맹이 넘쳐흐르시는군!"

대로에 모여든 사람들은 이니안과 포르시아의 모습을 보고 저마다의 감상을 말했다. 그 감상이라는 것이 모두 다 감탄과 감탄, 탄성과 탄성의 연속이었다.

'이거 무슨 구경거리가 된 기분이군.'

케이로스의 등 위에 당당한 얼굴로 앉아 있지만 이니안의 속마음도 그의 표정처럼 당당한 것만은 아니었다.

"응? 이게 무슨 소란이지?"

호텔에서 식사를 마친 후 티타임을 즐기던 메이린이 고개를 갸웃거렸다. 대로에서 들려오는 엄청난 소음. 무슨 일이 있는 듯했다.

똑똑.

그때 들리는 노크 소리. 문을 열자 그곳에는 마일론과 파르미안이 있었다.

"무슨 일이야?"

"성녀와 용자의 행차라고 하네요. 구경 가시지 않겠어요? 우리를 이렇게 고생시켰는데요."

마일론이 싱긋 웃었다.

"흐음. 뭐 일부러 갈 필요가 있는지 모르겠는걸. 우리가 보아닌의 신자도 아니고 말이야."

메이린이 썩 내키지 않는 듯 말했다. 본래 그녀는 복잡한 곳을 싫어하는 편이다. 그래서 굳이 사람들로 가득한 대로로 나가기가 싫은 것이다.

"아, 멀리 갈 필요는 없어요. 저희 방 테라스에서 대로가 보이는 걸요."

"위에서 내려다봐도 돼?"

마일론의 말에 메이린이 고개를 갸웃거리며 물었다.

왕족이나 귀족의 행차 때 그 왕족이나 귀족보다 높은 곳에서 내려다보는 것만으로도 큰 죄에 해당한다. 위에서 혹시 암살을 시도할지도 모른다는 이유에서다.

그 때문에 메이린이 의아한 듯 마일론에게 되묻는 것이었다.

"뭐, 신기하게도 되는 모양이더라구요. 좀 전에 살짝 테라스 밖을 내다봤는데 지붕 위에도 사람들로 가득하던데요. 위층의 귀족들도 모두 테라스로 나와서 합장하고 있구요."

"그래? 그러면 가자. 우리 쪽 테라스에서는 대로가 안 보이니까 마일론 네 방으로 가야겠네."

두 사람의 대화를 모두 듣고 있었는지 로레인이 그렇게 말하며 나타났다. 그녀의 뒤에는 이리아가 웃음 지으며 서 있었다.

"그럼 어디 우리가 숙소를 못 찾고 나이안 시내 곳곳을 누비도록 만든 성녀님을 보러 가볼까?"

메이린이 싱긋 웃으며 방 밖으로 나섰다. 로레인이 잽싸게 방 열쇠를 챙기고 다 같이 마일론의 방으로 들어갔다. 마일론의 방 역시 특실로 메이린들이 머무는 방 못지않게 호화로웠다.

"역시 제법 벌었네."

메이린이 고개를 끄덕이며 중얼거렸다.

방의 구조가 같았기에 로레인과 이리아는 굳이 마일론이 안내해 주지 않더라도 테라스로 나갈 수 있었다.

"우와! 사람들 엄청나네!"

수도의 모든 사람들이 대로 쪽으로 몰려나왔는지 그야말로 대로 주변은 사람들로 가득 차 있었다. 세 자매의 방은 대로의 정반대 쪽에 있었기에 소란스러운 소리는 들려도 테라스 앞 길거리는 평소보다 한산해서 이상하다고 생각했었는데 그 이유가 이것이었다.

"마침 저기 행렬이 오는군요. 신기할 정도로 때가 딱 맞네요."

마일론은 멀리 보이는 코끼리를 가리키며 말했다.

"우와! 저게 코끼리야? 처음 보는데. 정말 동물이 저렇게 클 수 있는 걸까?"

로레인 역시 코끼리를 발견하고는 감탄으로 토했다.

"그 위에 탄 사람이 성녀인가 보네요. 확실히 성녀라 불릴 정도로 아름답고 고귀한 모습입니다."

기사답게 상당히 뛰어난 시력을 가진 파르미안이 보통 사람으로서는 얼굴의 윤곽을 구분하기 힘든 거리에서 포르시아의 얼굴을 정확히 보았다.

"흰색인 걸 보니 왕의 코끼리네, 갈라히벤에서 흰색 코끼리는 오직 왕만이 탈 수 있으니까. 성녀는 왕보다도 고귀한 존재라는 거겠지. 그만큼 아름다운걸."

메이린은 코끼리를 보면서 아무도 묻지 않은 것까지 설명을 해줬다. 그녀 역시 성녀의 미모에 제법 놀란 듯했다.

"그렇다면 코끼리 앞에 있는 늑대가 보아닌의 신수라는 은색 늑대인 모양이네. 그 늑대 위에 탄 사람이 보아닌의 용자일 테고. 어디 보자……."

로레인은 행렬 구경이 상당히 재미난 듯 코끼리 앞에 있어 왜소해 보이지만 사실은 굉장히 커다란 늑대 쪽으로 시선을 옮겼다.

로레인이 시선을 옮김에 따라 나머지 사람들도 늑대의 등위로 시선을 옮겼다.

"……!?"

"……?!"

"아앗!!"

"헉!"

"으음……."

눈앞에 펼쳐진 모습에 제각각 비명에 가까운 놀람의 소리를 터뜨리거나 혹은 너무 놀라 그저 입만 벌리고 있기도 했다.

보아닌의 용자라는, 은색 늑대의 등 위에 탄 기사의 모습.

입고 있는 것은 분명 갈라히벤의 전통 복장이었지만 얼굴이 너무나 낯이 익었다.

아니, 자신들이 너무나 잘 아는 인물이었다.

자신들이 그동안 걱정하며 찾아 헤매던 인물이 늑대의 등 위에 있었다.

"이… 이니안 맞지? 저거?"

가장 먼저 정신을 차린 사람은 로레인이었다.

"분명 맞는 것 같은데요."

마일론이 그 말에 대답했다.

"그런데 저 녀석이 왜 저기 있지?"

"몰라. 뭐가 어떻게 된 건지."

이리아의 물음에 가까운 혼잣말에 메이린을 알 수 없다는 듯 도리질을 쳤다.

"뭐, 어쨌든 찾긴 찾았네. 저 황당한 녀석."

안도하는 것인지 분노하는 것인지 알 수 없는 묘한 목소리. 로레인의 꽉 쥔 주먹은 부르르 떨리고 있었다.

"참 황당한 녀석이야. 갑자기 뚝 떨어지듯 성녀를 보필하는 용자라니. 그것도 보아닌의 위세가 절대적인 이곳 갈라히벤에서."

이리아는 고개를 내저었다.

"넌, 어떻게 할 거야?"

"네?"

메이린의 물음에 마일론은 영문을 모르겠다는 듯 되물었다.

"만나볼 거야? 계획에는 없던 일이잖아."

"계획에는 없던 일이지만 이렇게 이니안 형을 보게 되었으니 당연히 만나야지요."

마일론은 단번에 대답했다.

그도 파르미안도 얼마나 이니안의 행방이 궁금했던가? 하지만 알아볼 방도가 없었기에 그저 참고 있었을 뿐이다. 그런데 이렇게 보게 되었으니 만나는 것은 당연한 일이었다.

"그렇지? 그런데 만나기가 쉽지만은 않을 것 같은데……."

행렬에 둘러싸인 코끼리와 늑대를 보며 메이린은 한쪽 머리를 짚었다.

마일론도 행렬을 내려다보면서 어떻게 이니안을 만날 것인지 고민했다. 행렬을 바라보던 그의 시선이 이니안이 입고 있는 갈라히벤의 전통 용자의 복장에 머물렀다. 그때 메이린도 그것을 보고 있었다.

"이거, 생각보다 쉽게 만날 수 있을지도 모르겠어요."

"그렇지?"

그렇게 말하는 두 사람의 눈은 어느새 로레인을 바라보고 있었다, 입가에 알 수 없는 기묘한 미소를 띠고서.

두 사람의 그런 시선을 동시에 받은 로레인은 흠칫했지만 영문을 알 수 없어 가만히 있었다. 단지 이리아만이 호기심 어린 얼굴로 세 사람의 모습을 지켜보고 있었다.

'뭘 어떻게 하려는지는 모르겠지만 로레인 언니를 이용하려는 거겠

지? 후홋. 재미있겠네.'

로레인은 자신의 등 뒤에서 이리아가 보내는 묘한 시선에 고개를 갸웃거렸다.

'대체 뭘 어떻게 해서 만나겠다는 거야?'

대로를 둘러싼 사람들의 행렬을 통과해 나이안의 성벽을 벗어나자 넓은 평원이 펼쳐졌다. 그리고 성 밖에는 사람들 또한 없었다. 포르시아가 조용한 나들이를 원한다는 말에 왕궁에서 신경을 써서 사람들을 통제한 것이다.

늘 그렇게 성 밖에서 일을 해야 하는 사람들 외에는 다른 사람들은 보이지 않았다. 성 밖은 평소의 모습 그대로였다.

눈앞에 펼쳐진 넓은 평원을 바라보며 이니안은 혼자만 무언가 이상한 듯 고개를 갸웃거렸다.

'이상해. 뭔가 익숙한 시선을 느꼈던 것 같은데…….'

대로를 지나오면서 잠시지만 느꼈던 시선. 그것은 익숙하기 그지없는 느낌이었다, 익숙하면서도 따뜻한, 그러나 그 속에 몸을 흠칫 떨게 하는 오싹함까지. 도무지 무엇인지 알 수 없는 느낌이었다.

"갈라히벤은 평원이 정말 넓군요. 국경을 넘어 들어오면서도 느꼈지만 이렇게 넓은 평원을 보고 있으면 가슴이 탁 트이는 것 같아요."

네오의 등 위에서 사방을 둘러보며 포르시아는 한껏 상쾌한 공기를 들이마셨다. 마차 안에서 보던 것과 네오의 등 위에서 보는 것은 또 달랐다.

사방이 막힌 마차 안에서 그저 창으로만 보이던 평원. 광활한 평원이었지만 좁은 상자 안에 갇힌 느낌이 들어서였을까? 가슴 한 쪽이 답답했었다.

하지만 사방이 탁 트인 네오의 안장 위에 앉아서 게다가 네오의 커다란 덩치 덕에 높은 곳에 올라서 주위를 둘러보니 가슴이 뻥 뚫린 것과 같은 시원함과 통쾌함이 몰려왔다.

"하하하. 기분이 무척 좋으신 모양이군요?"

네오의 목덜미에 앉아 네오를 몰고 있던 무마타는 뒤에서 느껴지는 밝은 기운에 덩달아 기분이 좋아졌다.

"네. 이런 기분은 정말 오랜만이에요."

포르시아는 화사하게 웃었다.

"저희 갈라히벤은 국토의 대부분이 평원입니다. 대륙의 커다란 산맥들이 비켜가는 땅 위에 이루어진 나라라서요. 산을 보는 것이 무척 힘들지요. 산이라는 것도 평원 중간 중간에 드문드문 있는 야트막한 것들뿐이니까요. 지금 저희가 가고 있는 곳도 그런 산 중 하나입니다. 산간 지역에 사는 이들의 눈에는 언덕 정도로밖에 안 보일 테지만 갈라히벤에서는 세 손가락 안에 드는 높이의 산이지요."

무마타는 지금 향하고 있는 곳에 대한 설명을 했다. 포르시아는 나이안 주변으로 나들이를 간다고만 들었지 정확히 어떤 곳인지 몰랐다.

"게다가 그곳은 갈라히벤 유일의 바위 산입니다. 어떻게 평원 한가운데에 그렇게 커다란 바위 산이 존재할 수 있는지는 의문입니다만. 덕분에 우리 갈라히벤에서는 아주 신성시 여기는 산입니다. 신의 뜻이 그곳에 있다고 생각하기 때문이죠."

역시 보아닌의 나라라는 갈라히벤다웠다.

"이제 한 시간 정도만 가면 도착할 것입니다. 그동안 주변 풍경을 즐기시지요."

"네."

네오가 한 걸음 한 걸음 움직일 때마다 묘하게 흔들거리는 느낌이 편안한 마차와는 또 다른 묘한 재미를 주었다. 그 위에서 보는 평원의 풍경은 갈라히벤으로 오는 여행 내내 지루하게 보았던 평원과는 전혀 다른 모습으로 다가왔다.

한 시간.

짧지 않은 시간임에도 금세 지나갔다.

멀리에서 아스라이 산의 모습이 눈에 들어왔다. 분명 무마타의 말대로 바위 산이었다.

다만 다른 바위 산과는 좀 달랐다. 회색 바위 중간에 무언가 빛나는 선이 있었다.

"놀랍군."

그 빛이 무엇인지 알아본 이니안은 낮게 찬탄을 터뜨렸다.

"대단하죠?"

길잡이로 선두에서 말을 몰고 있던 기사는 이니안의 말소리를 들었는지 뿌듯한 얼굴로 말했다. 그의 얼굴에는 자신의 모국에 대한 자부심이 가득했다.

"바위 사이로 노란빛이 반짝이는 것 같은데요. 저게 뭐죠?"

포르시아는 회색 바위에 굽이굽이 이러지면서 빛나는 것에 강한 호기심을 느끼며 물었다.

"하하. 조금만 더 가면 아시게 될 것입니다."

하지만 무마타는 가르쳐 주지 않았다. 그로서는 포르시아가 놀라는 모습이 보고 싶어서 일부러 가르쳐 주지 않은 것이다.

점점 더 산이 가까워지자 포르시아의 입이 조금씩 벌어졌다.

"아, 아아!"

무언가 알 수 없는 말.

입이 벌어지면서 조금씩 새어 나오던 음성도 어느 순간 사라졌다.

그저 멍하니 눈앞에 굉장한 위용을 보이는 절벽과도 같은 산을 바라볼 뿐.

바위 산의 한쪽 면. 정확히는 나이안을 향한 경사면은 거의 절벽에 가까울 정도의 기울기를 보여주고 있었다.

그리고 그 위에 노란 빛의 길이 멋진 곡선을 그리면서 지나간다.

그 곡선이 함께 모여 이루고 있는 형상.

인자한 얼굴로 웃으며 정좌를 한 채 앉아 있는 보아닌의 모습이었다.

바위 산의 회색빛 벽에 황금빛의 미소 짓는 보아닌이 나이안을 바라보고 있었다.

"어떻습니까?"

보아닌의 황금 부조를 향해 합장을 하며 성어를 왼 후 무마타는 뒤쪽으로 돌아보며 물었다.

그러나 그는 이내 미소를 지으며 다시 고개를 돌렸, 거기에는 명한 얼굴로 입을 벌린 채 보아닌의 부조를 바라보는 포르시아의 얼굴이 있었기에.

"보아닌의 모습이 장엄하기 그지없군요."

아래쪽에서 들려오는 이니안의 목소리에 무마타는 아래를 내려다보
았다.

"그렇지요. 이곳은 우리 갈라히벤의 모든 국민의 성지이기도 하답니
다."

국가와 신에 대한 사랑과 자부심. 그것이 무마타의 얼굴에 가득했
다.

"모두 황금인가요?"

"네. 신의 형상을 그리는데 아무 재료나 쓸 수 없지요."

적게 잡아도 높이가 150여 미터, 가장 넓은 곳의 폭이 120여 미터는
되어 보이는 절벽을 거의 가득 채워 그려진 보아닌의 모습이다. 보아
닌의 형상을 이루고 있는 선의 굵기는 아무리 가늘게 보아도 2미터는
될 것 같았다. 그럼 대체 얼마나 많은 황금을 저 부조에 쏟았단 말인
가.

"엄청나군요!"

이니안은 그야말로 순수하게 감탄했다.

"신이 내리신 물건이니 응당 신의 모습을 그리는데 쓰였을 뿐입니
다."

무마타는 합장을 하며 대답했다.

그리고 보니 이니안은 갈라히벤의 특산품 중 하나가 황금이라고 들
은 사실을 떠올렸다.

"그리고 보니 갈라히벤에서는 금이 많이 난다고 하더군요."

"그렇습니다. 산이라고는 눈을 씻고 찾아봐도 없는데 또 신기하게
금이 많이 난답니다. 갈라히벤에 유일하게 산맥이라 불린 만한 곳이

한 곳이 있습니다. 남부에 있는 산맥입니다만 드워프가 살 정도이니 제법 산의 모양새를 하고 있지요. 그곳이 금광입니다. 드워프들도 추측하지 못하겠다고 할 정도로 엄청난 양이 매장되어 있다고 하더군요."

들어보니 정말로 신의 축복을 받은 나라라는 생각이 들었다, 이들이 이렇게 열렬히, 그리고 독실히 보아닌을 섬길 만하다는 생각 역시.

이니안이 갈라히벤에 와서 느낀 점 중 하나가 갈라히벤의 사람들은 모두 하루하루를 충실히 살고 있다는 것이다.

해가 뜨는 것을 신에 감사하고 또 해가 지고 쉴 수 있는 시간이 있음을 신에 감사하며 하루하루의 생활을 준 신에 대한 감사로 하루하루를 알차게 보내는 사람들.

그 모습을 가만히 보고 있노라면 절로 입가에 잔잔한 미소가 어렸다.

'그래, 주어진 것에 충실하고 그것에 감사하는 마음. 검을 들고 움직임에 있어서 그 또한 마찬가지일 거다. 그저 검이 손에 존재한다는 것. 그 하나에 충실하고 또한 나와 함께 한다는 것에 감사하는 마음. 검을 펼침에 있어 그런 마음을 잊어서는 안 되는 거야.'

그 순간 이니안은 또 하나의 벽을 넘었다.

마령천참검을 수련함에 있어, 검을 수련함에 있어 나아갈 길고 긴 무한의 길에 또한 무한한 장애물로서 존재하는 벽들.

그중 하나의 벽을 넘어 또 다른 새로운 길 앞에 선 것이다.

그렇게 한 단계 껍질을 벗어던지자 이니안의 몸에도 변화가 일어났다.

전신에서 은은한 청광이 뿜어져 나와 그와 케이로스를 모두 뒤덮은 것이다.

"오오!"

"오오! 용자의 빛이다! 경배하라!"

"마라!"

갑자기 이니안의 몸에서 빛이 뿜어져 나오자 갈라히벤의 병사들과 기사들은 즉각 말에서 내려 무릎을 꿇고 절을 하며 성어를 읊조렸다.

이니안은 온몸을 감싸고 도는 마나에 몸을 맡겼기에 주변의 상황에 신경을 쓰지 못했다. 그저 내면의 변화에 몰입해 들어갔다.

[또 강해질 모양이군. 정말 인간이란 볼수록 알 수 없는 존재라는 것을 다시 한 번 깨닫게 돼.]

칼은 가만히 그런 이니안의 모습을 미소 띤 얼굴로 바라보았다.

이니안의 변화를 포르시아는 신기한 얼굴로 바라보았다. 어린 시절 기사단의 기사들과 놀면서 들은 이야기가 있었다.

"에이~ 어떻게 사람의 몸에서 빛이 뿜어져 나와요?"

"하하하. 공녀님, 보통 사람의 몸에서는 절대 빛이 뿜어져 나오지 않죠. 하지만 말입니다. 마스터의 경지에 오르게 되면 그 순간 온몸에서 빛이 뿜어져 나옵니다. 마스터가 가진 오러의 색깔과 같은 빛깔을 가진 빛이요."

기억 속에 있는 이야기.

"저게 그걸까?"

워낙 어린 시절의 기억이라 확실하지 않았다. 그저 혹시 그런 걸까라는 생각이 들뿐.

포르시아는 기사들의 대련을 보는 것을 즐겨 했지만 그뿐이다. 소드 익스퍼트라던가 소드 마스터라던가에 관한 지식은 별로 없었다. 그랬기에 지금 이니안의 몸에서 일어나는 현상에도 혹시 하는 의문을 가질 뿐, 확신은 내리지 못하고 있는 것이다.

'저자, 대체 실력이 어느 정도란 말인가? 지금 몸에서 뿜어져 나오고 있는 저것은 분명 마스터의 오러다. 어떻게 저렇게 맑은 오러의 빛을 뿜어낼 수 있는 것이지?'

다프네 역시 검의 길을 가는 기사. 그녀는 단번에 이니안의 몸에서 뿜어져 나오는 빛이 오러임을 알아보았다. 그리고 그의 추측할 수 없는 실력에 강한 의문을 느꼈다.

그녀 자신 역시 절대 수련을 게을리 하지 않았다. 그리고 재능 또한 있었다. 그럼에도 아직 익스퍼트 상급에 머물러 있는데 자신과 비슷한 또래의 청년이 저런 엄청난 경지를 보여주는데 은근한 질투와 시기마저 일고 있었다.

이니안의 몸을 감싸고 있던 청광이 점차 잦아들더니 이니안이 눈을 뜸과 동시에 완전히 사라졌다.

"마라."

이니안은 정면의 보아닌의 부조를 향해 합장을 하면서 진심으로 우러나오는 성어를 읊조렸다.

진정 신의 보살핌이 있는 듯 그는 이곳에 와서 그 자신도 생각지도 못한 벽을 깨뜨린 것이다.

"세이버 경, 검의 경지가 한 단계 올라간 건가요? 축하드려요."

정확히 어떤 현상인지 알 수 없지만 무언가 발전이 있었다는 것은 분명했기에 포르시아는 진심에서 우러나오는 축하의 말을 건넸다.

"감사합니다."

이니안은 은은한 미소와 함께 고개를 숙이며 포르시아의 인사에 답했다.

"과연 보아닌의 용자이십니다. 오러를 발현하시다니요!"

무마타가 감격에 겨운 얼굴로 이니안을 보며 말했다. 그와 같은 감격에 빠진 것은 비단 무마타만이 아니었다. 이니안의 주변에서 그를 보는 모든 이들의 얼굴에 감격과 존경이 가득했다.

"그럼 가던 길을 계속 가도록 하죠."

이니안이 보아닌의 부조가 있는 바위 산을 향하며 말했다.

"네. 이제 곧 나르센 산에 당도할 것입니다."

"나르센이요?"

"네. '신이 내려오신 산'이라는 뜻의 갈라히벤의 고대어입니다."

포르시아의 물음에 무마타가 웃으며 말했다.

"아, 그리고 나이안은 '신이 감싼 도시'라는 뜻입니다."

무마타는 생각났다는 듯 덧붙여서 나이안의 이름의 유래에 대해서도 말해주었다.

"그렇군요."

이니안 때문에 잠시 멈췄던 행렬은 다시금 움직여 곧 나르센 산의 정면에 당도했다. 그곳에는 크지 않은 제단이 지어져 있었고 신관이 그 자리를 지키고 있었다.

"성녀님, 어서 오십시오. 마라."

"반갑습니다."

네오의 등에서 내린 포르시아도 신관에게 마주 합장을 하면서 인사를 했다.

사람들이 보아닌의 성녀라며 우러러보지만 보아닌의 성어인 '마라'는 좀처럼 입 밖으로 나오지 않았다. 합장은 자연스레 되지만 말이다.

"자, 이곳으로 오시지요. 이곳이 보아닌께 기도를 올리는 장소입니다."

제단은 단정하게 지어져 있었다. 그리고 기도를 하는 장소 역시 화려하지 않으면서 기품있는 모습이 신께 기도를 드리기에 가장 적당한 곳이라는 생각이 들었다.

"그럼."

이미 익숙해진 일이기에 포르시아는 제단의 가장 상석에 올라가 무릎을 꿇고 앉아 두 눈을 감았다. 그리고 가만히 가슴 앞에 손을 모으고 기도를 했다.

그 기도는 사람들이 그녀를 성녀라 부르기에 그저 보여주기 위한 그런 행위가 아니었다.

그녀는 딱히 믿는 신은 없었지만 그래도 신께 드리는 기도다.

경건한 마음으로 정말 보아닌의 신자처럼 정성을 다하여 진실하게 기도를 올렸다, 그녀가 진실로 바라는 소망도 함께 그 기도에 실어서.

포르시아가 기도를 마치고 일어서자 그녀를 따라온 기사들과 병사들도 각자 기도를 시작했다. 모두들 보아닌의 신자다. 보아닌이 내려다보고 있는 이곳까지 와서 기도도 없이 그냥 갈 리 없었다.

덕분에 이 순간만은 포르시아를 지키는 인원이 단 셋이었다. 무마타까지 기도를 위해 제단으로 올라갔기에 기도를 하지 않는 이니안과 다프네, 그리고 케라우만이 포르시아의 주변을 지키고 있었다.

"저도 잠시."

이니안의 무얼 말하려는지 알고 있는 포르시아는 고개를 끄덕였다. 이곳으로 오던 중 보아닌의 부조를 보고 한 단계 발전이 있었으니 감사의 기도를 하고 싶을 거라 생각했다.

"다녀오도록 하세요."

포르시아의 허락에 살짝 고개를 숙인 이니안은 제단 위로 올라갔다.

'이때다.'

지금껏 왕궁으로 들어갔을 때를 제외하고는 항상 따라다녔다. 포르시아가 성녀가 되어준 덕에 성 밖에 있어도 감시하기가 편했다. 일단 성 밖에 나온다 싶으면 대로가 소란스러워져 금세 알 수 있었기 때문이다.

그렇다면 그 이후는 간단했다.

미르는 현재 다크 크리스의 본부에 있던 모든 아티팩트를 가지고 있었다. 다섯 중 넷이 죽은 이상 다크 크리스는 이미 붕괴한 것이나 다름없다. 미르 자신도 이번 의뢰를 마치고 조용히 숨어서 살 생각이었다.

'정말이지, 신의 자비란~ 고마워요, 보아닌. 후훗.'

보아닌이 그려진 산의 그림자가 포르시아들을 덮고 있었고 이니안은 기도를 위해 제단으로 올라가 있다.

그녀로서는 최상의 기회였다.

그간 따라다니면서 케라우라는 녀석은 뱀파이어 주제에 신기하게 빛이 없으면 힘을 못 쓴다는 사실을 알았다. 그날 밤은 지극히 예외적인 상황이었던 것이다. 그때는 사람의 피를 빨기 위해 순간적으로 가진 힘을 폭발시킨 것이라는 것을 오랫동안 지켜보면서 미르는 나름대로 결론을 내릴 수 있었다.

휘익!

공기를 가르는 날카로운 소리.

챙!

하지만 소리가 들리는 순간 포르시아의 앞을 막아선 케라우의 양손에 달린 건틀릿에 어디선가 날아온 단검이 튕겨 나갔다.

휘익!

연이어 들리는 공기를 가르는 소리.

하지만 이번은 조금 전과는 달랐다. 소리에 비해 단검의 수효가 지나치게 많았다.

모두 여덟 개의 단검이 포르시아를 노리고 각기 다른 방향에서 날아들었다.

다크 크리스가 가지고 있던 아티팩트 중의 하나였다, 한 방향으로 던지면 그 방향을 기점으로 여덟 방향에서 새로이 단검들이 소환되어 같은 지점을 향해 날아가는.

"홋. 환마(幻魔)의 크리스다. 이니안 녀석이라면 모르겠지만 너희 둘이라면."

즉각 크리스를 던지고 그 자리에서 몸을 내뺀 미르는 여유로운 얼굴로 자신이 만든 결과물을 감상하고 있었다.

"젠장! 어떤 녀석이야?"

케라우는 신경질적으로 소리를 지르며 팔을 놀렸다. 하지만 확실히 그림자 속에 있어서 그런 것인지 그 움직임이 조금 힘겨워 보였다.

다프네는 아무 말 없이 어느새 뽑아 든 검으로 크리스들을 쳐냈다. 크리스 하나하나를 쳐내는 그녀의 눈은 살기로 번득였다.

"뭐야?"

기도를 하던 중 갑작스러운 케라우의 외침에 이니안은 최대한 포르시아 쪽으로 몸을 날렸다. 하지만 거리가 너무 멀었다.

그러나 여덟 곳에서 날아오던 크리스는 케라우와 다프네가 각기 네 개씩 모두 쳐냈다.

그 모습에 이니안은 서둘러 달리던 걸음을 안심한 얼굴로 늦췄다. 케라우와 다프네도 주변을 좀 더 경계하다가 아무런 조짐이 없자 긴장을 풀며 검을 늘어뜨렸다.

"호호. 그래, 그거야. 그게 바로 환마의 크리스의 무서운 점이지. 환마의 검은 모두 아홉 개니까 말이야."

그 모습을 멀리서 지켜보던 미르는 회심의 미소를 지었다.

깜짝 놀라 얼어 있던 포르시아도 한숨을 내쉬며 안심을 하는 순간 그녀의 정수리 위 2미터 정도의 공중에서 크리스 하나가 형상을 드러냈다.

"아차! 케라우! 파이어 경!"

케라우와 다프네는 자신들의 등 뒤에서 벌어진 일이라 전혀 눈치 채지 못하고 있었다. 포르시아 역시 자신의 머리 위에서 나타난 크리스였기에 전혀 모르고 있었다.

다만 이니안과 다른 기사들과 병사들만이 포르시아를 바라보고 있었기에 그녀의 머리 위에 나타난 단검을 똑똑히 보았다.

"응?"

이니안의 다급한 부름에 케라우의 얼굴이 이니안을 향했다.

"위다!"

너무나 다급한 목소리.

케라우는 무언가 있다는 생각에 서둘러 몸을 돌리며 고개를 드는 순간, 크리스가 곧장 떨어졌다.

케라우와 다프네가 대응하기에는 거리가 너무 멀었다. 아니, 크리스가 포르시아의 머리에서 너무 가까웠다.

"안 돼!!"

"빌어먹을……!"

"크윽!"

다프네의 비명과도 같은 외침, 케라우의 악에 받친 목소리, 자신에 대한 분노를 삼키는 이니안의 목소리. 동시에 울렸다.

그리고 셋 모두 끝장이라는 생각을 하는 순간.

크리스의 검 끝은 포르시아의 머리에서 불과 50센티미터 정도의 거리를 남겨두고 있었다.

"으응?"

세 사람의 다급하고도 필사적인 모습에 포르시아는 자신도 모르게 고개를 들어 위를 바라보았다. 자신을 향해 똑바로 떨어지는 크리스를 보았다.

"아아."

깜짝 놀란 나머지 다리가 풀려 포르시아는 자리에 주저앉았다. 그 와중에 생겨난 찰나 간의 여유.

그때 포르시아의 곁에 갑작스럽게 나타나는 흑발, 흑안을 가진 청년의 모습. 냉막한 얼굴의 그 청년은 간단하게 크리스를 쳐내고는 사라졌다.

그 모습에 필사적으로 포르시아를 향해 몸을 날리던 이니안, 다프네, 케라우는 걸음을 멈췄다.

"하아……."

"아……."

"후우……."

갑자기 나타났다 사라진 인물의 정체가 무엇인지는 상관없이 당장 포르시아가 무사하다는 사실에 한숨을 내쉬는 세 사람.

"쳇. 뭐야? 저 녀석은. 거의 성공했는데……."

그 모습에 미르는 아쉽다는 듯 중얼거렸다.

"아니, 이제 이곳에 있으면 안 되지. 아깝긴 하지만."

자신의 암습이 실패하자마자 미르는 로브를 뒤집어썼다.

역시 다크 크리스가 보유하고 있던 아티팩트 중 하나인 은신의 로브. 착용자의 기척을 완벽하게 지워주는 아티팩트였다. 설사 드래곤이라 하더라도 그 기척을 느낄 수 없게 해주는 절대의 은신.

게다가 그녀는 카르니아의 부츠를 신고 있었기에 바람보다도 빨리 달리고 있었다. 카르니아의 부츠 역시 다크 크리스의 아티팩트로 바람의 정령 카르니아가 봉인되어 바람의 정령과 같은 속도로 달릴 수 있었다.

이니안과 케라우의 실력은 너무나 잘 알았다, 게다가 갑작스레 나타난 흑발의 얼음 같은 사내까지. 판단을 내리는 순간 미르는 환마의 크리스를 과감히 포기하고 과감히 두 가지 아티팩트를 사용해 멀리 달아났다. 어차피 환마의 크리스는 암습이 성공하더라도 회수할 방도가 없다는 것을 알고 버릴 요량으로 사용한 것이었기에 후회는 없었다.

이번 암습은 실패했지만 자신이 살아 있는 한, 또 다른 기회가 있을 것이다. 그 기회를 노리면 된다. 그것이 다크 크리스 길다의 어새신이다.

"다행이다."

케라우는 가슴을 쓸어내리며 중얼거렸다. 정말로 순간 어떻게 되는 줄 알고 거의 포기했었다. 하지만 결정적인 순간에 생각지도 못한 일이 벌어지면서 포르시아가 무사할 수 있었다.

"칼, 고맙다."

[후훗. 뭘. 나야말로 조금 더 빨리 나서주지 못해 미안하군. 실체화하는데 시간이 조금 걸려서 말이야. 정말 아슬아슬했어. 그것도 네가 언제든 내가 원할 때 실체화할 수 있게 허락을 해줘서 가능한 일이었어. 그러니까 이번 일은 결국 네가 막은 거라고.]

이니안만은 갑자기 모습을 나타낸 정체불명의 사내가 칼이라는 것을 알았다. 정말 그 덕에 생각지도 못한 엄청난 위기를 넘겼다.

주위는 적막에 휩싸였다.

첫 번째 날아온 단검을 케라우가 쳐내고 조금 전 마지막 단검을 쳐낼 때까지 걸린 시간은 어린아이가 다섯을 세는 정도의 시간에 불과했다. 극히 짧을 수 있는 그 시간에 엄청난 일이 벌어진 것이다.

어떤 병사는 지금도 조금 전 무슨 일이 벌어진 것인지 이해를 못하는 얼굴로 포르시아를 바라보고 있었다.

"주, 죽여주십시오. 성녀님을 제대로 보필하지 못한 죄, 죽음으로 그 죗값을 치르겠습니다."

무마타가 무릎을 꿇으며 외쳤다. 조금 전 무슨 일이 벌어진 것인지 그는 똑똑히 알았다.

세상에 성녀의 나들이에, 그것도 보아닌의 형상이 새겨진 이곳 나르센 산에서 성녀를 습격한 이가 있었다. 비록 성녀가 무사하다 하지만 그런 일이 일어났다는 것 자체가 무마타에게는 커다란 죄였다.

"죽여주십시오."

무마타가 무릎을 꿇자 곧 나머지 기사들과 병사들이 모두 무릎을 꿇으며 외쳤다. 그들 역시 조금 전 일어난 일이 무엇인지 이해한 것이다.

감히 불손한 무리가 성녀의 목숨을 노렸다.

이곳 갈라히벤에서. 그것도 성산 나르센에서.

있을 수도 없고 있어서도 안 되는 일이 벌어진 것이다.

갈라히벤의 병사들이 모두 무릎을 꿇으면서 서 있는 사람은 불과 여섯이었다. 포르시아 일행과 제단을 지키는 신관.

신관은 두 눈을 감고 합장을 한 채 연신 보아닌의 경전을 읊조리고 있었다. 그 자신도 이곳에서 그런 일이 벌어진 데 무척 당황한 듯하다.

그때, 다프네가 무릎을 꿇었다. 자신의 검을 두 손으로 받쳐 들고서.

"공녀님을 제대로 보필하지 못한 죄. 용서하지 마십시오. 여기 제 검이 있으니, 그것으로 저를 벌하소서."

그녀로서는 치욕적인 일이었다.

첫 번째 습격의 낌새를 느꼈을 때 이미 케라우가 포르시아를 향해 날아온 단검을 쳐내고 있었다. 그녀는 일개 용병보다도 움직임이 늦은 것이다. 칸세르 기사단의 기사로서 공녀의 호위를 책임진 기사로서 있어서는 안 될 일이었다.

다프네마저 그렇게 무릎을 꿇어버리자 포르시아는 난감한 얼굴로 주변을 둘러보았다.

그녀 자신도 조금 전 섬뜩한 모습으로 날아오던 단검에 놀라기는 했다. 아니, 아직도 심장은 쿵쾅거리면서 뛰고 있었다.

만약 사람들이 자신을 걱정하면서 달려왔다면 자신은 여전히 당황한 그대로였을 것이다. 하지만 일제히 무릎을 꿇은 이들 덕에 정신을 차렸다. 심장은 여전히 놀라서 뛰고 있지만 머리는 차갑게 식었다.

"여러분, 모두 일어서세요. 파이어 경, 이건 명령입니다. 검을 집어넣고 일어서세요. 그리고 무마타 라온, 나를 성녀로 인정한다면 일어서세요. 성녀가 진심으로 하는 말입니다. 그 무게가 그리 가볍지는 않을 텐데요."

위엄이 가득한 얼굴에 엄숙한 목소리.

그 누구도 거부할 수 없는 힘이 어려 있었다.

다프네는 명령이라는 그녀의 말에 일어나서 검을 검집에 넣었다. 그러나 여전히 고개를 떨구고 있었다.

무마타 역시 포르시아의 말에 엉거주춤 일어났다. 무마타가 일어나자 다른 기사와 병사들로 몸을 일으켰다. 그들은 황송한 얼굴로 포르시아를 힐끔거렸다.

"저는 제가 성녀라고 생각해 본 적이 단 한 번도 없어요. 케이로스는 내 친구이고 나를 잘 따라줘서 즐거울 뿐이죠. 그것이 성녀가 될 수 있다는 것은 이곳에 와서 처음 알았고 그래서 거부감도 있었어요. 다만 국왕 전하의 정성과 여러분들의 모습에 그것을 거부할 수 없었을 뿐이지요."

작게 말하는 그녀의 목소리는 거대한 산보다도 더한 무게를 가지고 사람들에게 다가왔다.

누구도 고개를 들지 않았고 그저 가만히 그녀의 말을 듣고 있었다.

"하지만 말이에요. 여러분들이 그렇게 고귀하게 모시는 성녀라는 존재가 단지 자신의 몸이 조금 위험해졌다고 자신을 지켜주던 사람들의 목숨을 끊어 그 죄를 묻는 사람인가요? 과연 그런 이가 성녀인가요? 그런 이가 성녀라면 전 이 순간부터 제가 성녀라는 사실을 거부하겠습니다. 그리고 즉시 갈라히벤을 떠나도록 하겠어요."

아무도 입을 열지 못했다. 목숨을 끊어 죗값을 치르겠다는 말은 성녀를 모시는 고귀한 책임을 다하지 못한 스스로에 대한 최소한의 속죄의 의미였다. 하지만 자신들의 성녀는 그것을 받아들이지 않았다.

"저는 무사합니다. 이렇게 저를 지켜주는 분들 덕에 무사할 수 있었어요. 그것만으로도 여러분께 감사하고 있어요. 그러니 그런 얼굴 하지 마세요. 여러분들의 귀중한 피를 저같이 보잘것없는 이를 위해 흘리지 말고 좀 더 가치있는 일에 쓰도록 하세요."

마지막의 한마디는 온화하고 따뜻했다. 자상한 어머니가 아이에게 속삭이는 말처럼 그렇게 사람들의 가슴에 스며들었다.

'저희에게 가장 가치있는 일은 성녀님을 모시고 지키는 것입니다.'

포르시아의 마지막 말에 무마타는 속으로 그렇게 중얼거렸다. 그 순간 자신도 모르게 눈물이 흘렀다.

갈라히벤의 남자는 눈물을 아낀다.

하지만 지금, 무마타를 비롯한 모든 갈라히벤의 기사와 병사들의 뺨에는 눈물 자국이 그려지고 있었다.

[대단한데? 정말 내가 알고 있던 그 로즈 맞아? 로즈의 기억이 사라진 포르시아라고 하지만 마치 다른 사람 같아.]

그 모습을 하나하나 다 지켜본 케라우는 무척 놀라서 이니안에게 메시지 마법을 사용해 말을 걸었다.

[다른 사람이야.]

이니안은 마나를 이용해 특정 사람만이 들을 수 있게 의사를 전달하는 가문의 비전, '시크릿 사운드(Secret Sound)', 전음이라고도 하는 방법으로 대답했다.

생김새만 같을 뿐, 전혀 다른 인격을 가지고 있으면 다른 사람이다. 이니안은 그렇게 생각했다. 그래서 케라우의 물음에 단호히 대답할 수 있었다.

'하지만 만약 로즈가 공작가에서 태어나서 자랐다면 저런 모습이었겠지. 어쨌든 같은 인격이 다른 상황에서 다르게 뻗어나간 거니까. 결국은 같은 사람인가?

모순.

자신이 생각하기에도 그랬다. 입 밖으로 내뱉은 말과 생각이 전혀 달랐다.

하지만 이니안은 간간이 포르시아에게서 로즈의 모습을 보았다.

황자의 비로 내정된 공작가의 공녀가 아닌 평범한 평민의 딸로 자랐다면 포르시아는 어떤 모습일까? 분명 로즈와 같을 것이다.

포르시아와 로즈.

흑마법과 드래곤의 눈물의 힘에 의해 하나의 몸에서 둘로 나뉜 인격이지만 결국은 다르면서도 같은 인격이다.

"그럼 이만 돌아가도록 할까요?"

포르시아는 환한 미소를 지으며 말했다. 자신이 웃어야 한다는 것을 알았다. 자신이 웃지 않으면 자신을 보고 있는 사람들의 마음이 무거워질 것이다. 자신이 웃음으로 이들의 마음의 짐을 조금이라도 덜어줄 수 있다면 기꺼이 웃으리라.

포르시아가 네오의 등에 오르자 무마타가 네오를 몰았다. 안장에 앉은 포르시아는 자신의 오른손을 살며시 가슴에 가져갔다.

아직도 심장은 쿵쾅거리고 있었다.

'하아. 정말 무서웠어······.'

마지막에 본 자신의 머리꼭지 위에서 떨어지던 단검.

그때 포르시아는 꼼짝없이 죽었다고 생각했다. 특이하게 검게 물든 검날이 얼마나 요악스럽게 보였던가.

목숨을 거둬달라는 사람들의 말에 머리가 차갑게 식어 그렇게 당당하게 있을 수 있었지만 일단 여유가 생기자 그때의 공포가 몰려왔다.

'대체··· 누가······.'

살짝 떨려오는 팔.

하지만 누구도 그녀의 그런 변화를 알아차리지 못했다. 갈라히벤의 사람들은 조금 전 포르시아가 보여준 그 당당한 모습에 대한 감동에 젖어 그저 걸음을 옮기는 것이 지금의 상태였다.

단 한 사람.

이니안만은 그녀의 변화를 느끼고 있었다. 보통 사람은 상상할 수도 없는 정도로 기감이 예민했기에 마음만 먹으면 그 정도는 충분히 느낄 수 있다. 게다가 지금은 조금 전의 습격 때문에 기감을 최대한으로 확장해 놓은 상태였다.

"네가 약하기 때문이다. 아직 너의 검은 소중한 사람을 지킬 수 있을 정도가 아닌 모양이구나."

"지키기 위한 대상을 지킬 수 있을 때에야 비로소 강하다고 할 수 있다."

뿌드득.

이니안은 이를 악 물었다.

또다시 머릿속에 계속해서 울리는 아버지의 말.

그렇게도 반발했던 그 말.

그 말이 계속해서 이니안의 머릿속에서 울렸다.

'나는 이번에도 지키지 못했다.'

그 사실이 분했다. 지켜주겠다 하고서는 지켜주지 못했다, 그때 못지않게 강해졌는데. 그래서 충분히 지킬 수 있다고 생각했는데 또 지키지 못했다.

"하하하. 이 녀석. 한 사람을 지킨다는 것이 얼마나 어려운 일인지 알아? 나라면 차라리 전쟁터에서 싸우는 쪽을 택하겠어."

갑자기 떠오르는 농담 같았던 형의 말.

그 말은 농담이 아니었다.

시답지 않게 웃으며 했기에 농담으로 여겼지만 그 시답지 않은 웃음 속에 진심이 녹아 있었던 것이다.

'다시 한 번 다짐하지만… 강해지겠다. 누구보다도 더 강해지겠다.'

이니안의 눈이 분노로 타올랐다.

[이봐, 이니안. 그건 그 누구라도 막을 수 없는 일이었어. 너무 자책하지마.]

이니안의 심정이 어떤지 아는 듯 칼이 담담하게 말했다.

"아니, 아버지나 적어도 형이었다면 그전에 막았을 거야."

인정하기 싫지만 한 사람을 지키는데 있어서 형과 아버지는 이 대륙에서 최강이었다. 그들에 비하면 적어도 소중한 사람을 지킨다는 데 있어 자신은 아직 애송이였다.

[처음이군. 가족의 이야기를 하는 것은?]

칼은 이니안의 아버지와 형이라는 존재에 흥미를 보였다. 이니안 하나로도 충분히 경악스러운 괴물인데 자신은 아버지와 형보다 못하다고 하니 당연하다면 당연한 반응이었다.

"별로. 생각하기 싫었으니까."

가족의 이야기에 이니안의 목소리는 묘하게 가라앉았다.

"이니안."

케라우가 말을 몰아 케이로스의 곁으로 다가왔다.

"응?"

"이것."

케라우가 검게 물든 단검을 내밀었다. 모두 두 자루였다. 주변에 떨어져 있던 모든 단검을 회수했는데 겨우 두 자루가 전부였다.

"크리스!"

그 단검은 검신이 검게 물들어 있었지만 분명 크리스였다.

"그래."

"그럼 그때 살아서 도망간 그 녀석이?"

이니안의 얼굴이 험악하게 일그러졌다.

"아무래도 그런 것 같지?"

"다크 크리스 놈들. 뿌드득."

이니안은 분노했다. 그 대상은 다크 크리스가 아닌 자기 자신에게였다. 어새신은 한 번 노린 목표는 절대 포기하지 않는다. 특히 다크 크리스 정도 되는 길드라면 길드가 붕괴하는 한이 있어도 악착같이 목표물을 노린다.

그것을 잊고 있었다. 그랬기에 방심했고, 주의를 소홀히 한 채 제단에 기도를 하러 올라갔던 것이다. 결국 포르시아가 위험에 빠진 것은 자신 탓이었다.

다크 크리스가 포르시아를, 아니, 로즈를 노렸었다는 사실을 아는 이는 자신과 케라우 단둘이었다. 그런 만큼 더 주의를 기울였어야 했다.

"뭐. 그때 한 명만 살아서 도망갔었지? 그런데 제대로 작심을 하고 덤비는 것 같아."

케라우의 말에 자신에 대한 분노 속에 빠져들던 이니안의 의식이 돌아왔다.

"그게 무슨 말이지?"

"이것. 이 크리스 말이야."

케라우는 두 자루의 크리스 중 하나를 가리켰다.

"아까 분명 나와 저 아가씨랑 아홉 자루를 쳐냈거든. 마지막에 떨어진 것까지 하면 모두 열 자루라고. 그런데 그곳에는 딸랑 이것 두 자루만 있었다는 거지. 이상하지? 그게 다 이 녀석 때문이라고."

케라우는 오른손으로 가리키고 있던 크리스를 집어 들었다.

옆에 있는 크리스와는 미묘하게 달랐다. 크리스의 검신에 갖가지 기묘한 문양이 새겨져 있었다.

"환마의 크리스라는 녀석이야. 고대 시대의 아티팩트지."

"환마의 크리스?"

"그래. 효과는 아까 봤던 것과 같아. 목표로 정한 곳으로 날아가면 모두 여덟 자루의 환영을 만들어. 그리고 그 환영은 실체와 똑같은 위력을 가진 것이 문제지. 특하나 시간의 간격을 두고 의외의 방향에서 나타나는 여덟 번째 환영의 검. 그게 상당히 골치 아프지. 이게 환마의 크리스라는 것을 알았다면 절대 그렇게 애먹지 않았어."

케라우는 무언가 분한 듯 환마의 크리스를 노려보았다.

"자."

잠시 환마의 크리스를 노려보던 케라우는 그것을 이니안에게 던졌다.

"왜?"

이니안은 그것을 가볍게 잡아채고는 케라우를 바라보았다.

"너도 그 물건 때문에 상당히 열받았을 거 아니야? 그러면 그 화 값은 받아야지. 그래 봬도 모르는 사람이 대부분인 아티팩트야. 결정적일 때 의외로 도움이 될지도 모르니까 넣어둬. 그냥 마나를 살짝 주입해서 던지면 발동되니까."

케라우의 말에 이니안은 물끄러미 환마의 크리스를 내려다보았다.

"뭐. 넣어두지."

그리곤 품에 적당히 천으로 싸서 챙겼다.

분명 언젠가는 쓸 일이 있겠지란 생각에.

Chapter 6

상당히 재미있을 거야

상당히 재미있을 거야

왕궁의 분위기가 묘하게 가라앉아 있었다. 포르시아가 나르센 산에서 습격받은 사실이 알려졌기 때문이다. 포르시아 스스로가 더 이상 일이 확대되는 것을 원하지 않았기에 주변에는 알려지지 않았다.

하지만 성녀가 습격을 받았다는데 아무런 조치를 취하지 않을 수는 없었다. 그래서 왕궁 기사단에서 비밀리에 습격자 색출에 나섰지만 별다른 단서도 없는 상황이었다.

상대가 다크 크리스 길드의 유일한 생존자라면 왕궁 기사단 정도로는 어림도 없었다. 이니안은 그 사실을 잘 알고 있었지만 굳이 그 사실을 이야기하지는 않았다, 이야기한다고 들을 사람들이 아니라는 것을 잘 알기에.

"누굴까요? 왜 저를 노린 걸까요?"

신경 쓰지 않는다 했지만 아무래도 자신이 습격을 받은 것이기에 그 연유가 궁금한 것은 어쩔 수 없었다.

포르시아의 물음에 답하는 사람은 아무도 없었다.

캐서린과 다프네는 그 이유를 몰랐기 때문이고 이니안와 케라우는 알고는 있지만 말할 수 없었다. 그렇다면 기억에 대한 이야기까지 해야 했기 때문이다.

현재 넓은 방 안에는 이렇게 다섯 사람이 전부였다. 포르시아가 조용히 쉬고 싶다며 네 사람 외의 다른 사람이 들어오는 것을 허락하지 않았기 때문이다.

"흐음… 왜 이런 걸까?"

"예? 무슨 말씀이신지?"

한숨 섞인 포르시아의 혼잣말에 이니안이 걱정스러운 얼굴로 물었다.

"겨우 지겨운 이동이 끝나고 갈라히벤에 들어왔나 싶었더니 성녀라면서 정신없이 여기저기 다녔잖아요. 그리고 나서 이제 겨우 나들이라도 나가나 했더니 어새신의 습격이라니. 뭔가 일이 꼬여도 단단히 꼬인 것 같아요."

지금까지 힘든 내색을 보이지 않던 포르시아의 푸념에 주위가 조용해졌다. 그렇지 않아도 조용하던 방 안의 분위기가 더욱 적막해졌다.

"죄송합니다, 공녀님."

다프네가 무릎을 꿇었다.

"아, 아니에요, 파이어 경. 여러분들의 노고에는 항상 감사하고 있어요. 그러니까 이러지 말아요. 어서 일어나요."

자신의 푸념에 대한 다프네의 반응에 당황한 포르시아가 서둘러 말했다.

"네. 알겠습니다."

그렇게 전날의 일로 방 안에는 무거운 분위기가 감돌았다.

어두운 분위기는 왕궁 전체에 퍼져 있었다.

상부에서 성녀 습격 사건에 대한 사실을 철저히 차단했지만 사람의 입은 막을 수 없는 것. 어느새 왕궁의 경비에게까지 그 사실이 퍼져 있었다. 다만 이 일의 중대함을 모두들 알았기에 왕궁 밖으로 퍼지지는 않았다.

하지만 그런 일이 있었다는 것을 알고 있는데 웃으며 있을 수 없었다. 때문에 왕궁의 경비들의 얼굴은 평소보다 훨씬 딱딱했고 두 눈에 경계심이 가득했다. 성녀님을 습격하고 도주했다는 그자가 언제 왕궁으로 숨어들려 할지 모르는 일이기 때문이다.

왕궁의 거대한 정문을 지키는 병사인 타이라는 그래서 오늘 더욱 힘이 들어간 자세로 서 있었다.

그런 그의 눈에 수상한 다섯 사람이 들어왔다.

아니, 보통 때라면 수상하게 보지 않았을 것이다.

엄청나게 아름다운, 과연 이 세상의 사람일까라는 생각이 들 정도인 흑발의 미녀 셋과 튀는 곳 없이 평범해 보이는 두 남자. 평소라면 그다지 경계하지 않을 모습이다. 아니, 아름다운 여인들의 모습에 오히려 긴장이 풀릴 모습이다.

하지만 지금은 달랐다.

그들이 수상해 보였다.

무엇이 수상하다고 묻는다면 성녀님 못지않게 아름다운 여인이 셋이나 함께 나타난 것이 수상하다고 대답할 것이다. 그리고 또한 저런 미인들이 저런 평범한 남자들과 함께 있는 것도 또한 그렇다고 할 것이다.

일단 의심을 하고 바라보면 무엇이든 수상해 보이는 법이었다.

그 다섯 사람은 물론 로레인, 이리아, 메이린, 마일론, 파르미안이었다.

"흐음… 여기가 왕궁이란 말이지? 그리고 그 녀석이 어찌 된 연유인지 이 안에 있고?"

로레인은 거대한 왕궁의 정문을 보며 중얼거렸다. 정문을 보는 그녀의 눈은 활활 타오르고 있었다.

"화려하네."

로레인이 왕궁을 보고 어떤 감정을 가지는지와는 상관없이 이리아는 왕궁의 모습을 보고 순수하게 감탄했다.

정문을 통해 보이는 황금탑. 그리고 돔형의 지붕을 덮고 있는 무수한 황금들. 기둥을 장식하는 갖가지 보석과 유려한 선을 보이는 조각상들.

호화로움과 화려함의 극치를 보여주고 있었다.

"으음. 특히나 황금을 많이 썼네. 갈라히벤의 특산물 중 하나가 금이라고 하더니, 확실히 많기는 많나 봐. 우리 카일로니아에서는 생각도 할 수 없는 모습이네."

이리아의 말에 메이린이 고개를 끄덕이며 왕궁에 대한 감상평을 말했다.

"뭐, 분명 갈라히벤이 신에게 축복받은 나라인 것은 맞는 것 같아요. 그래서 이 나라 사람들의 그 깊은 신앙심을 이해할 수도 있고요. 산이라고는 없는 나라에서 어떻게 단 하나 있다는 조금 높은 산들이 모여 있다는 산맥이 대륙 최고의 황금 광맥이라고 하면 누가 믿겠어요?"

마일론이 끼어들었다.

"그게 무슨 말이야?"

황금 이야기가 나오자 로레인이 돌아보며 물었다.

금과 보석은 여자들을 잡아끄는 매력이 있다. 여자라면 당연 그것에 저절로 눈이 가게 마련이다, 로레인조차도 관심을 가지는 걸 보면.

"갈라히벤의 남부 산맥. 사실 산맥이라고 부르기에는 너무 작지만 갈라히벤에서는 그 정도면 충분히 산맥이라 불릴 만하지. 아무튼 나라 산맥이라고도 불리는 그곳은 산 전체가 금이라는 소리를 할 정도로 엄청난 황금 광맥이야. 그래서 제법 많은 드워프들이 그곳에 모여 살고 있어. 또 그들의 세공품들이 갈라히벤의 특산품 중 하나를 차지하고 있지. 드워프들이 갈라히벤에서 금을 캐는 대가로 자신들의 세공품 일부를 갈라히벤에 제공하거든. 그 드워프들도 추측할 수 없는 정도의 황금 매장량을 자랑하는 곳이 나라 산맥이란 말이지. 게다가 미스릴도 난다고 하고 말이야."

"그거 사기 아니야?"

메이린의 설명에 로레인은 믿을 수 없다는 얼굴을 했다.

"뭐, 그런 나라도 있는 법이지. 불공평하지만 말이야."

이리아가 담담하게 말했다.

다른 나라에 비해서 자원이 부족한 카일로니아의 사람인 그녀들로 서는 부러운 일이었다.

"저, 지금 그런 이야기보다는 어떻게 들어갈지 생각해야 하지 않나 요?"

말없이 있던 파르미안이 끼어들었다.

평소 워낙 말이 없는 그였기에 일단 입을 열자 모두가 그의 말에 귀 를 기울였다.

"그래, 여기에 온 목적을 잊으면 안 되지. 왕궁에 덕지덕지 칠해놓은 금을 보고 금 이야기 하러 온 건 아니잖아?"

로레인은 왕궁의 정문을 향해 성큼성큼 걸음을 옮기기 시작했다.

"잠깐."

그녀의 당당한 전진을 메이린의 양팔을 벌리고 앞을 막았다.

"왜?"

"어디 가는데?"

"당연히 왕궁 안으로 들어가야 하는 거 아니야?"

"그러니까 어디로?"

"어디긴 어디야? 정문이지."

"저리로?"

메이린의 병사들이 사나운 눈을 치켜뜨고 경비를 서고 있는 거대한 문을 손가락으로 가리켰다.

"응."

로레인은 당연하다는 듯 고개를 끄덕였다.

"언니."

"왜?"

"여기가 카일로니아라고 생각해 봐. 그리고 언니가 기사로서 왕궁의 정문을 지키고 있어. 그런데 생전 처음 보는 기사가 왕궁에 볼일이 있다고 정문으로 성큼성큼 걸어오고 있어. 언니라면 어떻게 하겠어?"

"당연히 쫓아내야지, 그런 수상한 녀석은."

로레인은 생각할 필요도 없다는 듯 즉각 대답했다.

"후우… 그럼 지금 언니는?"

한숨 섞인 메이린의 말에 그제야 로레인은 자신이 무엇을 하려고 했는지 깨닫고는 머쓱하게 머리를 긁적였다.

"하, 그렇게 되나? 하하."

어색한 웃음.

"이니안은 공부하기를 싫어했지만 머리는 좋았어. 주변 상황을 잘 살폈고 말이야. 하지만 로레인 언니는 일단 목적을 정하면 가끔 저렇게 좌우 살피지 않고 무식하게 돌진하지. 그래서 이니안이 끔찍이도 무서워하는 거고. 하긴 이슈데인 오빠도 피하는걸. 언니가 머리 나쁜 사람은 아닌데 말이야. 아니, 좋은 편이지. 저 성격만 어떻게 고친다면 말이야."

옆에서 들리는 이리아의 말에 마일론과 파르미안은 어떤 얼굴을 해야 할지 갈피를 잡을 수 없었다.

"자, 그럼 우리는 저리로 갈까?"

이리아가 왕궁의 정문에서 제법 떨어진 곳에 있는 초소를 가리키며 말했다.

왕궁 정문의 병사들은 경비만이 아니라 왕궁을 장식하는 일부로서

의 역할도 하고 있었다. 질서 정연한 병사들이 엄정한 기세가 왕궁의
위엄을 대로를 지나는 사람들에게 보여주고 있었다. 때문에 휴식이나
교대를 준비하는 병사들이 머무는 초소는 정문에서 제법 떨어진 곳에
위치했다.

그리고 초소의 중요한 역할 중 하나는 왕궁 경비대에 방문객의 소식
을 전하는 것이었다.

왕궁을 방문할 정도의 사람이라면 굳이 초소를 통하지 않아도 되는
높은 신분의 사람들이 대부분이었지만 가끔 예외도 존재했다, 바로 오
늘처럼.

"무슨 일이십니까?"

초소의 입구를 지키고 있던 병사가 다섯 사람의 선두에서 걸어오는
이리아에게 물었다.

"용자님께서 왕궁에 계시다는 소식을 듣고 왔습니다만."

"아! 마라."

이리아가 합장을 하면서 말하자 병사는 마주 합장을 하면서 성어를
중얼거렸다.

"분명 용자님께서 왕궁에 계시지만 아무나 만나지는 않으십니다. 게
다가 지금은 조용히 쉬고 싶다고 하셨고요. 정 만나고 싶으시면 용자
님께서 대로에 나가실 때 지켜보는 방법밖에는 없습니다만."

예상한 대답이 돌아오자 이리아는 빙긋 웃으며 한발 물러섰다. 자신
의 역할은 여기까지였다. 이제 나머지는 메이린과 마일론이 알아서 할
것이다. 그 둘은 이곳에 올 때까지 이니안을 만날 방법이 무엇인지 알
려주지 않기에 바통을 그 둘에게 넘긴 것이다.

그리고 흥미진진한 얼굴로 두 사람과 로레인을 지켜봤다. 그 두 사람이 과연 로레인을 어떻게 이용해서 이니안을 만나려 하는지 아주 궁금했다.

메이린이 빙긋 웃으며 앞으로 나섰다. 그 곁에는 마일론이 서 있었다.

"에, 저 그러니까 용자님은 만나실 수 없습니다만."

지금 병사는 약간 당황한 상태다. 그가 생전에 이렇게 눈이 번쩍 뜨일 만한 미녀를 한꺼번에 세 명이나 본 적이 있던가. 한 명의 미녀가 살짝 뒤로 물러서고 또 다른 미녀가 앞으로 나서자 말소리가 평소처럼 매끄럽게 나오지 않았다.

"아니오. 병사님께서는 무언가 오해를 하신 모양이네요. 우선 이것을."

메이린이 품에서 꺼내서 건넨 것은 붉은 새가 날개를 활짝 펼치고 날아오르는 모습을 등 쪽에서 본 모양이 양각된 금속 문장이었다.

너무나 유명한 문장.

카일로니아 왕국의 한 공작가의 문장이었지만 대륙에서는 너무나 유명한 문장이었다. 검을 익힌 모든 자들의 존경과 선망을 받는 가문의 문장.

붉은 불사조, 피닉스(Phoenix).

대륙에서 오직 사이몬 가만이 피닉스를 문장으로 사용했다.

"이, 이것은……."

그 병사도 사이몬 가의 문장을 알고 있었다.

귀족가가 유명하고 또 사람들의 존경을 받으면 사람들은 그 귀족가의 문장을 복사해서 가지고 다니거나 또는 방에 걸어두거나 한다. 물론 그 그림에는 반드시 사본이라는 표시가 있어야 한다. 그렇지 않으면 귀족 사칭죄로 국가의 구분 없이 처벌을 받게 된다.

그렇게 인기있는 귀족가의 문장을 그려서 파는 사람들이 있었는데 그중 가장 잘 팔리는 문장은 단연 사이몬 가의 문장이었다.

물론 그 병사 역시 사이몬 가의 문장을 하나 가지고 있었고 그래서 대번에 알아본 것이다.

"사, 사이몬 공작가의 분들이 어떻게 이곳에……!"

병사는 상대가 공작가의 귀족이란 것을 알면서도 말을 제대로 잇지 못했다. 그것이 엄청난 무례라는 것을 잘 알고 있는데도 말이다.

"자, 잠시만 기다려 주십시오."

메이린이 여전히 웃는 얼굴로 자신을 바라보자 그는 서둘러 초소 뒤에 있는 쪽문을 통해 왕궁 안으로 뛰어들어 갔다. 자신의 선에서 어떻게 할 일이 아니었다. 경비대장에게 보고하기 위해 서둘러 달렸다.

물론 경비대장 선에서도 어떻게 할 일이 아니었기에 그는 분명 왕궁 기사단에 보고할 것이다.

그렇게 연락이 전해져 왕궁 기사단의 단장인 마나마 라온이 초소에 모습을 드러내기까지 걸린 시간은 대략 30분이 조금 넘는 시간이었다. 그동안 메이린 일행은 초소 안에 마련된 작은 의자에서 기다리고 있었다.

누추한 장소에 대륙에 그 이름을 떨치는 사이몬 공작가의 사람들을 앉아 있게 한다는 사실이 마음에 걸리는 듯 병사들은 마나마가 나타날 때까지 안절부절못했다.

"처음 뵙겠습니다. 왕궁 기사단의 단장을 맡고 있는 마나마 라온이라고 합니다."

초소에 들어온 마나마는 깍듯이 예를 차려 다섯 사람에게 인사했다.

"처음 뵙겠습니다. 메이린 케이 사이몬이라고 합니다."

상대는 이미 문장을 보고 자신의 신분을 알고 있었기에 풀 네임으로 자기소개를 했다.

"이리아 케이 사이몬이라고 합니다."

"로레인 케이 사이몬이라고 합니다."

메이린의 인사에 다른 두 사람도 인사를 했다.

"마일론이라고 합니다."

"파르미안 피란기라고 합니다."

로레인까지는 과연이라는 얼굴의 마나마는 마일론과 파르미안의 인사에 고개를 갸웃거렸다. 그럴 수밖에 없는 것이 한 명은 이름만을 말했으니 평민이라는 뜻이었고 다른 한 명은 작위를 말하지 않았다. 결국 기사 정도밖에 안 된다는 것이었다.

공작가의 세 영애와 평민과 기사. 무언가 어울리지 않았기 때문이다.

"아, 여기서 이럴 것이 아니라 자리를 옮기시지요."

마나마가 앞장서서 일행을 왕궁 안으로 인도했다. 물론 왕궁 기사단의 건물을 향해 가는 것이었다. 왕궁 기사단의 건물은 모두 두 곳으로 국왕이 정무를 보는 본궁 곁에 하나가 있었고 왕궁의 외곽 쪽 경비대 옆에 하나가 있었다.

이들이 가는 곳은 물론 왕궁의 외곽 쪽이었다.

"라온이면 우리나라에서는 백작의 작위를 말하는 거야. 이곳은 작위의 이름이랑 작위를 얻는 방법이 다른 나라와는 달라."

기사단 건물로 가는 동안 메이린이 다른 두 사람에게 작은 소리로 마나마의 작위에 대해 설명해 줬다. 귀족의 작위에 대한 대우를 해주는 것이 예의였기에 자신의 언니들이 상대의 작위를 모르고 실수하는 것을 미연에 방지하기 위해서였다.

이윽고 다섯 사람은 기사단 건물의 응접실에 있는 소파에 몸을 기댈 수 있었다.

"누추한 곳입니다만 편히 쉬십시오."

마나마가 맞은편에 앉았다.

그들 앞에는 시녀가 준비한 차가 향기로운 김을 피워 올리고 있었다.

"용자님을 만나러 오셨다고 들었습니다만."

그는 성녀와 용자에게 무슨 일이 있었는지 정확히 아는 사람이었다. 바로 전날의 일이었다.

그렇게 분위기가 어수선한 차에 사이몬 가의 사람들이 찾아왔기에 조금 당혹스러운 상태였다.

"네. 그렇습니다."

"어떤 용건이신지 여쭤어도 될까요?"

마나마가 조심스럽게 물었다.

"보아닌의 용자에 대한 전설은 저희도 잘 알고 있습니다."

물론 메이린은 잘 알고 있었다. 마일론도 잘 알고 있었다. 하지만 다른 세 사람은 그 둘에게 들은 것이 전부일 뿐이었다.

"하하하. 사이몬 가의 분들께서 알고 계시다니 영광입니다."

메이린의 말에 마나마는 진심으로 기뻐했다.

"네. 보아닌의 용자에 대한 전설을 잘 알고 있기에 항상 그 무용이 궁금했습니다. 신의 늑대를 친구로 삼아 데리고 다니며 그 누구도 대항할 수 없는 용맹을 떨친다고 하니까요."

마그마는 계속해서 흐뭇한 얼굴로 메이린의 이야기를 들었다. 조국의 자랑인 보아닌의 용자를 타국 사람이라 하나 대륙에서 인정받는 최강의 검가 사람이 칭찬을 해주니 절로 흐뭇해질 수밖에.

"저희 사이몬 가 역시 검에서는 나름대로 일가를 이루었습니다."

"일가라니요. 무슨 그런 겸손의 말씀을 하십니까? 사이몬 가는 명실상부한 대륙 최고의 검의 가문이지 않습니까? 그 사실은 갈라히벤의 사람들도 잘 알고 있습니다."

오는 게 있으면 가는 게 있는 법이다. 메이린의 말에 마나마는 손을 흔들며 과한 반응을 보였다. 물론 그의 말은 대다수가 인정하는 사실이지만 그렇다고는 해도 목소리나 몸동작이 너무 과장되었다.

"호호. 감사합니다. 그래서 저는 항상 궁금했습니다. 보아닌의 용자라면 우리 가문의 검을 어떻게 상대할까 하고요. 하지만 안타깝게도 제가 태어난 이후로 보아닌의 용자가 나타났다는 이야기를 듣지 못했지요. 그러다가 마침 이번에 성녀님과 함께 보아닌의 용자께서 나타났다는 이야기를 들었습니다. 그 소식을 듣고 서둘러 이렇게 달려온 거랍니다."

메이린의 이야기가 끝나자 마나마의 얼굴이 딱딱하게 굳어들었다. 눈앞에 생글생글 웃고 있는 저 아름다운 아가씨의 말은 결국 자신의 가문의 기사와 보아닌의 용자 중 누가 더 강한지 겨루자는 말이었다.

이건 문제가 컸다. 자신의 권한으로 어찌할 수 있는 것이 아니었다.

아니, 정확히는 자신의 권한 밖이되 자신이 대답할 수는 있었다.

갈라히벤에 내려오는 율법.

그것이 그것을 가능하게 해주었다.

"보아닌의 용자는 그 누구의 도전도 피해서는 안 된다. 모든 도전을 물리치고 보아닌께서 내리신 용맹을 만방에 떨쳐라."

보아닌의 용자에게 따르는 절대적인 율법이다.

지금까지 그 율법은 지켜졌고 보아닌의 용자는 항상 승리했다. 그랬기에 용자인 것이다.

하지만 이번만큼은 상대가 나빴다.

역시나 대륙에 그 명성을 떨치고 있는 사이몬 가.

보아닌의 용자의 용맹은 갈라히벤에 국한된 것이라면 사이몬 가는 전 대륙에서 인정하는 최강의 가문이다. 그 가문에서 지금 보아닌의 용자에게 도전장을 던진 것이다.

이긴다면 문제는 없다. 아니, 보아닌의 용자의 명성을 더욱 드높일 수 있다.

그러나 지면 문제가 커진다. 패배를 모른다는 신의 용맹한 전사.

보아닌의 용자가 패했다.

그것은 갈라히벤 사람들 모두에게 충격적인 일이 될 것이다. 아니, 충격적인 일이다. 용자는 패해서는 안 된다. 패하면 더 이상 용자가 아닌 것이다.

곤란했다, 아주 곤란했다.

"저, 왜 그러시죠?"

마나마가 얼굴이 딱딱하게 굳은 채로 아무런 말도 하지 않자 메이린이 조심스레 말을 걸었다.

"아, 아닙니다. 이 일은 제 권한을 벗어난 일이라……."

"보아닌의 용자는 도전을 피해서는 안 된다는 율법이 있는 걸로 알고 있습니다만… 그렇다면 마나마 라온님의 권한과는 상관없는 일 아닌가요?"

그때까지 입을 다물고 있던 마일론이 끼어들었다.

역시 마일론과 메이린은 같은 방법을 생각한 것이다. 만나려면 만날 수밖에 없는 상황을 만들면 된다.

그것이 설령 검을 맞댄 대결이라 할지라도 말이다.

더군다나 이쪽에서는 지더라도 손해는 없다, 보아닌의 용자가 이니안이라는 것을 알고 있으니. 어차피 사이몬 가 사람끼리의 대련인 것이다.

일개 평민이 자신과 메이린의 대화에 끼어들자 마나마의 얼굴이 살짝 일그러졌다. 게다가 끼어들어서 한 말의 내용이 자신을 궁지로 모는 것임에야.

권한 밖이라는 핑계로 이 상황을 모면하려 했지만 이미 저 둘은 용자는 도전을 피할 수 없다는 것까지 알고 와 있는 것이다.

"저… 하지만 용자님께 도전하려면 그만한 자격이 있어야 합니다만."

이마에 송골송골 솟아오르는 땀을 훔치며 마나마는 어렵게 말을 꺼냈다.

"아, 물론 그것도 알고 있지요. 도전할 사람은 여기 이 사람. 제 큰언니인 로레인 케이 사이몬이랍니다."

메이린이 로레인의 팔을 잡아끌며 활짝 웃었다.

그제야 로레인과 이리아, 파르미안은 호텔에서 두 사람이 보여준 로레인을 향한 야릇한 미소의 정체를 깨달을 수 있었다.

"아, 레이디 분께서 용자님께 도전을 한다고요? 하지만 그 자격 조건이……."

아주 옛날, 보아닌의 용자가 전설이 되기 전의 시절.

그때는 무수한 도전자들이 있었고 모두 패배했다. 그 대결 과정에 목숨을 잃거나 불구가 되는 사람도 적지 않았기에 보아닌의 교단에서 한 가지 조건을 달았다.

"오러를 형상화할 수 있는 사람만이 보아닌의 용자에게 도전할 자격이 있다."

오러를 형상화할 수 있는 자. 즉 소드 마스터나 그와 같은 경지에 오른 무사들만이 도전할 수 있었다. 그리고 그런 도전자를 모두 물리쳤다.

즉, 보아닌의 용자는 소드 마스터 이상의 실력자였다는 소리다.

그런 사실을 보면 보아닌의 용자는 정말로 신이 내린 사람인지도 몰랐다.

"네. 알고 있어요. 그래서 여기 '로레인' 언니가 도전한다는 거죠."

메이린은 다시 한 번 로레인의 이름을 강조하며 말했다.

"로레인… 설마, 대륙 최고의 여기사이자 소드 마스터인……."

마나마는 그제야 로레인의 이름에 따라다니는 수식어들을 떠올렸다. 그녀는 소드 마스터였다. 즉, 도전의 자격이 있는 것이다.

이제 어떻게 도전을 거절할 명분이 없었다.

"후우… 그러면 이곳에서 쉬고 계십시오. 제가 소식을 전하고 오겠습니다. 이런 것은 빠르면 빠를수록 좋으니까요."

마나마는 힘없이 몸을 일으켰다. 그로서는 당연한 일이었다.

"그럼 부탁드릴게요."

메이린이 함께 일어서며 화사한 웃음을 선사했다. 보통 때라면 절로 반할 만한 미녀의 웃음이었지만 지금 마나마의 눈에는 그런 것이 들어오지 않았다.

"칫. 그런 거였어? 날 이니안이랑 붙여보시겠다?"

로레인은 무언가 마음에 안 든다는 듯 말했다.

"왜? 언니 이니안이랑 대련하는 거 좋아하잖아?"

"그거야 그 녀석이 멀쩡할 때 이야기지. 지금은 아니잖아. 그런 녀석이랑 대련이라니. 오랜만에 집 나간 귀여운 막내를 만나는 게 살벌하게 칼 들고 서로 싸우는 거라니 내 기분이 좋을 리가 있어?"

로레인은 정말로 기분이 상한 듯했다.

"하지만 이게 가장 확실한 방법이에요. 아무리 사이몬 공작가라고 해도 결국은 타국의 공작. 보아닌의 용자라 인정받은 사람을 쉬이 만나게 해줄리 없죠. 게다가 들어오면서 보니까 무슨 일이 있었던 것 같은데요. 병사나 기사들이 잔뜩 긴장해 있어요. 몸에는 살기가 감돌고요."

마일론은 어쩔 수 없다는 얼굴로 말했다. 게다가 왕궁의 정문에서부터 느낀 이상한 분위기에 대한 이야기도 덧붙였다.

"그래, 나도 느꼈어. 분명 무슨 일이 있었던 거야."

메이린 역시 그것을 느꼈는지 고개를 끄덕였다.

'이니안 형에게 도전……'

다른 사람들의 대화에 상관없이 파르미안은 무릎 위에 올려진 자신의 주먹을 꽉 쥐었다.

로레인이 이니안과 대련을 한다는 이야기가 그를 그렇게 만들었다. 가능하다면 자신이 도전하고 싶었다. 자신의 검술 스승이나 다름없는 사람이다. 그 덕분에 지금 기사의 작위를 얻을 수 있었다.

도전의 자격.

그것이라면 그도 조건은 된다.

누구도 모르는 사실. 마일론조차도 모르는 사실. 파르미안, 그도 소드 마스터였다. 그 사실을 가장 먼저 알리고 싶은 사람이 이니안이었기에 아직 누구에게도 알리지 않은 것이다.

'이니안 형……'

파르미안은 4년 전.

이니안이 사라지기 전날 밤의 일을 떠올렸다. 그로서는 그날이 이니안을 마지막으로 보게 되는 날이라고는 상상도 못했지만.

톡톡.

창문을 두드리는 소리에 파르미안은 두 눈을 떴다. 진정한 기사는 잘 때도 긴장을 늦추지 않는 법이라며 이니안에게 귀에 못이 박히도록 들었기에 그 정도 소리에도 잠을 깰 수 있었다.

이니안의 말은 자신에게는 진리였기에 자면서도 민감한 감각을 유지할 수 있도록 훈련을 했기 때문이다.

"누구?"

파르미안은 소리가 난 창 쪽으로 다가갔다. 거리에는 여전히 어둠이 내려앉아 있는 깊은 밤이었다.

창밖으로 익숙한 얼굴이 보였다.

"이니안 형."

파르미안은 서둘러 창문을 열었다. 자신의 방은 이층인데도 불구하고 이니안은 그다지 힘든 기색 없이 창가에서 한 발로 균형을 유지하고 있었다.

파르미안이 창문을 열어주자 이니안이 빙긋 웃으며 가볍게 방 안으로 들어왔다.

"형, 어쩐 일로?"

"짜식, 내가 무슨 일이 있어야 널 찾아오냐? 그래, 좀 어때? 이제 5일 쯤 지났는데?"

이니안의 눈이 파르미안의 왼팔에 감긴 붕대에 향했다. 그날 입은 상처였다.

"뭐, 이런 상처야 대단할 것도 없죠."

파르미안은 웃으며 대답했다. 대단하지 않은 게 아니었다. 조금만 상처가 더 깊었어도 왼팔을 못 쓸 뻔했다. 정말로 운이 좋았다. 그날 일을 생각한다면 운이 좋았다고 기뻐할 수만도 없지만 말이다.

그리고 파르미안은 알고 있었다, 5일 전의 그 사건으로 가장 힘든 사람은 이니안이라는 것을.

모두들 알고 있었다.

그날 이니안은 소중한 사람을 잃었으니까.

"그래. 그날 보니까, 너 너무 약하더라. 내가 나름대로 단련을 시켰는데도 그런 상처나 입고 말이야."

이니안의 말은 사실과 달랐다.

파르미안은 약하지 않았다. 강했다. 그날도 어지간한 기사들보다도 나은 활약을 펼쳤다. 이니안이 괴물 같았을 뿐이지.

"그래서 찾아온 거야. 너는 좀 더 강해질 필요가 있을 것 같아서."

"네?"

갑작스러운 말에 파르미안은 깜짝 놀랐다.

"뭘 그렇게 놀라? 강하게 만들어준다는데."

이니안이 씨익 웃었다. 하지만 파르미안은 그 웃음 속에서 짙은 슬픔을 느꼈다.

"자자, 어서 정신 차리고 침대에 올라가서 정좌를 하고 앉아. 시간 별로 없어. 내 맘 바뀌기 전에 어서 올라가. 너도 약하다는 게 얼마나 비참한 일인지 그날 겪었잖아."

그 말에 정신이 번쩍 들었다.

그날.

자신이 조금 더 강했더라면 그랬다면 그 일을 막을 수 있었을까? 그랬을까? 그건 모른다. 다만 그럴 수 있는 확률이 조금 더 올라간다는 것만은 분명한 사실이었다.

"알겠습니다."

파르미안의 얼굴이 바뀌었다.

파르미안은 이니안이 시키는 대로 침대에 올라가 정좌를 하고 앉았다. 그 뒤에 이니안이 역시 정좌를 하고 앉았다.

"윗옷을 벗어라."

이니안의 목소리가 착 가라앉아 있었다. 처음 방에 들어왔을 때의 장난스러움은 사라지고 없었다. 파르미안은 그 장난스러움이 깊은 슬픔을 감추기 위해 억지로 그런 것이라는 것을 잘 알고 있었다.

파르미안이 이니안이 시키는 대로 윗옷을 벗자 이니안의 손바닥이 파르미안의 등에 닿았다.

"움직이지 마라. 정신 똑바로 차려라. 입 벌리지 마라. 그리고 몸 안에서 어떤 변화가 느껴지더라도 결코 놀라지 말고 동요하지 말아라. 그리고 내가 시키는 대로 해라."

이니안은 짤막하게 필요한 말만 했다.

그리고 곧이어 등으로부터 느껴지는 뜨거운 기운.

그것은 마나였다.

파르미안도 이제 어느 정도 실력이 쌓였기에 마나를 느낄 수 있었고 자신의 몸에 마나가 쌓이고 있음도 느낄 수 있었다.

뜨거운 마나가 등을 통해 몸 안으로 들어왔다. 그러자 몸 곳곳에 잠들어 있던 마나가 서서히 깨어나며 그 뜨거운 마나의 흐름으로 다가갔다.

이니안의 손에서부터 전해진 거대한 힘에 자신의 마나들이 흡수되었다. 그리고 마나가 파르미안의 온몸을 돌기 시작했다. 아니, 온몸을 도는 것은 아니었다. 정해진 길을 돌았다. 온몸의 구석구석 순서대로 규칙적으로 몸을 돌았다.

한 바퀴, 두 바퀴…….

"마나가 지나가는 길을 기억해."

그 말에 파르미안은 마나의 움직임에 의식을 집중했다. 규칙성을 느끼고 있었기에 그 길을 외우는 것은 어렵지 않았다. 단지 스스로 그렇게 자신의 내부를 들여다볼 수 있다는 사실에 놀랐을 뿐이다.

"외웠으면 머리를 살짝 움직여라."

다시 들려온 이니안의 말에 파르미안은 머리를 살짝 움직였다.

"그러면 너의 의지로 이 힘을 움직여 봐라. 강하게 원하면 의지의 힘으로 마나는 움직인다."

파르미안은 이니안이 시키는 대로 했다. 처음에는 이니안이 도와주는 듯 조금 쉬웠다. 하지만 자신이 어느 정도 마나를 움직일 수 있게 되자 이니안은 등에서 손을 떼었다. 그러자 마나를 움직이는 것이 몇 배는 어려워졌다.

하지만 마나가 자신의 의지에 따라 몸을 돌면 돌수록 기분이 상쾌해졌다. 온몸에 힘이 넘쳤다. 파르미안은 점점 더 마나를 움직이는데 빠져들었다.

얼마 후 파르미안은 눈을 떴다.

하지만 곧 다시 눈을 감았다. 방 안을 가득 채운 빛에 눈이 부셨던 것이다.

"훗! 날 밝았다. 어때?"

이니안의 말이 들릴 때쯤 파르미안은 조금씩 눈을 뜰 수 있었다. 잠시 마나를 움직인 것 같은데 벌써 시간이 이렇게 지났다는 사실에 깜짝 놀랐다.

"괴, 굉장해요, 형!"

파르미안은 감격에 찬 목소리로 말했다.

"그렇지? 굉장하지? 다른 사람들은 결코 모르는 사이몬 가만의 비전이야. 그러니까 내가 너에게 이것을 가르쳐 준 것은 비밀이다."

이니안의 말에 파르미안은 얼굴을 딱딱하게 굳히고 고개를 끄덕였다. 공작가만의 비전을 평민인 자신이 익혔다. 만일 그 사실이 알려진다면 어떤 일이 벌어질지 몰랐다.

"훗. 그래, 앞으로 매일 해 뜰 때랑 해 질 때 아무도 방해하지 않는 곳에서 그렇게 마나를 움직여. 마나를 움직이는 동안 누군가가 건드리면 바로 불구가 되어버리니까. 꼭 지켜라."

어떻게 들으면 섬뜩해지는 말이었다.

"네."

"그리고 그렇게 마나를 계속 움직이다 보면 갑자기 길이 막힌 것 같은 느낌이 들 때가 있을 거야. 그건 노폐물과 탁기가 쌓여서 마나가 흐르는 길이 막힌 것뿐이니까 천천히 시간을 들여서 계속 마나를 부딪쳐 가면 뚫릴 거야. 단, 천천히 느긋한 마음으로 뚫어라. 급하게 뚫으려 하다가는 역시 불구가 되는 수가 있으니까."

다시 한 번 섬뜩한 이야기가 이니안의 입에서 흘러나왔다.

"네."

파르미안은 침을 꿀꺽 삼키며 대답했다.

사실 이니안이 조금 과장되게 이야기한 것이다. 자세히 옆에서 하나

하나 가르쳐 줄 수 없기 때문에 주의 사항을 철저히 지키게 하기 위해서였다.

"그래. 그렇게 마나를 움직이면서 내가 가르쳐 준 검법을 사용하면 위력이 훨씬 강해질 거야. 원래 내가 가르쳐 준 검법에 맞게끔 만들어진 마나 운용법이니까. 대신 피어스 브레이크를 사용하지 못하지."

"네?"

피어스 브레이크를 사용하지 못한다는 말에 파르미안은 깜짝 놀랐다. 검을 익히는 사람이라면 누구나 자신만의 맹격기, 피어스 브레이크를 펼칠 날을 꿈꾸며 검을 휘두른다. 그런데 그것을 사용하지 못한다니, 마른하늘에 날벼락과도 같은 말이다.

"그렇게 놀라지 마. 사실은 피어스 브레이크 자체가 말도 안 되는 기술이니까. 내가 가르쳐 준 방법대로 검을 사용하면 네가 움직이는 검 하나하나가 모두 다 피어스 브레이크가 되는 것이니까."

이니안은 별것 아니라는 듯 말했지만 파르미안의 입장에서는 그것이 아니었다. 일 검, 일 검이 피어스 브레이크라니, 믿을 수 없는 일이다.

그러고 보니 사이몬 가의 사람들은 여러 개의 피어스 브레이크를 사용한다는 말을 들었다. 이것이 바로 그 비결인 것 같았다.

파이브 로드(Five Road).

이니안이 파르미안에게 가르쳐 준 검법이다. 지극히 간단해 보이는 다섯 가지 동작으로 이루어져 있지만 익히면 익힐수록 난해했다. 이니안의 말대로라면 그 다섯 가지 동작 모두가 피어스 브레이크인 것이다.

"이니안 형."

파르미안의 감격에 겨운 목소리로 이니안을 불렀다.

"됐어."

이니안은 별거 아니라는 듯 말했다.

"정말로 감사해요."

파르미안의 두 눈에 눈물이 고였다.

"훗. 사내 녀석이 눈물을 그리 쉽게 보이는 게 아니야."

알고 있다.

이니안이 늘 하던 말이다.

하지만 파르미안은 그날 이니안의 눈물을 보았다. 그리고 남자가 흘리는 눈물의 가치 또한 알았다. 그랬기에 지금 흐르는 눈물을 닦지 않았다, 분명 눈물을 흘릴 가치가 있는 일이었기에.

"소드 마스터가 되기 전에는 절대 우리 집 사람한테 들키지 마. 소드 마스터가 된 다음 알려진다면 우리 집에서 널 거둘 테지만 그렇지 않으면 너의 마나를 모두 없애 버릴 거야."

마지막 주의 사항.

"넷!"

파르미안은 힘차게 대답했다.

이때는 그저 조심하라는 뜻으로만 받아들였다, 자신이 배운 그것이 소드 마스터로 가는 극히 빠른 지름길이라는 것을 알지 못한 채.

사실 소드 마스터라는 것이 그렇게 간단한 경지가 아니었기에.

"그래, 그럼 다음에 보자. 그때는 꼭 소드 마스터가 되어 있도록 해. 훗."

그렇게 웃음을 남겨놓은 채 이니안은 올 때처럼 창을 통해 사라졌다. 이미 아침이 밝아 창밖의 거리에는 사람들이 가득한 데도 이니안은 개의치 않는 듯 훌쩍 몸을 날려 금세 사라졌다.

그때는 몰랐다.

그저 이니안의 인사가 조금 이상하다 싶었다. 다음에 볼 때는 소드 마스터가 되어 있으라니. 소드 마스터가 하루아침에 되는 것도 아닐 텐데 어째서 그런 인사를 한 것일까?

하지만 곧 알 수 있었다, 이니안이 자신에게 마지막으로 남긴 인사의 의미를.

그날.

이니안은 사우론에서 사라졌다.

'이니안 형. 형의 말대로 저는 소드 마스터가 되었습니다. 형이 말한 것을 지켰어요.'

파르미안의 주먹에 힘이 더 들어갔다.

사실 자신이 기사 작위를 받은 후 마일론이 그곳으로 갈 거라는 것은 예상하고 있었다. 그래서 기사의 작위를 받는 시험을 미뤘다, 그곳에 간 후 이니안을 찾으러 나설지도 몰랐기에. 소드 마스터가 되는 일이 먼저였던 것이다.

이니안과의 대련.

파르미안 자신이 나서고 싶었다.

그날 이니안이 준 힘으로 이만큼 강해졌다는 것을 이니안에게 보여주고 싶었다. 하지만 자신이 나갈 차례는 없다. 그랬기에 그저 주먹을 꽉 쥐는 것이 그가 할 수 있는 전부였다.

파르미안이 여전히 모르는 것이 하나 있었다.

그것은 이니안이 그날 자신이 가진 마나의 절반을 소모해 자신의 몸에 엄청난 양의 마나를 남겨준 것이다.

이니안이 가진 마나의 3할 정도의 양이 그날 파르미안의 몸에 남겨졌다. 5할을 불어넣었지만 그 과정에서 2할이 사라지고 3할이 자리를 잡은 것이다. 그래서 파르미안이 이렇게 빠른 속도로 소드 마스터가 될 수 있었다.

이니안으로서는 이미 그때 마나를 모두 흩어버리기로 결심을 한 후였기에 그중 일부를 기꺼이 파르미안에게 선사한 것이다, 자신의 가장 친한 친구이자 제자인 파르미안에게.

파르미안이 4년 전의 그때를 회상하는 사이 시간이 제법 흘렀다. 응접실로 향해 오는 마나마의 발자국 소리가 들렸으니 말이다.

"오래 기다리셨습니다."

문을 열면서 마나마가 들어왔다.

"아니오, 별말씀을요. 오히려 저희가 폐를 끼치고 있는걸요."

메이린의 말에 마나마는 쓰게 웃으며 소파에 앉았다. 분명 큰 폐였다.

"도전의 의사를 전하니 용자께서는 흔쾌히 승낙하셨습니다. 시간은 내일 정오. 장소는 본궁 기사단의 실내 연무장입니다."

마나마의 말에 일행의 얼굴은 밝아졌다. 이제 하루 후면 이니안을 만나게 되는 것이다.

"그런데 실내 연무장이면 연무장이 심하게 훼손될 텐데요."

이리아가 걱정스러운 듯 말했다.

이곳에 오기 전 카르세온과 로레인의 대련을 보았기 때문이다. 소드 마스터끼리의 격돌이 주위에 어떤 위력을 발하는지 충분히 실감을 한 터였다.

"그건 걱정없습니다. 100년 전 갈라히벤이 낳은 대마법사님이 실내 연무장에 방어 마법을 걸어두셨습니다. 어지간한 충격으로는 손상이 없습니다. 게다가 그 밑에는 기사단 건물이 지어질 때부터 보아닌의 신성 마법으로 결계가 쳐져 있구요. 이중 방어막이 있어서 지금까지도 처음 지어졌을 때 그대로의 모습을 하고 있습니다."

마나마는 그것은 걱정없다는 얼굴이었다. 단지 다른 것이 걱정일 뿐.

그는 아직도 용자님의 결정을 이해할 수 없었다.

아니, 그는 용자님을 보지도 못했다. 용자님의 친구라는 용병에게 말을 전했을 뿐이다. 그러자 그는 알았다고 하고서는 씨익 웃으며 방에 들어가더니 나와서 흔쾌히 허락했다는 말을 전했을 뿐이다.

이니안에게 이 소식을 알리기 전 국왕에게도 알렸다. 마침 그 자리에 교단의 교황도 있었다.

국왕은 마나마의 보고에 당황해했지만 교황이 인자하게 웃으며 별일없을 거라고 했다. 그의 말에 국왕도 어쩔 수 없이 모든 것을 이니안의 결정에 맡긴 것이다.

"누추하긴 하지만 이곳에 방을 마련해 드릴 수도 있습니다만 어떻게 하시겠습니까?"

기사단 건물에 있는 방이라면 뻔했다. 어차피 기사들이 쓰기 위해 만든 건물일 테니까.

일반 병사들이 머무르는 건물에 비할 바는 아니겠지만 어쨌든 귀족 영애가 머무르기에는 무리가 있는 방이다.

"뭐, 그렇게 해주시면 감사하죠."

물론 보통의 귀족 영애에 한해서다.

메이린은 웃으며 자신들이 머물 방을 부탁했다. 그녀들은 비록 공작가의 영애들이지만 일반 귀족들과는 달랐으니까.

"흐음… 도전이란 말이죠? 재미있겠는데요?"

침울해 있던 포르시아가 케라우가 가지고 온 이야기에 살짝 웃었다. 그녀는 기사들의 대련을 보는 것을 좋아했다. 자신의 명예를 걸고 자신의 검에 혼신을 다해 상대의 검에 부딪치는 그 모습이 무척이나 멋지게 보였기 때문이다.

"쩝. 이런 때에 도전이라니… 귀찮은데."

이니안이 별로 내키지 않는 듯 말했다.

"하지만 보아닌의 용자는 반드시 도전을 받아들여야 한다는데? 도전도 아무나 할 수 있는 게 아니라고 하던걸. 소드 마스터는 되어야 도전할 수 있다고 하더라고."

케라우의 말에 다프네의 눈이 번쩍 빛났다.

그렇다면 이니안이 소드 마스터와 싸운다는 말이다. 그렇다면 이니안의 본 실력을 볼 수 있을 터. 뿐만 아니라 소드 마스터가 검을 쓰는 모습을 가까이에서 볼 수 있다. 그것은 기사로서 놓칠 수 없는 커다란 공부였다.

"상대가 소드 마스터라구요?"

소드 마스터라는 말에 포르시아가 깜짝 놀랐다.

"그건 너무 위험하지 않을까요?"

포르시아가 걱정스러운 눈으로 이니안을 바라본다. 그녀는 아직 이니안의 정확한 실력을 몰랐다. 그저 네오마인을 그렇게 만들 정도로 강하다는 것만 알뿐.

네오마인을 그 정도로 만들려면 소드 마스터 정도의 실력이 필요하다는 것은 모르는 것이다.

"하하하. 괜찮습니다, 공녀님. 이 녀석은 소드 마스터가 아니라 그 할아버지 앞에 데려다놔도 눈 하나 깜짝 안 할 녀석이니까요."

케라우가 이니안의 등을 탁탁 두드리며 크게 웃었다.

이니안은 그런 케라우의 모습에 어이가 없다는 듯 그를 바라보았다.

"푸흣."

그 모습에 포르시아가 작게 웃었다.

"게다가 이 도전은 피할 수가 없다고 하니까요."

"아, 그렇다고 했었지요. 조심하세요, 세이버 경. 보아닌의 용자가 아무리 무패의 용맹한 전사라고 해도 그건 어디까지나 과거에 그랬다는 거예요. 저나 경과는 상관없는 이야기예요. 어쩌다가 경이나 저나 이렇게 되었지만 말이죠."

그러고는 포르시아는 곁에 있는 케이로스의 목덜미를 쓰다듬었다.

포르시아는 케이로스를 쓰다듬던 손을 멈췄다. 그리고 가만히 케이로스의 커다란 얼굴을 마주 보았다. 거대한 케이로스의 머리 앞에 있으니 그렇지 않아도 작은 포르시아의 얼굴이 더욱 작아 보였다.

포르시아는 물끄러미 케이로스의 눈을 들여다보았다. 그런 그녀의 행동에 케이로스가 고개를 갸웃거렸다.

팅.

순간 포르시아가 손가락으로 케이로스의 코를 튀겼다.

끼잉.

갑작스러운 그녀의 행동에 케이로스는 작게 신음을 흘렸다. 물론 어디까지나 예의상 일부러 흘린 신음이다, 그 정도에 눈 하나 깜짝할 케이로스가 아니었으니.

"이게 다 너 때문이야. 이그."

그러고는 다시 케이로스의 목을 껴안으며 그 털에 얼굴을 묻는 포르시아.

다른 사람들은 그런 포르시아의 행동을 웃으며 지켜볼 뿐이다.

"그래서 어떻게 할 거야?"

포르시아의 행동을 지켜보던 케라우가 이니안을 바라본다.

"반드시 받아들여야 한다며? 그러면 받아들여야지."

"언제로 할까?"

"빠를수록 좋겠지? 어차피 해야 한다면. 그러면 내일 정오. 오늘은 조금 그러니까. 그리고 장소는 이곳에 부탁하도록 하지."

"알았어. 그러면 그렇게 전할게."

이니안의 대답을 들은 케라우가 문을 열고 나갔다가 들어왔다.

그리고 잠시 후 무마타가 찾아와 대결 장소는 본궁 옆의 기사단의 실내 연무장이라고 전해줬다.

이니안은 그의 말에 그저 고개를 끄덕였다.

"세이버 경."

"네, 공녀님."

"절대로 조심하셔야 해요. 지는 건 상관없으니까 절대 다치지 마세요."

"알겠습니다. 절대 다치지 않도록 하겠습니다."

진지한 얼굴로 포르시아가 당부하자 이니안이 웃으며 대답했다.

'언제 봐도 기분 좋은 웃음이야. 후훗.'

이니안이 걱정되는 한편, 그의 웃음에 잠시 기분이 좋아지는 포르시아다.

이니안은 상대가 소드 마스터라고 하는데도 여전히 여유로운 얼굴이었다.

'크크크. 그래, 지금은 그렇게 여유롭겠지. 하지만 내일 대결 장소에 나가서 상대를 보면 어떨까?'

케라우는 벌써부터 내일의 대결이 기대되는 듯 속으로 웃었다.

"케라우 씨, 무슨 좋은 일 있으세요?"

속으로만 웃는다는 것이 겉으로 드러난 것일까? 어떻게 알았는지 포르시아가 물었다.

"아, 아닙니다."

케라우는 대강 얼버무렸다. 하지만 그를 향한 의심의 시선은 여전했다.

'저 녀석, 뭔가를 꾸미는 것인가?'

그 의심의 시선 중 하나는 이니안의 것임은 말할 필요도 없었다.

날이 밝았다.

이제 오늘 정오면 이니안은 본궁 기사단의 실내 연무장에서 소드 마스터와 대결을 펼쳐야 한다.

그 소식은 또 어떻게 왕궁에 전해진 것인지 정오까지 시간이 제법 남았는데도 불구하고 연무장의 관람석 자리가 꽉 찼다.

모두들 사이몬 가의 여기사와 보아닌의 용자와의 대결을 보기 위해 일찍부터 자리를 차지한 것이다. 잘 보이는 자리에는 이미 고위 귀족들이 앉아 있었다. 앞쪽 잘 보이는 자리 중 비어 있는 곳은 국왕 부부의 자리와 이니안 일행, 그리고 로레인 일행의 자리뿐이었다.

"이제 곧이네. 후후."

연무장의 한쪽에 마련된 대기실에서 시계를 힐끗 본 메이린은 즐거운 웃음을 띠고 있었다.

곧 귀여운 막내를 본다는 생각에 절로 기분이 좋았다. 단지 로레인만이 여전히 무언가 마음에 안 든다는 얼굴이었다.

카르세온에게 들은 바로는 제법 예전 실력은 찾은 것 같지만 그래 봤자였다. 겨우 카르세온 같은 녀석에게 패했다고 하니 그 실력은 뻔했다.

그런 동생과 칼 들고 싸우러 나가는 데 기분이 좋을 리 없었다.

"자자, 언니, 얼굴 풀라고. 오랜만에 이니안을 보는데 그런 얼굴로 볼 거야?"

이리아가 메이린의 등을 토닥이며 그녀를 달랬다.

하지만 로레인의 얼굴은 풀리지 않았다.

"저… 이제 준비하고 나가실 시간입니다."

기사 하나가 노크 후 문을 열고 들어와서 시간이 되었음을 알렸다.

대기실의 벽에 걸린 시계는 정오까지 5분이 남았음을 보여주고 있었다.

"가자."

메이린이 가장 먼저 일어나며 말했다. 싸우는 것은 로레인이지, 그녀가 아니었으니까.

연무장으로 향하는 복도를 한 발짝 한 발짝 걸을수록 가슴이 두근거렸다.

로레인은 곧장 연무장으로 나갔고, 나머지 네 사람은 다른 기사의 안내로 관람석에 준비된 자리로 향했다.

연무장은 사람들로 가득했다.

"그럼 우리는 관람석으로 갈게요."

역시 연무장으로 향하는 반대편의 복도. 포르시아는 그렇게 말했지만 쉽사리 걸음을 떼지 못했다. 그저 긴장한 얼굴로 서 있을 뿐.

"저는 괜찮습니다. 그러니까 공녀님께서도 너무 걱정하지 마세요."

이니안은 대체 누가 대결을 하러 나가는지 헷갈렸다. 자신은 이리도 침착하고 여유로운데 정작 포르시아가 저리도 안절부절못하니.

"그래도……."

"자자, 이니안은 괜찮을 거니까 너무 걱정하지 마시고 관람석으로 가시죠. 저 기사 분이 저렇게 서 계시지 않습니까?"

케라우가 포르시아의 곁에 다가가면서 말했다. 그의 팔이 포르시아의 몸에 닿으려고 하는 순간 다프네의 눈이 찌릿하고 빛났다. 그 기세에 케라우는 포르시아를 향하던 팔을 슬쩍 뒤로 뺐다.

'아우, 얼굴만 예쁘면 뭐 해? 성질이 저렇게 사나운걸. 쳇!'

케라우는 무언가 아쉽다는 듯 입맛을 다셨다.

"그럼 이쪽으로 가시죠."

기사의 안내에 포르시아가 걸음을 옮겼다. 케라우가 가장 뒤에서 따라갔다.

"어이! 이니안!"

이니안이 연무장을 향해 가려는 순간, 케라우가 불렀다.

"상당히 재미있을 거야. 즐기라구. 크크크크."

기분 나쁜 웃음.

기분 나쁜 웃음이 복도를 가득 메웠다. 케라우가 무엇인가를 꾸미는 것 같아 꺼림칙했다. 그렇다고 연무장을 향하는 걸음이 늦어지거나 하지는 않았다.

조금 더 걷자 복도의 끝이 보이고 그 너머로 넓은 연무장이 펼쳐져 있었다.

관람석을 가득 채운 사람들의 모습도 보였다, 그리고 자신과 싸울 상대의 모습도.

『5권으로 이어집니다』

외전

이니안의 일기

외전—이니안의 일기

남매는 두근두근 세차게 뛰는 가슴을 부여잡고 조심스러운 손길로 일기장을 넘겼다.

팔랑.

가벼운 소리와 함께 다음 장의 글자들이 눈에 들어왔다.

나의 변화를 지켜보시던 아버지께서 노여움이 섞인 목소리로 조용히 말씀하셨다. 무척이나 조용한 목소리였지만 나에게는 청천벽력보다도 크게 들렸다.

이제야 이 방의 분위기가 왜 이리 된 것인지 이해한 나는 그저 고개를 숙이고 있었다. 나의 이런 모습에 형은 킥킥거리면서 터져 나오는 웃음을 억지로 참고 있었다. 하여간 저 인간은 형이라는 작자가 이런 분위기 속에 동생의 불행을 보고 웃고 있으니.

나의 운명은 왜 이리 기구한자……

아니, 형의 모습에 화를 낼 때가 아니다. 나를 향해 쏘아져 오는 이 무서운 살기. 살기로 번들거리는 눈으로 큰누나가 날 당장이라도 잡아먹을 듯 노려보고 있었다.

아마 나의 시험 결과가 나보다 한발 먼저 집에 도착한 모양이었다. 그리고 그 소식에 이미 아버지께서 가족들에게 한바탕하신 모양이다. 우리 집안에서 큰누나를 저렇게 억누를 수 있는 사람은 아버지가 유일했으니까.

일단 이 자리가 끝나면 그 다음은 큰누나의 무시무시한 공격이 나에게 덮칠 것이라는 건 너무나 뻔한 일이었다.

"이니안, 넌 네 시험 점수를 아느냐?"

아버지의 물음에 나는 조용히 고개를 저었다.

"모르겠지. 시험 당사자에게는 점수를 밝히지 않는 것이 원칙이니까. 물론 가족에게도. 하지만 왕립학교의 교장을 맡고 있는 라이가르 데 퓨이어스 자작은 퓨이어스 공작가의 사람이다. 우리와는 그 친분이 남다르기에 나에게만 살짝 알려주었다."

나의 조국인 카일로니아 왕국에는 모두 네 개의 공작가가 존재한다. 이 사대공작가는 그야말로 카일로니아를 떠받치는 기둥이라 할 수 있다.

우선 우리 사이몬 공작가, 카일로니아 왕실의 수호 가문이다. 다음으로 아이렌 공작가, 카일로니아 외교를 책임지고 있다. 수많은 국가들과의 힘 싸움에서 교묘한 외교력으로 우리나라의 힘을 유지하는 아주 능력있는 가문이다. 마히가스 공작가는 카일로니아의 군부를 책임지고 있는 카일로니아의 지붕과도 같은 가문이다. 그리고 마지막으로 퓨이어스 공작가, 카일로니아의 내정을 책임지는 가문이다.

이 사대공작가 중 한 곳이라도 무너지면 카일로니아는 심각한 위기에 직면할 수 있다. 때문에 사대공작가에 대한 국왕 폐하의 믿음과 지원은 대단한 수준이며, 또한 사대공작가 사이에도 긴밀한 교류를 통한 끈끈한 관계가 형성되어 있다.

왕립학교의 역대 교장들은 모두 이 퓨이어스 공작가의 사람들이다. 그러니 사이몬 가의 둘째 아들인 나를 유심히 지켜봤을 것이고 그 결과를 집에 먼저 알려준 것이다. 하지만 원칙은 점수 비공개다. 단지 가문간의 친분으로 인해 이런 원칙이 깨지다니, 우리 카일로니아도 망할 때가 되었단 말인가!

"너는 하마터면 5학년이 될 수도 있었다는 것을 아느냐?"

나의 망상을 찢으며 아버지의 호통 소리가 들렸다. 5학년이라니 그게 무슨 말인가?

"네 점수는 6학년 자격 점수에서 겨우 1점이 넘어 있었다. 이게 무슨 망신이냔 말이다!"

헉! 그럴 수가! 그렇다면 2점만 낮게 받았어도 난 5학년이란 말인가?

왕립학교의 편입 시험은 점수가 구간별로 학년 등급이 있고 그 등급에 맞는 학년으로 편입된다. 나의 나이라면 8학년이지만 실력은 6학년이라니. 사실 8학년의 나이로 편입 시험을 치른 이는 내가 최초이기도 했지만 이런 결과가 나오니 할 말이 없었다.

"이 무슨 망신이란 말이냐. 우리 사이몬 가문의 아들이 열다섯이 되어서 왕립학교 편입 시험을 치른 것도 못내 부끄러운 일이거늘, 나이에 따른 성취도 얻지 못하고 겨우 6학년이라니. 그것도 턱걸이로 6학년이라니. 망신도 이런 망신이 어디 있단 말이냐!"

아버지의 호통 소리에 나는 아무 말도 못했다. 이건 분명 나의 잘못이다. 내가 생각해도 망신도 이런 망신이 없었다. 아무리 내가 공부를 싫어한다지만 열세 살짜리 코흘리개들과 같은 수준이라니. 으으. 자존심이……

"로레인, 이리아, 메이린."

"예."

"너희들은 지난 세 달 동안 저 녀석에게 뭘 가르친 거냐? 응? 너희들이라면 제대로 가르칠 거라 믿었는데 말이다. 너희들이 아무리 뛰어나고 머리가 좋으면 뭐하냔 말이다. 달랑 하나 있는 남동생도 제대로 못 가르치는데! 에잉."

나를 향하던 아버지의 분노의 브레스가 이번에는 누나들을 향해 뿜어져 나갔다. 누나들은 그저 고개를 숙일 뿐, 아무런 말도 못했다. 하긴 이 분위기에서 무슨 말을 꺼낸다는 것은 그냥 내년 오늘을 자신의 첫 기일로 만들겠다는 무모함일 뿐이다.

아버지는 그 말을 끝으로 서재를 나가셨다. 그런 아버지의 오른손에는 검이 들려 있었다.

"쯧쯧. 네 덕에 애꿎은 기사들만 죽어나겠구나."

아버지의 모습이 완전히 사라지자 형이 혀를 차며 나에게 말했다. 다른 때 같으면 울컥했겠지만 오늘만은 할 말이 없었다. 가끔 아버지는 노화를 억제할 수 없을 때는 가문의 기사단을 찾아가 수련을 빙자한 구타를 행하신다.

그랜드 마스터와의 대련이면 기사들에게는 무한한 영광이지만 그 영광의 뒤에 남는 것은 짧게는 1주, 길게는 3주의 침대 생활이다. 으음, 기사단 아저씨들한테 엄청나게 미안하다. 나에게 무척이나 잘해주는 아저씨들인데. 부디 아버지께서 빨리 화를 가라 앉히셔서 침대로 들어가는 아저씨들의 숫자가 줄어들기를 바라는 수밖에.

잠시 나를 바라보던 형 역시 검을 들고는 휘적휘적 서재 밖으로 나갔다. 아마도 아버지께 가는 것이리라, 그나마 형이라면 아버지를 어느 정도 상대할 수 있으니. 그렇다고 해도 아직은 일방적으로 형이 당한다. 다만 기사 아저씨들과의 차이는 침대에 들어가지는 않는다는 것 정도? 어쨌든 형의 희생이면 최소 세 명의 아저씨는 침대에 안 들어가도 될 테니. 평소에는 얄밉기만 형인데 오늘은 갑자기 고마워졌다.

이러나저러나 결국 검에 대해서는 한마디도 못 꺼냈다. 꺼냈다가는 이 서재가 풍비박산났을 것이다. 그렇다면 대체 내 검은 언제 찾을 수 있으려나…….

"이니안……."

검 생각에 한창 골똘히 잠겨 있을 때 내 귀를 울리는 음산한 목소리가 있었다. 고개를 들어볼 것도 없었다, 큰누나다. 아버지께서 나가시고 형이 나가고 드디어 큰누나의 차례가 온 것이다.

어머니께서는 나를 무척이나 안쓰럽게 바라보셨지만 아무런 말씀도 없으셨다. 지금 큰누나의 주위로는 건드리면 폭발한다는 오라가 무럭무럭 피어올랐기에 어머니께서도 차마 어쩌지 못하고 계신 것이다.

다른 두 누나 역시 걱정스러운 눈으로 날 바라보았다. 나 때문에 혼이 났는데도 나를 향한 원망이나 분노는 어디에도 없었다, 그저 큰누나 앞의 초라한 내 모습에 대한 순수한 걱정만이 존재할 뿐.

같은 자매인데 어찌 이리 다를까?

"따라와라."

살기 짙은 한마디를 남기고 큰누나는 서재를 나섰다. 나는 황급히 그 뒤를 따라붙었다. 따라오라는데 따라가야지 안 그러면 진짜 큰일난다. 내 등 뒤로 어머니와 두 누나의 걱정스런 시선이 느껴졌지만 나는 걸음을 옮길 수밖에 없었다, 잔뜩 겁에 질린 채.

뚜벅뚜벅.

저택의 복도에 누나와 나의 발자국 소리만이 울렸다. 아무도 없는 조용한 복도. 시종이나 시녀들이 보일 법도 했건만 이미 아버지께서 지나가신 탓인지 아무도 없었다.

누나가 향한 곳은 연무장이었다. 기사단의 연무장은 이미 아버지께서 가셨으니 지금 가는 곳은 우리 가족들을 의한 연무장이다. 기사단의 연무장에 비해 그 크기가 작았지만 사용하는 사람이라고 해봐야 열 명 정도이니 그 인원에 비하면 충분히 컸다.

"들어."

그 말과 함께 날아온 대련용 가검(假劍)을 받았다. 누나 역시 가검을 들고 서 있었다.

가검은 재질은 철이지만 날이 서 있지 않은 검이다. 그래서 맞으면 아프기는 하지만 베이지는 않는다. 하지만 그것도 어디까지나 일반인들의 이야기다. 현재 이 연무장을 쓰는 사람들의 손에 들리면 가검일지라도 어떤 명검보다도 날카롭게 변한다.

"무슨 뜻이야?"

누나에게 엄청나게 깨질 것만 생각을 하고 따라왔다가 연무장에서 가검을 들게 하니 그 이유를 몰라 고개를 갸웃거렸다.

"보시다시피 그대로야. 대련이다."

"대련?"

누나의 대답에 나는 두 눈을 동그랗게 떴다. 이미 앞서 이야기했지만 누나의 실력으로는 나의 옷자락조차 베지 못한다. 그런데 대련이라니? 공부를 할 때의 벌칙과는 다르다. 대련이라면 누나는 나의 상대가 아니다. 어이가 없기도 했다. 죽일 듯 살기를 뿜어내더니 하자는 것이 고작 대련이라니.

내가 누나를 무서워하는 것은 누나이기 때문이다. 누나는 누나라는 그 존재 자체로 존경받을 가치가 충분했다. 적어도 우리 가족에게 그것은 당연한 사실이고 나에게는 진리와 다름없다.

아주 예전, 그러니까 내가 일곱 살일 무렵이었다. 그때 나는 개념없이 누나에게 덤빈 적이 있었다. 대체 그때 왜 그랬는지 기억이 나지는 않는다. 지금 생각해도 너무 불가사의한 일이었는데 말이다.

물론 큰누나는 아니었다. 이미 그때도 큰누나는 엄청나게 무서웠으니까. 내가 덤볐던 상대는 지금 생각하면 어이없게도 막내 누나섰다. 천사와 다름없는, 아니, 천사 그 자체인 막내 누나에게 덤비다니 그때 난 미쳤음이 틀림없었다. 어린 나이라 철이 없어 그랬거니 하기에는 내가 저지른 일이 너무 엄청났다.

내가 일곱 살이었으면 막내 누나는 아홉 살. 둘 모두 아직은 애일 때다. 내가 덤빈 결과는 물론 나의 승리였다. 이미 그때 나는 검법 수련을 하고 있는 상태였고 막내 누나는 그저 책을 읽는 것을 좋아하는 평범한 여자 아이였다.

무엇보다 나의 승리의 결과는 막내 누나의 울음이었다. 그것만은 분명하게 기억하고 있다. 그때 막내 누나가 얼마나 서럽게 울었던가. 그때 일의 원인을 아마 다른 가족이나 막내 누나는 알고 있을 것이다. 하지만 너무 미안하고 면목이 없었기에 물을 수가 없었다. 그래서 아직도 원인을 모르고 있는 것이다.

아무튼 막내 누나의 울음의 결과는 나에게 혹독하게 돌아왔다. 아버지께 정말로 죽지 않을 만큼 맞았다. 비 오는 날 먼지 나게 맞는다라… 그 정도 표현으로는 부족할 정도로 맞았다.

어머니께서 말리셔도, 가문 기사단들이 말려도 소용이 없었다. 분노한 아버지를 말릴 존재는 아마 우리 왕국에서는 단 두 사람뿐일 것이다.

바로 국왕 전하와 세자 저하. 이 두 분만이 아버지를 말릴 수 있을 것이다. 그리고 불행히도 그 자리에 그 두 분은 안 계셨다. 당연하지 않은가? 왕궁이 아니라 우리 집이니.

그런 아버지를 말린 것은 바로 막내 누나였다. 그때의 누나의 뒷모습은 아직도 기억이 생생하다. 굳건히 양팔을 벌리고 내 앞에서 있던 누나의 뒷모습. 아버지께서 몸을 돌리신 후 방긋 웃는 얼굴로 돌아본 누나의 얼굴은 온통 눈물로 범벅이 되어 있었다.

나 때문에 흘린 눈물이 채 마르기도 전에 아버지께 두드려 맞는 내 모습을 보고 다시금 울었던 것이다. 그렇게 눈물을 흘리며 내 앞을 막아섰으니.

"그때 메이린이 말리지 않았으면 넌 죽었어."

그 일이 있고 며칠 후 형이 나에게 한 말이다. 지금 생각해도 그 말은 정확한 것 같았다. 아마도 누나가 말리지 않았으면 그날 난 죽었을지도 모른다.

지금껏 단 한 번 본 분노한 아버지의 모습. 그날 보았던 누나의 뒷모습과 함께 결코 잊을 수 없는 기억이다.

아무튼 그 일이 있은 후 나는 누나들에게 순종하게 되었다. 그때 나 때문에 누나가 운다는 사실을 아신 아버지는 이유도 묻지 않고 나를 때리기 시작하셨으니. 기억도 안 나지만 아마 100% 나의 잘못일 것이다. 그 착한 막내 누나의 잘못이라는 건 말이 안 되니까.

내가 누나들에게 순종하게 되었다곤 하지만 사실 누나들이 너무 착해서 항상 날 먼저 배려해 주었다. 아, 물론 여기서 큰누나는 열외다. 이제 말하지 않아도 다 알 거라 생각하지만 그래도 혹시나 하는 생각에 덧붙이는 것이다.

"그래, 대련."

내가 잠시 옛 일을 생각하는 사이 큰누나는 고개를 끄덕이며 대답했다.

"하지만 해봤자 결과는 정해져 있는 거 아냐?"

나의 말에 큰누나는 피식 웃었다. 어찌 들으면 건방진 소리이기는 했지만 그건 사실이니 어쩔 수 없었다.

큰누나가 왜 이러는지 알 수가 없었다. 차라리 혼나는 것이 마음이 편할 텐데, 대련을 하자니. 일단 검을 들고 대련을 한다면 아무리 누나라 하지만 봐줄 수는 없었다.

검이란 그런 것이다. 검을 들고 대련이라는 이름 아래 상대와 마주했을 때는 최선을 다해야 한다. 그것이 검에 부끄럽지 않은 일이고 상대에 대한 최대의 예의다. 나는 그렇게 배웠다. 그리고 그건 우리 가문의 사람이라면 누구나 아는 사실이다.

"길고 짧은 건 대봐야 하는 법이다."

누나의 대답에 난 흠칫했다. 누나가 저 말을 나에게 한 것은 딱 한 번이다. 바로 나에게 패한 후 두 번째의 대련 때. 두 번째의 대련을 갖기까지 무려 1년의 시간이 걸렸고 그때도 역시 내가 이겼다. 그 이후 대련을 할 때 저 말을 한 적은 한 번도 없었다. 하지만 내가 큰누나와 대련할 때 가장 상대하기 힘들었던 때가 그때이기도 했다.

그런데 지금 누나가 저 말을 했다는 것은 무언가 자신이 있다는 소리였다.

누나의 대답에 나는 천천히 검을 곧추세웠다. 누나 역시 담담한 눈으로 나의 검을 바라보며 검을 곧추세웠다. 우리 두 사람 사이로 한줄기 바람이 스쳐 지나갔지만 우리는 서로를 바라볼 뿐이었다.

달랐다. 마지막으로 누나와 대련했을 때와는 누나의 분위기가 달랐다. 내가 검을 잡지 못했던 지난 3개월간 누나에게 어떤 변화가 있었던 것이 분명했다.

"타핫!"

기합과 함께 누나의 검이 나에게 날아왔다. 일직선의 찌르기. 정확히 내 목을 향해 날아오는 한줄기 빛.

나는 재빨리 몸을 옆으로 돌려 누나의 검을 피했다. 하지만 피했다고 생각한 그 순간 누나의 검은 유려한 곡선을 그리며 나를 쫓아왔다. 나는 검을 들어 누나의 검이 가려는 길의 목을 잘랐다.

챙.

순간 부딪친 두 검에서 울리는 맑고도 경쾌한 소리. 그 소리가 사라지기도 전에 이미 검을 떨어졌고 연이어 충돌을 반복했다. 요란한 소리와 휘황찬란한 검광.

우리 둘의 몸은 보통 사람이라면 구분할 수 없을 정도도 빠르게 움직였다. 검이 바쁘게 움직이는 만큼 두 사람의 발도 바쁘게 움직였다. 우리 가문의 검법은 발의 움직임을 중요시한다. 보법(步法)이라고 하는 발을 움직이는 방법을 따로 수련할 정도로 말이다.

보법의 명칭은 오행매화보(五行梅花步). 봄날 흩날리는 꽃의 모양을 본떠 만들어진 발을 움직이는 방법이다.

참고로 검법은 여러 가지가 있었는데 그중 내가 익힌 것의 명칭은 이십사수매화검법이다. 보법과 마찬가지로 흩날리는 꽃잎의 모습에서 영감을 얻어 만든 검법이라 했다. 누나가 익힌 검법 역시 나와 같았다.

우리 둘의 검은 허공에서 어지러이 얽혔다. 같은 검법을 익혔으니 상대의 검이 어디서 어떻게 변할지는 뻔히 알고 있었다. 그런 만큼 대련은 오래 지속될 것 같지만 천만의 말씀. 오히려 더 빨리 끝난다. 뻔하다고 생각할 때 뻔하지 않게 검을 뻗으면 되지 않은가? 그래서 항상 나의 승리였다.

아버지께서는 그것을 초식의 형을 벗어나기 시작하는 단계라 하셨다. 그리고 큰누나는 아직 그 경지에 이르지 못했었고.

그런 생각을 하며 나는 누나의 검이 날아올 곳을 향해 나의 검을 뻗었다. 어차피 누나가 공격할 곳은 뻔했으니까.

하지만 검에 아무런 감각이 없었다. 나의 검에 누나의 검이 부딪치지 않은 것이다. 오히려 검은 아래에서 위로 날 덮쳐 오고 있었다. 이럴 수가! 이럴 수는 없었다. 어떻게 누나가!

놀란 나는 재빨리 보법을 밟아 신속히 뒤로 이동했다. 그사이 나의 얼굴에는 굵은 땀방울이 굴러 떨어졌다.

'누나는 새로운 경지에 접어들었다.'

나의 머리를 강타한 생각. 누나는 지난 3개월간 그 경지를 높였던 것이다. 그랬기에 이렇게 당당하게 나에게 대련을 청한 것이다.

"호호호. 왜 그러니? 그렇게 놀란 얼굴을 하고?"

나의 반응이 마음에 들었는지 누나의 얼굴에는 미소가 가득했다. 그리고 뿌듯한 성취감도 웃음과 함께 자리하고 있다는 것을 나는 알 수 있었다.

"쳇. 조금 늦었는데?"

"호오～ 그래?"

내가 퉁명스레 대꾸하자 누나는 유들유들한 어조로 대답했다. 그러면서 가만히 곧추세우는 검. 검끝에서 붉고 영롱한 빛이 조금씩 새어 나오기 시작하더니 곧 검신을 완전히 감쌌다

"오, 오러 블레이드(Aura Blade)!"

소드 마스터만이 사용할 수 있다는 오러 블레이드. 우리 가문에서는 검강이라 부르는 경지. 그것을 지금 내 눈앞에서 누나가 해낸 것이다.

"어, 언제?"

믿을 수 없었던 나의 입에서 나오는 목소리는 심하게 떨렸다.

"글쎄. 한 세 달쯤 됐지? 평소처럼 그냥 검투회를 보는데 갑자기 눈앞이 하얘지면서 머리를 뒤흔드는 무언가가 있었거든. 그때부터였지, 아마?"

누나의 대답에 짚이는 것이 있었다. 그날은 분명 나를 가르치기 시작한 후 첫 토요일일 것이다. 막내 누나가 날 가르치게 되었다고 얼마나 좋아했던가?

그날 큰누나는 소드 마스터로의 깨달음을 얻은 것이다. 나도 그런 경험이 있으니 잘 알고 있었다. 아무리 사소한 계기로도 찾아오는 깨달음이었지만 하필 그때 깨달음을 얻었다니… 어쩐지 그날 이후로 큰누나의 행동이 조금 이상하다 싶었다.

내가 소드 마스터의 경지에 이른 것은 겨우 6개월 전이다. 지

난 3개월간 수련을 전혀 못한 것을 감안하면 나의 실력은 소드 마스터가 되고 3개월이 흐른 후 정체된 상태다. 아니, 오히려 퇴보했을 수도 있다.

한데 큰누나는 소드 마스터가 되고 무려 3개월간 수련을 했으니, 어쩌면 이번 대련 내가 질 수도 있다.

"쳇. 제법이야. 소드 마스터라니!"

그렇게 대답하는 나의 검에도 어느새 오러 블레이드가 어려 있었다.

"호홋. 글쎄. 누가 제법일까? 너나 나나 오러 블레이드는 아직 탁한 빛이야. 그리고 지난 3개월간 검 한 번 제대로 못 잡아본 사람은 누구였지?"

소드 마스터의 경지가 높아질수록, 오러 블레이드의 위력이 강해질수록 그 빛은 깊고도 맑아진다.

"몰라, 그딴 것. 간다. 하앗!"

힘찬 기합과 함께 나의 검이 누나를 향해 날아갔다. 누나의 검 역시 나의 검을 향해 날아왔다.

우웅.

맞부딪친 두 검에서 묘한 울림이 퍼져 나왔다. 오러 블레이드와 오러 블레이드가 부딪쳤기에 울리는 소리다. 이 소리는 소드 마스터끼리의 대련에서만 들을 수 있으니 보통 사람은 좀처럼 들을 수 없는 엄청 희귀한 소리다.

검을 맞댄 채 잠시 힘 겨루기를 하던 우리 둘은 곧 떨어졌다. 그리고 다시 어지러이 움직이는 검영(劍影). 오러 블레이드 덕에

요란한 소리는 울리지 않았지만 오히려 거대한 두 힘의 여파로 우리 둘의 옷자락은 심하게 펄럭였다. 물론 여기서 좀 더 위력을 올려 검을 맞댄다면 폭음이 울려 퍼진다. 오러의 충돌로 인한 여파다. 하지만 누나나 나나 위력을 조절하고 있기에 그 정도까지 살벌한 대련이 펼쳐지지는 않았다.

그러고 보니 지금 누나는 드레스 차림이었다. 아버지 서재에서 혼난 후 곧바로 연무장으로 왔으니 당연한 사실인데 여태 알아차리지 못하고 있었다. 움직이기 불편할 텐데 누나의 움직임은 극히 자연스럽고 편안해 보였다. 그간 수련의 성과인가?

잠시 그렇게 누나의 옷에 신경을 쓰는 사이 누나의 검은 재빠르게 움직이며 나를 향해 날아들었다. 깜짝 놀란 나는 서둘러 대응을 했지만 이미 늦어 있었다. 누나의 검끝이 정확히 내 심장 위에 있었으니.

순간의 방심이 이런 결과를 낳다니……. 하긴 방심한 나의 잘못이다. 소드 마스터끼리의 대련에서 방심이라니 잊을 수 없는 일이다.

쨍.

내가 놓은 검이 바닥에 부딪치며 울리는 소리에 나는 가슴이 찢어지는 듯했다. 항상 이기는 것이 당연했던 누나와의 대련에서 패배하다니, 묘하게 가슴 한구석이 불타올랐다.

"졌어."

나의 한마디에 누나는 한줄기 미소를 나에게 보여주었다. 사람들은 저런 걸 회심의 미소라고 하던가?

"길고 짧은 건 대봐야 안다고 했지?"

"쳇. 알았다구, 알았어. 그래 누나가 길어."

땅.

나의 말에 바로 응징이 뒤따랐다. 누나의 주먹이 나의 이마에 들렀다 간 것이다.

"말버릇하고는."

"쳇. 그런데 어떻게 그렇게 잘 움직여? 아무리 평상복이라지만 누나가 입고 있는 건 엄연히 드레스이고, 또 구두를 신어서 불편할 텐데?"

이마를 문지르며 내가 패배하게 된 방심의 원인에 관해 물었다.

"응? 이거? 뭐, 드레스야 네 말대로 평상복이니까 크게 불편할 건 없어. 치마가 좀 거추장스럽긴 하지만 말야. 그리고 구두는 확실히 불편하긴 한데 이러면 되지."

누나는 치마의 끝을 살짝 들어올려 보여주었다. 치마 아래 드러난 누나의 발은 맨발이었다.

"잉?"

"저기."

언제 벗어둔 걸까? 그곳에는 누나의 구두가 가지런히 놓여 있었다.

"쳇. 이러니 여태 시집을 못 갔지."

기분이 상한 나의 작은 중얼거림. 속으로만 생각한다는 것이 그만 입 밖으로 튀어나와 버렸다. 당연히 누나의 귀를 피할 리 없었다.

"오호라. 뭐라고?"

분노에 찬 누나의 음성.

"네가 이곳에 왜 왔는지 벌써 잊은 거냐? 그런데 그런 말까지 하다니, 너 아주 매를 버는구나? 응?"

누나의 말에 그제야 난 이 연무장에 혼나러 왔다는 것을 떠올렸다.

"뭐, 좋아. 대련도 끝났겠다. 이제 남은 일은 하나네."

"응? 그게 무슨 말이야?"

지금 내 얼굴은 파랗게 질렸을 게 틀림없었다. 내가 이런 기분이 들 때면 곁에서 보던 작은 누나나 막내 누나가 '이니안. 왜 그래? 얼굴이 파랗게 질려서는'이라며 걱정스런 말을 건넸었다. 그러니 이번에도 틀림없이 파랗게 질렸을 것이다. 아니, 파란색이라도 있으면 다행이다. 파란색마저 빠져나가 하얗게 질렸을지도 모른다.

나는 누나의 눈치를 보며 슬금슬금 뒤로 물러섰다.

"무슨 말이긴. 지금부터 네가 비 오는 날 먼지 날 정도로만 맞으면 된다는 거지. 걱정 마. 딱 비 오는 날 먼지 날 만큼만 패줄 테니까. 세상에 6학년이라니. 그것도 겨우 2점 차이? 네 녀석이 오기 전에 아버지께 얼마나 혼났는 줄 알아? 이리아나 메이린은 마음씨가 고와서 오히려 널 걱정했지만 난 달라. 나에게 이런 망신을 주고도 무사할 줄 알았냐? 응? 그리고 뭐가 어쩌고 어째? 시집이 어떻다고?"

한 걸음 한 걸음 다가오는 누나의 입에서 쉼없이 살기 가득한 말이 흘러 나왔다. 난 겁에 질린 채 계속해서 뒷걸음질쳤다. 그런

한 순간 누나의 입에 한줄기 미소가 걸렸다. 회심의 미소. 바로 그것이었다. 불길한 생각에 살짝 뒤를 보았다.

젠장. 연무장 벽이 떡하니 버티고 있었다.

"호호. 더 도망가 보지 그러니?"

누나는 왼손으로 가검의 검신을 부드럽게 쓰다듬었다.

"서, 설마 그걸로?"

다시 한 번 스친 불길한 생각에 나는 떨리는 목소리로 물었다.

"그러면? 여기 뭐 다른 게 있니?"

"저기. 목검도……."

"목검 가지러 가는 사이 네 녀석이 도망쳐 버리면 또 잡으러 가는 수고를 해야 하잖니?"

결론은 지금 들고 있는 가검으로 날 패겠다는 거다. 아까도 말 했지만 보통 사람에게나 날이 없는 가검이지, 우리 가문의 사람에 게는 진검이나 다름없는 검이다. 한데 그걸로 날 패겠다니…….

"호호호. 이니안, 그럼 잘 가라. 딱 비 오는 날 먼지 날 만큼 만 하고 그만둘 테니."

그리고 악몽과도 같은 타작이 시작되었다.

나는 고스란히 맞았다.

우어엉~!

남매의 얼굴은 땀으로 젖어 있었다.

"으음, 할아버지 화나시면 정말 무섭구나."

"그것보다… 아빠, 큰 고모한테 정말로 비 오는 날 먼지 날 만큼 맞으신 거야? 역시 큰 고모 무섭다. 나 절대로 큰 고모 말 잘 들을 거야."

네이라는 정말로 굳게 결심한 듯 작은 주먹을 꼬옥 쥐면서 말했다.

658년 9월 22일

"쿡쿠쿠쿡쿠."

귀에 거슬리는 웃음소리가 아련히 머릿속에 울렸다. 으음. 대체 어떻게 된 일이지? 분명 큰누나와 대련을 하다가 잠시 방심한 사이 져 버렸고 이어서 처절한 구타가 시작되었던 것 같은데…….

웃음소리가 들리고 이렇게 보드라운 감촉이라니. 아, 그러고 보니 몸 여기저기가 욱신거리네. 대체 어떻게 된 거지?

"호오. 이제 정신을 차린 모양이네?"

머리끝에서 발끝까지 관통하는 찌르르한 통증을 뚫고 익숙한 목소리가 들렸다. 당연히 형이었다. 그러고 보니 아직 눈도 뜨지 않은 상태라는 걸 깨달은 나는 힘겹게 눈꺼풀을 들어올렸다.

흐릿한 시야에 점점 초점이 잡히면서 주변을 정확히 인식할 수 있었다. 내가 있는 곳은 내 방이었다. 이 폭신한 감촉은 내가 침대에 누워 있다는 것이고.

"이니안, 드디어 눈을 떴구나!"

눈을 뜨자 가장 먼저 나에게 안겨온 사람은 어머니였다.

"얼마나 걱정했는지 아니? 이틀 동안 정신을 못 차려서……."

두 눈 가득 눈물이 그렁그렁한 어머니의 말씀에 나는 둔중한 충격을 느꼈다.

이틀이나 정신을 잃고 있었다니. 그렇다면 내가 누나에게 두드려 맞다가 기절을 했다는 것 아닌가? 그것도 이틀이나 정신을 잃고 있을 정도로 심각하게? 이건 소드 마스터로서 씻을 수 없는 자존심의 상처였다.

"쯧쯧. 그래 어때? 사이몬 가의 여덟 번째 소드 마스터에게 죽도록 얻어맞은 소감이?"

히죽거리는 형의 목소리에 나의 눈썹은 하늘로 솟아올랐다.

"아니, 그게 무슨 말이니, 이슈데인! 형으로서 이틀만에 정신을 차린 동생에게 그런 말을 하다니!"

내가 무슨 반응을 보이기도 전에 먼저 어머니의 호통이 터졌다. 어머니의 말씀에 형을 찔끔한 얼굴을 하더니 몸을 돌려 총총히 내 방에서 걸어나갔다.

"아, 갑자기 잊고 있던 일이 생겨서. 그럼 몸 조리 잘해라, 이니안."

역시 어머니. 어머니의 호통 한 번에 형은 꼬리를 말고 도망갔다. 나의 입술 끝이 살짝 올라갔다. 통쾌하군.

"그래, 이니안, 이제 몸은 괜찮은 거니?"

형을 단번에 내쫓으신 어머니는 나에게서 약간 떨어지시며 내 몸 이곳저곳을 살피셨다.

"예. 끄떡없어요."

어머니의 걱정에 나는 침대에서 몸을 일으키며 양팔을 크게 휘둘렀다. 어머니를 안심시키려면 이 정도는 해야지.

"으윽."

그런데 갑작스런 무리한 움직임 때문인가? 내 몸을 울리는 지독한 통증에 난 그만 신음 소리를 내뱉고 말았다.

"저런. 이니안, 역시 아직은 많이 안 좋구나. 로레인, 아무리 화가 났다지만 어떻게 이 지경으로 만들 수가 있니?"

어머니는 한쪽을 돌아보며 울먹이는 목소리로 호통인지 아닌지 분간이 안 가는 말씀을 하셨다. 그제야 나는 큰누나도 내 방에 와 있는 걸 알아차렸다.

"저기, 그러니까… 그게 그만… 그때는 저도 제 정신이 아니라서… 정신을 차리고 보니 이니안이 쓰러져 있었어요……."

큰누나는 고개를 푹 숙이고는 개미 목소리보다도 작은 목소리로 간신히 이야기하고 있었다. 그런 누나를 바라보는 어머니의 표정은 무척이나 묘했다. 화가 난 듯하시기도 했지만 애잔하게 바라보시는 듯도 하고, 도무지 알 수 없었다. 하긴 내 성적이 알려진 날 큰누나가 아버지께 크게 혼나는 걸 보셨으니 누나의 심정도 어느 정도 이해는 하고 계실 것이다.

그러니 내가 불려 나갈 때 아무 말씀 안 하셨지. 한데 그 결과가 귀한 막내아들이 이틀간 정신을 잃고 있는 것이었으니 어머니의 심사도 무척이나 복잡할 것이다.

그나저나 몸의 통증이 장난이 아니다. 공작가의 아들이나 되면서 아파서 이렇게 통증을 참아야 한다니 얼마나 우스운 일인가? 보통의 귀족가라면 다친 즉시 마법사나 신관을 불러서 치료를 할 텐데 말이다.

한데 우리 집은 그렇지 않다. 자고로 검의 길을 걷는 기사라면 어느 정도의 상처는 스스로 치료하고 일어나야 한다는 것이 우리 집안의 수칙이다. 덕분에 나는 간단한 응급조치 후 침대에 눕혀져 있었을 것이다.

죽거나 불구가 될 상처가 아니고서는 치료 마법은 꿈도 꿀 수 없는 형편인 것이다.

"이니안, 치료사의 말로는 앞으로 4, 5일은 지나야 제대로 낫을 거라는구나. 그러니 학교는 다음 주부터 나가도록 해라. 당분간은 몸조리 잘하고. 알겠지?"

"예."

어머니는 내 머리를 쓰다듬으며 무척이나 걱정스레 바라보셨다. 그리고 잠시 동안 물끄러미 날 바라보시더니 몸을 일으키셨다.

"그럼 난 이만 나가보마. 이제 정신도 차렸으니 몸 조리 신경 쓰도록 하고. 로레인, 당분간은 네가 이니안을 돌보도록 해라. 네가 동생을 이리 만들었으니 말이다."

"예."

큰누나는 어머니의 말씀에 작게 대답했다. 큰누나의 대답을 들은 어머니께서는 다시 한 번 내 머리를 쓰다듬으시고는 방을 나가셨다.

이제 방에는 나와 큰누나 단둘만 남았다. 우리 둘 사이에 어색한 침묵이 감돌았다.

나로서는 앞으로 큰누나가 어찌 행동할 줄을 모르니 조심하고 있는 것이다. 과연 지금 큰누나는 속으로 어떤 생각을 하고 있을까?

"이니안."

"응?"

큰누나가 작은 목소리로 날 부르자 난 화들짝 놀라서 대답했다. 나의 반응에 큰누나의 얼굴에는 씁쓸한 웃음이 감돌았다. 내가 큰누나를 무서워한 것은 사실이지만 어려워하지는 않았다. 내가 무서워 한 것은 언제 터질지 모르는 큰누나의 성격이었고, 큰누나와 투닥거리는 것 모두 결국은 우애의 또 다른 표현이라는 걸 우리는 다 잘 알고 있었다.

그런데 내가 큰누나의 부름에 놀라서 대답하는 모습은 평소와는 사뭇 달랐다. 굳이 말하자면 경기가 들린 것 같다고 할까? 나도 모르는 사이 그날 일에 상당한 두려움을 가졌던 것 같았다.

하긴 내가 그렇게 맞아본 것은 일곱 살 때 아버지께 맞을 때를 제외하면 없었다. 나도 모르게 겁에 질릴 만도 하지.

"저기, 많이 아프니?"

누나가 내 곁에 다가와 살짝 등에 손을 얹었다. 한데 누나의 손이 내 몸에 닿자 나는 몸을 미세하게 떨었다. 이럴 수가, 전혀 내가 의도한 행동이 아니었다. 몸이 절로 반응한 것이다.

누나라면 이 정도 떨림은 당연히 감지할 터.

"미니안……."

나의 떨림을 느낀 큰누나는 힘없이 중얼거렸다.

"저기, 누나. 이건 그러니까… 그런 게 아니라……."

황급히 내가 무슨 변명을 하려 했지만 어떤 변명을 한단 말인가? 나도 모르게 몸이 살아서 반응했다고? 그럴 수는 없었다. 해서 입만 뻐끔뻐끔거리며 횡설수설하자 큰누나는 조용히 고개를 가로저었다.

"됐어. 이번 일은 분명히 내가 잘못했는걸."

처연한 목소리로 대답하는 큰누나의 모습이 그렇게 안쓰러울 수 없었다. 죽도록 맞은 건 난데 왜 큰누나가 더 안타깝게 보일까?

"며칠 쉬면 낫는 다니까 너무 신경 쓰지마, 누나."

"아니안."

누나의 모습이 너무 안타까워 한마디를 했더니 누나는 눈물이 그렁그렁한 눈으로 날 바라보았다.

잠깐! 뭐? 눈물? 로레인 누나의 눈에 눈물이 맺혔다고? 이럴 수가! 큰누나에게도 눈물이 있었구나. 단언하건대 내가 기억하기로 큰누나의 눈물을 본 건 이번이 처음이다. 비록 흘러내리지 않고 눈에 맺힌 정도라지만 이것도 이번이 처음이었다.

"누나도 눈물이 있었구나……."

너무도 놀라서 무심코 뱉은 말. 나는 말을 하고 나서야 내가 무슨 짓을 저질렀는지 알아차렸다. 내 얼굴은 급속히 파랗게 질려갔다. 누나의 눈꼬리도 급속히 상승하다가 일순 급격히 하강했다.

"칫! 나는 뭐 사람 아니니? 눈물이 없게?"

현재 내가 누나에게 처참하게 깨져서 환자가 된 상황을 참작한 것일까? 누나는 눈가에 고인 눈물을 훔치며 웃음 띤 얼굴로 말했다. 내가 한 말에 누나가 화를 낼 뻔했으나 다행히 그냥 넘어갔다. 게다가 분위기도 화기애애해졌으니 참으로 다행이었다.

엄청나게 위험한 발언이었지만 별일없이 어색한 분위기만 날려버렸으니 이 어찌 기쁘지 않을까?

"이니안, 정신 차렸다면서?"

노크도 없이 문이 열리며 작은 누나와 막내 누나가 들어왔다.

"아, 이리아 누나, 메이린 누나!"

반가운 두 누나였다. 내가 밝은 얼굴로 반기자 누나들도 웃으며 다가왔다.

"역시 이니안이네. 이틀이나 정신을 잃고 있었는데 이렇게 멀쩡한 모습이니."

막내 누나의 말에 나는 고개를 저었다.

"아니야. 지금도 온몸이 욱신거린다구. 괜찮다고는 했지만 솔직히 정말 심하게 맞은 것 같아. 내가 맞다가 정신을 잃다니 말이야."

"호호호. 그건 그렇네."

나의 말에 작은 누나가 웃으며 맞장구를 쳐주었다.

"너, 너희들."

우리 셋의 대화에 큰누나는 얼굴이 벌게진 채 어쩔 줄을 몰라 했다. 큰누나도 저럴 때가 있다니 정말 오래 살고 볼 일이었다. 내 길지 않은 15년 인생에 이런 진귀한 구경을 하다니 말이다.

"호호호. 언니가 그런 얼굴일 때가 다 있네? 이거 해가 서쪽에서 뜰 일인데? 이니안, 너 가끔 언니한테 좀 맞아라. 저런 얼굴 자주 좀 보게."

"이, 이리아."

내 마음을 읽은 듯한 작은 누나의 말에 큰누나의 얼굴은 더욱더 빨개졌다. 하지만 마지막 말은 내 마음에 들지 않았다. 종종 맞으라니. 아무리 자기가 맞는 게 아니라지만 좀 심한 소리다. 물론 농담이란 건 알지만 말이다.

"언니도. 그러면 이니안이 너무 불쌍하잖아. 이틀이나 정신을 놓고 있었는데."

역시 막내 누나. 작은 누나의 말에 있는 오류를 정확히 짚어내었다.

"괜찮아, 괜찮아. 그래도 소드 마스터인데 그 정도로 죽기야 할라구."

막내 누나의 말에 대한 대답은 방문에서 들렸다. 어머니의 호통을 피해 도망쳤던 형이 다시 온 것이다. 그러고 보니 모처럼 우리 오남매가 모두 모였다. 식사 때를 제외하고는 우리 남매끼리 이렇게 모두 모인 일은 무척 드물었다.

우리들이 사이가 안 좋아서 그런 것이 아니라 나와 큰누나를 제외한 다른 세 사람이 워낙 바쁜 사람들이라 그런 것이다.

"오빠도. 그럼 오빠가 이니안 대신 그래 보는 건 어때?"

막내 누나의 멋진 반격. 그 한마디에 형은 양손을 세차게 흔들었다.

"차라리 일주인간 당직을 하련다."

형의 말에 우리 모두 웃음을 터뜨렸다. 큰누나를 제외하고 말이다.

"그런데 웬일이야? 아까 볼일있다며?"

나의 말에 형의 얼굴이 묘하게 변했다. 그 모습에 우리 네 사람의 눈길은 형의 입으로 향했다.

"그게 말이지… 상당히 곤란한 소식이 들어와서 말이야."

"뭔데?"

나의 물음에 잠시 천장을 쳐다보던 형의 입이 다시 열렸다.

"좋다면 좋은 소식이고 나쁘다면 나쁜 소식이야."

좋은 소식이면 좋은 소식이고, 나쁜 소식이면 나쁜 소식이지 저 어정쩡한 표현은 대체 뭐란 말인가?

"오빠, 그게 무슨 말이야?"

큰누나의 물음에 형은 머리만 긁적였다.

"그게 말이지… 이니안 네 편입 시험 성적 말이야."

"응. 뭔가 잘못 된 거야?"

누나들도 궁금함이 가득한 눈으로 형을 바라보았다.

"하아. 정말 네 녀석을 똑똑한 건지 멍청한 건지 모르겠다."

"뭐야? 그게 무슨 말이야?"

"어떻게 답을 밀려 쓸 수가 있냐! 이 바보야! 중간 이후부터 밀려 써서 그나마 그 정도 점수라도 나온 거란다. 나참, 그리고 밀려 쓰지 않았으면 신학과 역사는 만점에 조금 못 미치는 점수래. 뭐, 수학은 밀려 쓰지는 않았다만 점수가 별로 안 좋고. 어쨌든 밀려 쓰지 않았다면 8학년에 충분히 편입할 점수였다고 하더라."

형의 말이 끝나자 우리는 모두 정신이 나갔다. 어찌 그렇지 않겠는가? 저런 소식이라니……

"그리고 어쨌든 결과는 결과니까 6학년에 편입해야 한다더라. 아무튼 그 소식을 전해 들으시곤 아버지도 화가 거의 풀리셨어."

황당한 와중에 좋은 소식이다. 아버지의 화가 거의 풀렸다니 어쩌면 내 검을 돌려받을 수 있을지도 몰랐다.

"소식을 전해 들으시고는 '이니안답구나. 허허허' 하고 웃으시더라."

끙. 정말 할 말 없다.

"호호, 호호호호. 정말 이니안답다."

형의 말이 끝남과 동시에 작은 누나와 막내 누나의 웃음이 터져 나왔다.

"그러면 그렇지. 내가 가르칠 때 이니안의 실력은 아주 뛰어났다고. 물론 수학은 좀 어려워했지만 역사는 무척이나 잘했어. 그런데 그런 점수가 나올 리가 없지."

너무 웃어 눈가에 맺힌 눈물을 닦아내며 막내 누나가 말했다. 그러고는 다시금 웃음을 터뜨렸다. 정말 쥐구멍에라도 숨고 싶은 심정이다. 기껏 열심히 공부하고는 답안지에 답을 밀려 써서 6학년이라니.

"후우~ 네 점수가 너무 이상해서 왕립학교 교장이신 퓨어스 자작님께서 다시 채점하셨대. 혹시 채점이 잘못된 건 아니가 하시고 말이야. 그런데 네 점수는 처음 채점한 대로라서 이번에는 문제지와 비교하시면서 답안지를 살피셔서 어느 문제부터 답안을 밀려 쓴 걸 발견하신 거야. 덕분에 아버지 화는 풀리셨지만 이것도 망신이라면 망신이다, 이 녀석아."

형의 말에도 난 아무런 변명을 할 수 없었다. 정말 망신이라면 망신이니 말이다.

새빨갛게 변했을 것이 분명한 얼굴을 푹 숙이고 있는데 갑자기

한기가 몰아닥쳤다. 한기가 몰아닥치는 방향에는 분명⋯ 살며시 고개를 들어보니 역시였다.

큰누나가 차가운 얼굴로 살기와 한기를 흘리고 있었다. 큰누나의 변화를 곧 형과 작은 누나, 막내 누나도 알아차렸다.

"어, 로레인, 갑자기 왜 그래?"

"언니⋯⋯."

"큰언니⋯⋯."

"호호. 호호호호!"

형과 누나들의 부름에 큰누나는 웃음을 흘리기 시작했다.

"그러니까 이니안 네가 답을 밀려 써서 형편없는 점수를 받았고, 그거 때문에 아버지께 엄청나게 혼난 거란 말이야? 그리고 그것 때문에 내가 정신이 나가서 동생을 이 지경으로 만들어놓고 어머니께 혼나고 너한테 미안해서 고개도 못 들고 있었단 말이지?"

사⋯ 심상치 않았다. 나뿐 아니라 형과 누나들도 느끼고 있었다.

"네 그 칠칠치 못한 행동 때문에 결국 나만 바보가 됐다 이거란 말이지?"

이건 정말 위험했다. 여기서 큰누나가 다시 이틀 전처럼 정신이 나가 버린다면 이번에는 신관을 불러야 할지도 몰랐다.

"형! 작은 누나! 막내 누나! 살려줘! 나 아직 환자야!"

"풋. 푸하하하하하!"

"호호호호호호!"

아이덴과 네이라를 배를 잡고 뒹굴면서 웃었다. 어떻게 그런 일이 있을 수 있을까? 답을 밀려 써서 6학년이라니. 정말 정신없이 웃었다.

"아빠 어릴 때 정말 재미있어. 어떻게 이러실 수 있지?"

네이라가 눈가에 맺힌 눈물을 닦으며 말했다. 얼마나 웃었으면 눈가에 눈물이 맺힐까?

"그러게 말이야."

남매는 다시 일기에 집중했다.

이 일기를 끝까지 읽기 전에는 아마도 이 방에서 나가지 못할 듯했다. 아빠의 일기는 엄청난 중독성을 가지고 있었다.

658년 9월 25일

"자, 조용. 오늘부터 여러분과 함께 공부하게 된 편입생을 소개하겠다."

회색의 머리를 올백으로 넘긴 날카로운 눈빛의 선생님이 교탁을 두드리며 웅성거리는 아이들에게 말씀하셨다. 내가 이 교실에 들어오기 전에도 시끄러운 소리가 밖으로 들렸었다. 하지만 선생님의 뒤를 따라 내가 들어갔을 때는 나에 대한 호기심으로 서로 웅성거리는 듯했다.

"이름은 이니안 케이 사이몬. 올해 열다섯으로 오늘부터 함께 공부할 동급생이다. 사이몬, 인사하도록 해라."

선생님의 말씀에 난 한 발자국 움직여 교단 앞에 섰다.

"이니안 케이 사이몬이라고 합니다. 앞으로 잘 부탁드립니다."

선생님이 나의 이름을 말씀하셨을 때부터 혼란스러워 하는 기색을 보이던 아이들이 내 인사를 듣고는 완전히 혼돈에 빠져 버렸다. 여기저기서 웅성웅성, 우왕좌왕하는 것이 정신없었다.

"사, 사이몬이라구?"

"설마? 그 사이몬?"

서로 간에 귓속말로 주고받는 소리가 그대로 들려왔다. 그때 아이들 중 한 명이 손을 번쩍 들었다.

"응? 마일론? 무슨 일이냐?"

손을 들 학생을 지적하며 선생님께서 말씀하시자 그 학생은 자리에서 일어나 입을 열었다.

"새로온 편입생의 성이 사이몬이라 하셨는데 사이몬 공작가를 말씀하시는 겁니까?"

아이들이 차마 직접 묻지는 못하고 우왕좌왕하는 가운데 마일론이라는 아이는 당당하게 나의 가문에 대해서 물었다. 깊이 잠겨 있는 듯한 눈빛이 마음에 드는 녀석이었다.

"그렇다. 사이몬 공작가의 막내다. 하지만 그건 이곳에서는 아무런 상관이 없다는 건 모두들 잘 알고 있을 거다. 그러니 이런 소란은 그만두도록."

선생님의 말씀대로다. 우리 카일로니아 왕국에서는 왕립학교와 왕립 아카데미에 재학 중인 기간 동안 재학생은 모두 동등하다. 일단 입학 및 편입을 하게 되면 모두 동등한 신분인 것이다. 그건 설사 이 나라의 세자가 입학한다 하더라도 적용되는 제1교칙이었다.

입학하기 전에 노예였든 평민이었든 귀족이었든 왕족이었든 입학 후에는 모두 같은 학생인 것이다. 그래서 다들 이름만을 불렀다.

나도 성을 포함한 풀 네임으로 소개되었지만 그건 첫 소개일 때만 그렇게 한다. 아마 앞으로 다들 내 이름을 부담없이 부를 것이다.

이것을 주장한 이가 초대 퓨이어스 공작님이셨고, 대대로 퓨이어스 공작가가 가장 중요하게 여기는 교칙이다 보니 지금껏 예외는 단 한 번도 없었다.

"그럼 1교시 준비하도록 해라. 그리고 이니안, 너는 저기 마일론 옆에 앉으면 되겠구나. 마침 옆자리가 비어 있으니."

잠시 학교의 제1교칙을 떠올린 사이 그 말씀을 남기시고 선생님은 교실 밖으로 나가셨다. 홀로 교단 앞에 서 있는 건 생뚱 맞기 그지없었기에 엉거주춤 걸음을 옮겨 선생님이 가리켜 주신 자리에 앉았다. 자리로 가는 동안도 아이들의 귓속말은 그대로 내 귀에 들렸다.

"세상에… 사이몬 공작가라니… 그렇다면 이슈데인 선배의 동생이라는 거잖아."

"우왜! 그 천재 이슈데인 선배의……."

"왜 이슈데인 선배만 생각해? 당장 메이린 선배가 최고 학년에 있잖아. 그리고 이미 졸업했지만 이리아 선배랑 로레인 선배도 있고."

"맞아. 사이몬이라는 성을 쓰는 사람들은 다들 엄청난 천재니까."

내 귀에 들려온 작은 귓속말들. 그 말들을 들어보니 모두들 내가 사이몬 공작가의 자제라서 놀란 것이 아니었다. 내가 형과 누나들의 동생이란 사실에 놀란 것이다. 하긴 형과 누나들 모두 왕립학교에 엄청난 전설과 신화를 만들고 졸업했으니. 그리고 막내 누나는 여전히 신화와 전설을 창조하는 중이었고.

"그런데 왜 우리랑 같은 학년이지? 열다섯 살이라며? 그러면 8학년에 가야 하는 거 아냐?"

"그러네. 설마……?"

"에이. 말도 안 돼. 사이먼이라는 성을 쓰는데."

"그렇지? 우리가 모르는 무슨 사정이 있겠지?"

자리에 거의 다 도착했을 때 뒤에서 들려온 몇 마디에 나의 얼굴에는 굵은 힘줄이 솟아올랐다. 어째 이야기가 나오지 않는다 했는데 결국 나이 이야기가 나온 것이다. 열받기도 하고 쪽 팔리기도 하지만 어쩔 수 없었다, 답을 밀려 쓴 내 잘못이니.

"반가워요. 앞으로 잘 부탁해요, 이니안 형. 내 이름은 마일론이에요."

울컥한 심정을 진정시키며 자리에 앉자 옆에 있던 아까 그 마일론이라는 아이가 손을 내밀며 인사를 했다.

"아, 반가워, 마일론. 그리고 그 형이라는 말은 빼줬으면 하는데. 그리고 말도 편하게 하고. 어차피 동급생이잖아."

"에이. 그래도 형인데 어떻게 그렇게 해요? 다들 사정이라는 게 있는데. 그러니 앞으로도 형이라고 부를게요. 제가 그게 편해요."

"그래? 그럼 그렇게 해."

마일론의 말에 나는 슬며시 웃으며 고개를 끄덕였다. 사실 형이라는 말을 듣기 싫었다. 이유는 쪽팔리기 때문이다. 나이도 두 살이나 많으면서 이 학급에 있어야 한다니, 그건 다른 사람들에게 나 바보라고 말하고 다니는 것이나 다름없었다.

하.지.만. 실제로 들어보니 '형'이라는 말 상당히 기분이 좋은 말이다. 그냥 흐뭇한 웃음이 얼굴 가득 퍼지다니 말이다. 이건 아마도 막내라 밑에 동생이 없이 자라서 그런 것이겠지.

좋아. 두 살이나 어린 아이들과 함께 공부한다는 게 자랑은 아니지만 그래도 기분이 좋으니 기꺼이 형이라는 말을 들어주도록 하지. 그렇게 나는 중대한 결정을 내렸다.

"참, 형, 오늘 처음이라 교과서 없죠? 제 거 같이 봐요. 1교시는 수학이에요."

마일론은 친근한 미소를 지으며 책을 꺼내 우리 둘 사이에 놓았다. 참 볼수록 마음에 드는 녀석이다.

그런데 방금 1교시가 뭐라고 했더라…

"1교시가 뭐라구?"

혹시나 하는 심정에 물어보았다. 활짝 펼쳐진 교과서가 무슨 과목인지는 알고 있었지만 제발 마일론이 잘못 꺼낸 것이기를 빌면서.

"수학이요."

이럴 수가. 내가 가장 싫어하는 수학이라니. 분명 6학년부터는 검술 수업이 있는 걸로 아는데 검술 수업이나 할 것이지. 왜! 왜! 학교 생활의 시작이 수학이냐 말이다! 그것도 큰누나에게 맞은 후유증으로 무려 1주일이나 늦게 들어온 이 상태에서 말이다.

이런 나의 절규와는 상관없이 교실의 문이 힘찬 소리를 내며 열렸다. 그리고 멋진 콧수염을 기른 멋쟁이 신사가 한 분 들어오셨다.

"수학 선생님이세요. 카일로니아 왕국에서 최고의 수학자로 유명하신 분이에요, 피타라 선생님은요."

후우. 학교에 들어왔으니 열심히 공부는 해야겠지. 그렇게 나는 열심히 수업하시는 선생님의 말씀을 경청했다. 물론 알아듣는 것은 전무했다. 편입 시험을 위해 내가 공부했던 범위를 벗어난 부분이었으니 당연한 일이었다.

"으음. 다들 잘 알겠죠? 그럼 교과서에 있는 연습 문제를 풀어보도록 하죠. 어디, 오늘 이 반에 새로 편입한 학생이 있다고 했죠?"

피타라 선생님의 말씀에 모두의 시선이 나를 향했다. 설마? 그럴 리는 없겠지.

"오, 반가워요. 이름이 뭐죠?"

"이니안이라고 합니다."

"반가워요, 이니안 학생. 그럼 왕립학교에 편입한 것을 환영하는 의미에서 이 문제는 이니안 학생이 풀어보도록 하죠. 앞으로 나오세요."

젠장. 똥 밟았다. 어떻게 첫날, 첫 수업에서 이렇게 딱 걸려 앞으로 나갈 수가 있단 말인가! 그것도 가장 자신없는 수학에서. 공부한 적 없는 범위의 부분을. 이럴 수는 없는 것이다.

수 분 후.

"후우~ 됐어요. 이니안 학생, 수고했으니 자리에 들어가세요. 그렇게 어려운 문제는 아니었습니다만."

한숨 섞인 선생님의 말씀에 나는 고개를 들지 못하고 내 자리로 돌아왔다. 자리에 앉아서도 고개를 들 수 없었다. 그 이유는 지금도 계속해서 귀로 들려오는 반 아이들의 속삭임 때문이었다.

"어머, 얘. 어떻게 저 문제를 못 풀 수가 있지?"

"기집애, 넌 풀 수 있어?"

"아니."

"그런데?"

"얘는, 나는 그냥 보통 사람이지만 저 편입생은 사이몬이라는 성을 쓴다구. 그렇다면 저 정도 문제는 우습게 풀어야 하는 거 아냐?"

가장 처음 들린 대화였다.

"어라? 진짜 사이몬 공작가 사람 맞을까? 저 쉬운 문제도 못 풀고?"

"혹시 공작가 사칭 아닐까?"

따위의 말소리도 심심찮게 들렸다. 젠장.

옆에 앉은 마일론의 눈초리도 심상치 않았다. 후아. 처음부터 꼬이는구나, 꼬여.

"으음… 그럼, 쉐이나 양이 한 번 풀어볼까요?"

선생님의 지명에 한 여자 아이가 일어나서 앞으로 나갔다. 앞 자리에 앉아 있던 아이라 제대로 보지는 못했지만 푸른 바다빛의 머리칼이 무척이나 인상적이었다. 그리고 더 인상적이었던 것은 내가 도무지 감도 잡지 못한 문제를 푸는데 걸린 시간이 내가 검 몇 번 휘두르는데 걸린 시간과 비슷하다는 것이었다.

"훌륭해요! 역시 쉐이나 양이군요. 정답입니다. 수고했어요."

선생님의 말에 그 아이는 자리에 돌아가기 위해 돌아섰다. 그리고 나는 내 눈을 믿을 수 없었다. 이제 겨우 열세 살의 여자 아이일 뿐인데 난 그 아이가 아름답다고 느꼈다. '예쁘다'나 '귀엽다'가 아닌 '아름답다'라니!

난 눈이 무척이나 높다. 함께 사는 누나들의 미모가 있다 보니 나의 눈은 무척이나 높은 게 당연했다. 왜냐면 나에게 있어 여자들의 외모 표준은 누나들이었으니까.

나의 세 누나는 카일로니아에서도 손꼽히는 미인들이다. 파티에만 나가면 쇄도하는 춤 신청에 정신을 못 차리는 사람들이다. 아, 큰누나는 제외다. 우리 카일로니아의 귀족 청년들은 간이 작아서 그런지 감히 큰누나에게 춤 신청을 하는 이가 없었다.

나야 파티 같은데 나갈 시간 있으면 검이라도 한 번 더 휘두른다는 주의였기에 지금까지 단 한 번도 파티에 참석한 적이 없었다. 그것도 다 형이 있고 내가 막내라서 가능한 일이었지만. 나뿐 아니라 누나들도 파티를 그다지 즐기지 않는다. 덕분에 귀족들이 파티장에서 누나들을 보는 것은 하늘의 별 따기고 그만큼 인기도 높았다. 큰누나는 다시 한 번 제외다.

요즘 파티가 있는 날이면 어머니께서 큰누나를 강제로 끌고 가신다. 기필코 어떤 불쌍한 남자랑 엮어서 시집보내시려는 생각이라는 걸 우리 집 사람이면 누구나 알았다.

아무튼 그런 내가 겨우 열세 살짜리 아이를 보고 아름답다는 감탄을 한 것이다. 정말. 학교에 처음 온 날부터 연이어 터지는 충격에 정신을 차릴 수가 없었다.

"예쁘죠?"

나의 기색을 알아차린 것인가? 마일론이 은근한 목소리로 물어왔다.

"아니."

나는 당연히 부정했다. 내가 쉐이나라는 아이를 보고 느낀 것은 예쁨이 아닌 아름다움이었기에 나의 표정은 당당했다.

"어라? 의외네요. 형 얼굴 보고 그런 줄 알았는데. 쉐이나는 우리 학교의 이대미녀 중 한 명이라구요."

"이대미녀?"

마일론의 말에 나는 의아한 얼굴을 하고는 물었다.

"아! 맞다! 다른 이대미녀 중 한 명이랑 같이 사니까 예쁘다는 걸 별로 못 느낄 수도 있겠네요. 우리 카일로니아 왕립학교의 이대미녀는 바로 10학년에 있는 메이린 케이 사이몬 선배와 저기 있는 쉐이나 미에른이라구요."

호오~ 막내 누나가 왕립학교 이대미녀 중 한 명이라… 전혀 몰랐네. 하긴 그 정도 미모면 당연하지.

"거기다 그 두 사람이 이대천재지요."

내가 고개를 끄덕이자 마일론이 한마디를 덧붙였다.

"왕립학교 사상 최고 성적 기록자는 이미 졸업한 이슈데인 선배였어요. 모든 학년 모든 과목에서 그랬죠."

마일론의 말에 나의 기분이 나빠졌다. 아무튼 형 이야기만 나오면 기분이 나빠지니……

"그런데 그 기록을 깬 최초의 사람이 이리아 선배예요. 6학년부터 고급과목을 배우는데 검술 기초, 마법 기초, 전략전술 기초, 행정 기초. 이 네 과목이죠. 그중 마법 관련 과목은 이리아 선배가 모두 최고점을 기록했어요. 그 점수들은 아직도 안 깨지고 있어요.

그리고 검술과 마법을 제외한 다른 모든 과목에서 이슈데인 선배의 기록을 깬 사람이 둘 있어요. 그게 바로 메이린 선배와 쉐이나죠."

마일론의 설명에 나는 흥미가 동했다. 막내 누나가 그랬다는 것은 당연한 일이었다. 하지만 쉐이나라는 저 아이가 형이 세운 기록들을 갈아치우고 있다니 갑자기 기특하게 보였다.

"일단 쉐이나가 이번에 6학년이 되었으니까 5학년까지의 성적만 비교할 수 있는데요. 검술과 마법을 제외하면 1등이 메이린 선배, 2등이 쉐이나, 3등이 이슈데인 선배예요. 뭐, 아직 고급과목은 시험을 치지 않아서 쉐이나 점수는 없지만요. 그런데 학년이 올라갈수록 메이린 선배와 쉐이나의 점수 차가 줄어들고 있어서 앞으로 어떻게 될지는 모르죠."

대단하군, 저 쉐이나란 아이. 거의 막내 누나 수준이라면 보통 아이는 아닌 것 같다.

"크흠. 그럼 오늘 수업은 여기까지 하겠습니다. 그리고 이니안 학생, 마일론 학생. 다음부터는 수업시간에 수업에 집중하세요. 그렇게 둘이서만 즐겁게 대화하지 말구요."

피타라 선생님의 지적에 나와 마일론은 동시에 고개를 숙였다. 그리고 1교시가 마치고 쉬는 시간이 찾아왔다.

왕립학교는 60분 수업에 쉬는 시간이 20분이다. 수업시간의 1/3에 해당하는 시간을 쉴 수 있다는 사실이 무척 마음에 들었다.

선생님께서 교실에서 나가시고 나서 나는 곧바로 자리에서 일어나 한껏 기지개를 켰다. 한 시간 동안 한 자리에 가만히 앉아

있는 것은 나에게 죽으라는 소리였다. 얼마나 지루한지… 물론
호흡법을 할 때는 제외다.

그런데 이상했다. 내가 듣기로는 편입생이 처음 들어가면 호기심
이 가득한 동급생들이 주위를 둘러싸서 쉴 틈이 없다고 들었는데
내 주위는 너무 조용하다. 아무도 나에게 다가오지 않았다. 내가 뭔
가를 잘못한 걸까? 왜 이러지? 나는 어색한 기분에 주위를 둘러보
았지만 나와 눈이 마주치는 아이들은 다들 눈을 피하기에 바빴다.

"아마도 형이 수학 시간에 보여준 모습 때문일걸요?"

"응? 그게 무슨 말이야?"

옆에서 들린 마실론의 말에 나는 의아한 얼굴로 물었다.

"형, 왕립학교에서 사이몬이라는 성은 신화이자 전설이고 모든
학생의 우상이라구요. 그런데 수학 시간에 그런 처참한 모습을 보
였으니… 사실 그 문제 그렇게 어려운 수준이 아니었다구요. 그
러니 아이들이 안 다가오는 거죠. 형이 과연 정말 사이몬 가의
사람인지 확신을 못하고 있는 거예요, 아이들이."

끄응~ 이 녀석은 내가 말하지 않았는데도 어떻게 내가 한 생
각을 알고 있을까? 아니, 그것보다도 1교시의 그 망신스러운 일
이 문제라니 어떻게 하지? 정말 고민이네.

"그런데 형, 수학 상당히 싫어하나 봐요?"

"응."

"그럼 안 되죠. 수학이 얼마나 위대하고 훌륭하고 재미있는 학
문인데요. 제가 도와드릴 테니까 앞으로 같이 공부해요. 명색이
사이몬이라는 성을 쓴다면 기본 수준은 돼야죠."

"됐어."

미친 녀석, 수학이 위대하고 훌륭하고 재미있다니. 웬지 상종 못할 녀석이라는 생각이 팍팍 들었다.

아니, 지금은 그게 중요한 것이 아니었다. 아이들의 저 싸늘한 시선을 어떻게 하면 따뜻하다 못해 뜨거운 시선으로 바꿀 수 있을까? 이런 망신에 저런 시선이라면 나의 학교 생활은 꼬여도 정말 제대로 꼬인 것이나 다름없었다.

"참. 형, 이번 쉬는 시간은 쉴 시간 없어요. 빨리 준비해서 나가야 해요."

"왜?"

"2교시는 검술 기초예요. 연무장까지 가려면 시간이 제법 걸린다구요."

호오~! 이번 시간이 검술이란 말이지. 그렇다면 보여줘야겠군, 사이몬이라는 성이 가지는 힘을.

"이니안 형, 이리로 오세요."

내가 검술 수업에 대한 각오를 다지고 있을 때 마일론이 내 손을 잡아끌었다.

"응? 왜?"

"그럼 형은 그 옷을 입고 검술 수업을 들으실 거예요?

그러고 보니 이 옷을 입고 검을 휘두르기는 좀 그럴 것 같다. 땀도 제법 흐를 테고 움직이기도 불편할 테니. 그럼 어떻게 하지? 검술 수련 때 입는 연무복은 챙겨오지 않았는데.

"연무복은 안 챙겨왔는데 어떻게 하지?"

"걱정 마세요. 학교에 다 준비되어 있으니까요. 일단 형은 오늘 처음이니까 몸 치수를 재야죠. 제가 안내할 게요."

그렇게 마일론의 손에 이끌려 따라간 곳에서 줄자로 내 몸의 치수를 재고 적당한 연무복을 지급받았다.

"흐음… 좋네. 이런 것도 다 준비되어 있고."

"당연하죠. 초대 퓨이어스 공작님과 초대 사이몬 공작님이 주장해서 만든 학교인걸요."

"응? 뭐라고?"

검술 수업이 있는 연무장으로 걸음을 옮길 때 마일론이 이야기한 의외의 말에 난 깜짝 놀랐다. 퓨이어스 공작가가 왕립학교에 가장 큰 영향을 미친다는 것은 알았지만 우리 집안이? 의외의 사실을 들었다.

"모르셨어요? 우리 카일로니아가 건국된 후 건국왕 전하께서 나라를 지키기 위해서 어떻게 해야 하냐고 물은 적이 있었죠. 모르세요? 편입 시험에 역사가 있었을 텐데요."

듣고 보니 그런 이야기가 있었다. 분명히 이야기를 들었는데 내가 그 부분은 대강 보고 넘어갔었다. 봐야 할 범위가 얼마였는데 그런 세세한 부분까지 다 외운단 말인가!

"아, 그러고 보니 그런 부분이 있었지. 그런데 워낙 범위가 많아서 그 부분은 대강 보고 넘어갔었거든."

"그래요?"

마일론 녀석의 얼굴이 심상치 않았다. 녀석이 점점 날 무시하려는 것 같다는 생각이 팍팍 들었다.

"건국왕 전하께서 우리 카일로니아를 건국하시고 건국공신인 사대공작들을 모아놓고 물으셨었죠. '나라는 세우는 것보다 지키는 것이 더 어려운 법인데 어떻게 해야 우리 카일로니아가 계속하여 발전하겠소?' 이렇게요."

"그래? 그래서?"

"그때 초대 퓨어어스 공작께서 말씀하셨대요. '폐하, 자고로 나라를 발전시키기 위해서는 교육에 힘쓰셔야 합니다. 훌륭한 인재들을 키우는 것이야말로 나라의 기둥을 세우는 일인 법. 왕립학교를 세워 귀족과 평민들의 차이를 두지 말고 널리 가르쳐야 할 것입니다'. 이렇게 말이죠."

"그랬었군. 그래서 왕립학교가 설립된 거야?"

"아니요. 다른 두 공작의 반대가 무척이나 심했다고 해요. 특히나 귀족과 평민의 차별 없이 가르치자는 말에 크게 반대하셨다고 하더군요."

"호오~ 그런데 어떻게 왕립학교가 만들어진 거지?"

"제가 앞서 말씀드렸잖아요. 사이먼 공작님의 힘이 컸다고요."

그러니까 내가 궁금한 것은 그거란 말이지. 왜 이렇게 서론이 긴 거야? 빨랑 말 좀 해주지.

"후우. 도대체 어떻게 된 건데?"

"'폐하, 자고로 교육은 국가의 백년을 좌우하는 커다란 계획이라 하셨습니다. 인재를 가리는데 신분은 큰 허물이 아닙니다. 퓨어어스 공작의 청대로 하십시오'. 사이먼 공작님께서 그러셨대요. 건국공신가가 사대공작가지만 그중 초대 사이먼 공작께서는 건국왕 전하의 호위기사로 그분의 목숨을 여러 번 구한 일이 있었죠. 그런 분께서 힘을 더하신 결과 왕립학교가 세워진 거예요. 학교를 세우는데 필요한 자금 중 많은 부분을 사이몬 공작께서 지원하셨고요."

그런 일이 있었나? 그런데 내가 왜 그 부분을 빠뜨렸지? 우리 가문의 초대 가주께서 하신 일이면 내가 유심히 봤을 텐데… 내가 모를 리가 없는데… 그렇다면 내가 공부한 책에는 없었나?

내가 이렇게 고민하는 데 다시 한 번 마일론의 목소리가 들렸다.

"형, 여기예요."

"응? 벌써 다 왔어?"

"예."

마일론은 우리 눈앞에 있는 문을 열고 안으로 들어섰다. 널따란 실내 연무장이 펼쳐져 있었다.

"이야! 멋진데! 이러면 비 올 때도 검술 수련을 할 수 있겠는데!"

"역시 사이몬 가 사람이네요, 형은. 연무장을 보고 이리도 좋아하니 말이에요."

당연하지. 난 밥 먹는 거랑 잠자는 거보다도 검술 수련이 더 좋은데.

"훗. 그렇게 보여?"

마일론의 말에 되묻는 나의 목소리는 기쁨에 들떠 있었다. 아니, 벌써 온몸의 피가 끓어오르기 시작했다.

"목검은 여기에 있어요. 형 마음에 드는 걸 고르면 돼요."

나는 반짝이는 눈으로 검대를 보며 한 걸음 한 걸음 다가갔다.

하나하나 손에 쥐어보며 가장 느낌이 좋은 녀석을 찾는데 영 신통한 녀석이 없었다. 역시 우리 집에 있는 목검만 한 것이 없었다. 그나마 가장 나은 녀석을 골라잡고 연무장 가운데로 갔다. 이미 그곳에는 우리 반 아이들 대부분이 모여 있었다. 이름은 모르지만 처음 인사를 할 때 대강 아이들의 얼굴을 익혔기에 알 수 있었다. 내가 공부하는 건 싫어하지만 한 번 본 사람은 절대 잊지 않는다. 왜냐면 난 천재니까.

내가 고른 목검을 가지고 아이들이 모여 있는 곳으로 가자 아이들이 슬금슬금 피했다. 이런 아무래도 1교시 때의 내 모습이 너무 강렬했던 것일까?

땡. 땡. 땡.

그때 종소리가 울려 퍼졌다. 2교시 수업 시작 종소리였다.

종소리가 울리자 아이들은 재빨리 연단 앞에 정렬하여 섰다. 동작이 제법 절도가 있는 것이 잘 훈련된 모습이었다. 학교 학생이 이 정도라면 놀라울 정도니까.

"형, 이리로 와요."

처음 온 날이기에 나의 자리를 찾지 못하자 마일론이 잡아끌었다. 덕분에 나는 마일론의 곁에 섰다. 그렇게 정렬하고 잠시의 시간이 흐르자 곧 연단에 잘 단련된 몸의 사내가 걸어 올라왔다. 아마도 검술 수업 선생님이시겠지.

그런데…

헉! 저 얼굴은!

"반갑다. 지난 시간으로 기본 동작 연습은 끝났다. 오늘은 그

기념으로 다음 단계로 넘어가기 전에 대련을 하겠다고 했었지?"

"네!"

검술 선생님의 말씀에 아이들은 우렁차게 대답했다. 과연, 저 사람이 검술 선생님이라면 이해가 가는 모습이었다.

"그럼, 좌우로 편하게 앉아라. 그리고 너와 너. 앞으로 나와서 대련하도록. 시간은 2분. 심판은 나다."

검술 선생님의 말에 두 아이가 일어나서는 아이들이 둘러싼 공간으로 걸어나갔다. 그리고 서로를 향해 검을 들고 섰다. 역시 엉성한 자세다. 하지만 이 정도면 이 아이들의 수준에서는 무척이나 대단한 걸 테지.

내가 왕립학교 아이들의 검술 실력이 어떤지는 모른다. 하지만 저 사람이 가르쳤다면 이 아이들은 분명 같은 또래에서는 최고 수준일 터. 그랬기에 대단하다고 생각하는 것이다.

2분이라는 시간은 금세 흘렀다. 첫 대련이 끝나자 선생님은 앉아 있는 아이들을 쭈욱 둘러보았다. 아마도 다음 대련을 할 아이들을 찾고 있는 거겠지. 그러다가 나와 눈이 딱 마주쳤다!

"이런! 이게 누구야! 이니안 아니야!"

역시, 한눈에 나를 알아보았다. 하긴 못 알아보는 것이 이상한 일이지.

"하하하. 안녕하세요."

참 어색한 상황이다. 검술 선생이라는 사람이 딱 지적해서 이름을 부르다니. 게다가 다른 학생들의 이름은 안 부르면서 말이다. 저 사람은 사람의 얼굴과 이름을 지독히도 못 외운다. 그런 사실을 아마도 아이들은 다 알고 있겠지. 이미 학기가 시작하고 시간이 제법 흘렀으니 선생님의 특징은 금세 파악했을 것이다.

아이들의 눈이 나에게로 집중되었다. 의외라는 기색이 역력했다. 하긴 수학 시간에 그런 쪽팔림을 당했는데 선생님과 알고 있는 사이니 놀랄 일이지.

"얘, 어떻게 알렉스 선생님을 알고 있는 걸까?"

"글쎄. 정말 신기하네."

다 들린다, 이 녀석들아. 내가 참는 것도 한계가 있단다. 나는 얼굴 가득 힘이 들어가 양 볼이 부들부들 떨렸다.

"으음. 그렇다면 좋다. 계획을 약간 변경하지. 이니안을 상대로 모두 대련하도록 한다. 이니안의 옷깃만 스쳐도 120점을 주겠다."

뭐야! 갑자기 이게 무슨 말이야!

왕립학교의 채점 방식은 득점 방식이다. 그러니까 정해진 만점에서 틀릴 때마다 감점을 해서 점수를 줄여 나가는 방식이 아니라 0점에서 시작하여 얻는 점수만큼 더해가는 방식이다.

그러니 형과 누나의 점수가 기록으로 남아서 깨지지 않는 것이다. 맞추는 만큼 점수가 무한정 올라간다. 막내 누나에게 듣기로 문제를 다 풀어본 적이 한 번도 없었다고 했다. 왕립학교 최고의 점수를 세우며 전설을 만들어 나가는 막내 누나가 시험 문제를 다 못 풀 정도로 학교에서는 학생들에게 배려를 해주었다.

얻을 수 있을 만큼 점수를 얻으라는 배려다.

그렇다면 선생님이 제시한 120점이라는 점수는 어느 정도일까? 아이들의 눈빛이 변하는 걸 보니 상당히 높은 점수인 것 같았다.

"저기, 마일론, 120점이면 어느 정도야?"

옆에 있는 마일론의 옆구리를 살짝 찔러서 작은 소리로 슬그머니 물어보았다.

"높아요, 엄청나게. 작년 학년의 검술 기초 최고 성적이 109점이었어요."

마일론은 반짝반짝 빛나는 눈으로 날 바라보며 말했다. 이 녀석의 눈은 이미 점수에 뒤집혀 있었다. 이 녀석이, 이런 녀석이었다니!

그나저나 109점이 최고점이라니. 그런데 120점을 주겠다고? 아무튼 알렉스 마이칸트다운 행동이었다.

지금 내 앞에 있는 이 어이없는 검술 선생님, 알렉스 마이칸트 남작은 우리 집안의 기사단인 사이몬 기사단의 단원이다. 사이몬 기사단원 중 몇몇이 왕립학교 검술을 가르치러 나간다는 이야기는 들었던 것 같은데 설마 저 단순무식 무대포의 알렉스 아저씨가 우리 반의 검술 선생님일 줄이야.

알렉스 아저씨는 상급의 소드 익스퍼트로 그 실력이 매우 뛰어났다. 남작이라는 작위는 우리 집안에서 하사받은 것이다. 건국 공신인 공작가의 권한으로 자작까지의 작위는 내려줄 수 있었다. 물론 그 수가 제한되어 있지만 말이다.

한 명의 자작과 다섯 명의 남작을 임명할 수 있다.

우리 집에서는 기사단의 단장에게 자작을 조장에게 남작의 작위를 내렸다.

잠시 머리에 떠오른 생각을 접고 자리에서 일어나 아이들이 둘러싼 가운데 섰다. 일단은 선생님이시니 시키는 대로 해야지. 내가 자리에 자세를 잡고 서자 알렉스 선생님은 고개를 끄덕였다.

"그럼, 자신있는 사람부터 아무나 나와라. 선착순이다. 수업 시간은 이제 54분 정도 남아 천천히 해도 되니까 서로 먼저 하겠다고 싸우지 말고."

그 말을 하는 알렉스 선생님의 얼굴에는 사악한 미소가 어렸다. 역시나 저 성격은 기사단에서나 이곳에서나 다르지 않았다. 갑자기 이 아이들이 불쌍해졌다. 알렉스 선생님 휘하의 조원들의 모습이 아이들에게 겹쳐졌다.

집에 가서 그 아저씨들한테 이 이야기를 해주면 당장 이곳에 찾아올지도 몰랐다. 같은 병을 앓아본 사람들만이 서로 그 심정을 안다고 아마 상당히 사이좋게 지낼 것 같았다.

알렉스 선생님의 말씀이 끝나기가 무섭게 네다섯 명의 아이들이 동시에 일어섰다. 서로 간에 눈치를 보더니 한 아이가 앞으로 걸어나왔다. 그 아이의 입술에는 작은 웃음이 걸려 있었다.

이 녀석이… 나를 너무 만만하게 보는 거 아냐? 아무리 수학 시간에 내가 멍청한 모습을 보여줬다지만 그 하나를 가지고 나를 무시하다니. 좋아, 제대로 상대해 주지.

살짝 웃은 그 녀석은 목검을 중단에 곧추세워 들었다. 제법 자세가 잡혀 있었다. 하긴 가르친 사람이 알렉스 아저씨니 당연한 일이었다.

기본 동작이라면 아마도 세로 베기, 가로 베기, 대각선 베기, 찌르기일 테지. 우리 집안 기사단에서도 그러니까. 나는 목검을 옆구리에 찬 자세 그대로 서 있었다.

"검을 들어."

아쭈! 반말까지? 물론 나이 대접을 받을 생각은 없었다. 그런데 마일론 녀석이 날 보자마자 형이라고 불렀을 때의 그 묘한 기분. 아니, 묘한 것이 아니라 엄청나게 좋았던 기분이지. 그 기분이 내 결심을 바꿨다.

철저히 형 대접을 받고 싶었다. 형이라는 말이 얼마나 좋은지 절실히 느꼈으니까. 너는 방금 그 반말로 인해서 운명이 결정된 거야.

"괜찮아. 내가 이러는 게 너한테도 더 좋지 않을까? 120점이 걸려 있으니 말이야."

씨익 웃으며 대답해 주자 내 앞에 선 녀석의 눈에 불이 들어왔다. 짜식 이 정도에 흥분하다니. 같잖군. 내가 상당히 티껍다는 듯한 눈으로 살짝 쳐다봐 주자 그 녀석은 나에게 달려들었다.

"이야앗~!"

기합 소리 하나는 우렁찼다. 그럼 이 녀석을 어떻게 요리해 줄까? 너는 네 운명이 어찌 될 줄 알고 이렇게 달려드냐? 너 혹시 불 속에 날아드는 부나방의 모습이 어떻게 보이는지 알아? 딱 네 모습이다. 후후후.

이름도 모르는 아무튼 나에게 찍힌 이 녀석은 세로 베기를 하며 나에게 달려들었다. 적당한 높이와 적당한 속도. 과연 가장 먼저 나설 만큼의 실력은 있었다. 어디까지나 저 녀석들 수준에서.

나는 아주 가볍게 몸을 살짝 틀었다. 두 발은 그대로 땅에 붙인 채로 상체만 살짝 비틀었다. 녀석의 검은 내가 비킨 자리를 그대로 그어 내리다가 딱 멈췄다. 정확히 허리 높이. 그리고 나의 옷자락에서 종이 한 장 정도 차이나는 곳에서. 역시 제대로 배운 솜씨다. 검을 멈추는 위치가 정석 그대로이니.

세로 베기를 할 때는 정확히 허리 위치에서 검을 멈춘다. 간혹 허리 아래까지 검을 내려치는 사람들이 있는데 그렇게 하면 동작이 커져 딱 반격받기 좋은 자세가 되어버린다. 제대로 배운 이라면 세로 베기는 허리까지. 이건 검술의 공식이나 마찬가지다.

물론 어디까지나 초심자들에게 해당하는 공식이다. 검을 들고 상대와 싸울 때는 수천 수만 가지의 돌발 상황이 발생하기 마련이다. 그때 그때에 따라 적절히 대처해 내는 것이야말로 고수의 필요 조건!

지금 이 녀석도 내가 상체만을 살짝 비틀어 검을 피해내자 당황한 기색이 역력했다. 아니면 간발의 차로 내 옷자락을 건드리지 못한 안타까움일까?

나는 싱긋하고 맑은 미소를 한 번 날려준 후 한 발짝 앞으로 나가며 녀석의 디딤발을 걸었다. 무게가 실린 발이 강제로 들리자 녀석은 그대로 고꾸라졌다. 우스운 녀석, 감히 나에게 덤비다니 말이야.

얼굴에 묻은 연무장의 흙이 무척이나 잘 어울리는 녀석은 양 볼이 잔뜩 일그러진 얼굴로 나를 노려보았다.

"비겁하게 검술 대련에서 발을 걸다니!"

이 갈리는 소리가 제법 우렁차게 들렸다. 녀석 많이 분한가 보군.

"웃기지마, 비겁이라니. 검술 대련이라고 검만 사용하라는 것은 아니다. 검술에서는 검도 결국은 신체의 일부. 적절한 방법으로 상대의 균형을 무너뜨려 승부를 내는 것. 그것이야말로 진정한 검술이다."

"무슨 헛소리야! 검술이란 검을 사용하는 방법. 대련에서는 누가 얼마나 능숙하게 다루는지를 겨루는 거야."

후아. 저런 바보라니. 저 녀석 대체 뭐 하는 녀석일까? 어쩜 저렇게 바보 같은 기사들이나 주장하는 아무 쓸모도 없고 그저 멋만 부리는 것이 전부인 검술에 대한 생각을 그대로 가지고 있을까? 전쟁에서, 실제 목숨을 건 승부에서, 그런 검술을 주장하다가는 제일 먼저 죽는데 말이다.

"뭐, 좋다. 네가 그렇게 생각한다면 그렇게 상대해 줘야지."

바보 장단에 놀아줄 생각은 없었지만 저 녀석은 철저히 박살을 내주기로 마음먹었으니 상대해 주기로 했다.

내 말이 끝나자 녀석은 자리에서 일어나 옷에 묻은 흙을 털었다. 지금 공격하면 또 비겁이네 뭐네 하고 난리를 치겠지? 하아, 역시 열세 살짜리 애란 말인가? 그것도 철부지 귀족 도련님? 귀족이 아니고서야 대련 상대를 눈앞에 두고 옷에 묻은 흙을 터는 일 따위는 하지 않을 테니 그것을 보여줄 수 없는 것이 유감이군.

"와라."

녀석이 다시 준비 자세를 취하자 나는 다시 한마디를 살짝 던져주었다. 검은 여전히 허리에 있었다. 진검만을 사용하다가 목검을 사용하니 어색한 감이 많았지만 어쩔 수가 없었다. 발검술(拔劍術)의 진수는 진검일 때 빛을 발하는데 그것을 보여줄 수 없는 것이

유감이군.

아까의 세로 베기가 실패하자 이번에는 찌르기였다. 나의 배 한가운데를 노리며 절도있는 자세로 정확하게 찔러왔다. 더없이 훌륭한 찌르기였지만 한 가지 흠이라면 너무 느렸다. 무슨 거북이 가 기어오는 것도 아니고 저렇게 느린 검으로 날아다니는 모기 한 마리나 잡을 수 있을까?

검술에서 빠르기는 생명이다. 나는 그렇게 믿는다, 검의 생명은 빠르기라고. 내가 빠르기의 진수를 보여주어야 할 때다.

허리에 꽂아둔 검으로 손을 가져갔다. 손 안 가득 묵직하게 느껴 지는 감촉. 그 감촉이 느껴지자마자 나의 팔은 스르륵 움직였다. 어 느새 허리에서 벗어난 검이 빛살과 같은 빠르기로 뻗어나갔다. 검끝 이 도착한 곳은 나를 향해 열심히 기어오고 있는 녀석의 목젖 끝.

"크헉."

이런, 실수다. 이 녀석 실력이 형편없음—물론, 나의 기준에서. 같은 나이 또래에서는 제법 훌륭하지만—을 깜빡했다. 나를 향해 열 심히 달려들던 녀석은 내가 뻗은 목검을 보지도 못하고 계속 달 려들다가 그만 찔려 버렸다.

쩝! 집에서 대련을 할 때는 저런 상황에서는 다들 알아서 멈춰 서 패배를 인정했었는데. 이곳은 집이 아니라 학교였지.

아무리 목검이라지만 목젖에 정확히 찔렸다. 누가 가한 일격인 데 빗나가겠는가? 차라리 빗나갔으면 좋았으련만, 지금 저 녀석 은 입에 거품을 물고 눈은 하얗게 뒤집혀 있었다. 급소에 정확히 찔렸으니 저렇게 실신하는 것은 당연하지만 아쉬웠다.

철저히 망신을 줘서 앞으로는 내 얼굴만 봐도 도망가게 만들려고 했는데 이렇게 간단히 끝나 버리다니, 진짜 큰 실수다. 아무래도 다음 기회를 노려야겠다.

"미니안 승. 다음 도전자는 누구냐?"

알렉스 선생님은 내 앞에 실신한 녀석을 들쳐 업고 옆으로 비키면서 아이들에게 말했다. 그 와중에도 알렉스 선생님은 능숙하게 나에게 당한 녀석에게 응급처치를 행하고 있었다. 내 힘 조절이 정확했던 탓에 큰 이상은 없을 것이다. 난 분명 검을 멈췄었고 제 녀석이 달려들어 찔린 거니까.

그 모습을 지켜보던 아이들은 슬금슬금 고개를 숙였다. 처음에만 해도 네다섯 명의 아이들이 서로 나를 상대하려고 다투더니 바로 꼬리를 말아버렸다. 이러면 너무 싱겁잖아.

내가 김빠진 눈으로 주위를 둘러보자 한 아이가 일어섰다. 저 녀석은 아까는 가만히 있던 녀석인데.

"우와~ 역시 파르미안. 바리셀라가 당하는 걸 보고서 저렇게 나서다니."

"야, 누가 뭐래도 우리 반에서 바리셀라보다 검술이 뛰어난 아이는 파르미안뿐이잖아."

나에게 다가오는 아이를 보며 또 이 반 아이들이 수군거렸다. 대체 이 녀석들은 왜 이리 수군거리는 걸 좋아하는지. 할 말이 있으면 당당하게 나서서 할 것이지.

"으음, 역시 아빠 험난한 학교 생활을 시작했구나. 지금도 숫자라면 지독하게 싫어하시지?"

"그렇지 뭐."

남매는 일기장을 한 장 더 넘기며 한심하다는 듯 말했다. 물론 검술 시간에 훌륭한 실력을 보였지만 그건 당연했다.

소드 마스터를 평범한 애들 사이에 섞어놨으니 말이다.

"후우… 우리는 엄마한테 감사해야 할 것 같아."

네이라가 갑자기 한숨을 쉬면서 말했다.

"왜?"

일기를 읽던 아이덴은 동생의 말에 고개를 돌렸다.

"엄마 때문에 우리가 이렇게 똑똑한 거 같아서. 아빠의 피만 물려받았으면 어떻게 됐을지 끔찍해."

네이라가 부르르 떨면서 말했다.

"그래도 메이린 고모나 이리아 고모는 엄청 똑똑하잖아."

"우리는 아빠의 아들딸이지, 고모의 아들딸이 아니잖아."

"흐음. 그런가?"

"그래. 엄마한테 고마워해야 한다고."

네이라의 확신에 찬 말에 아이덴은 자신없이 고개를 끄덕였다.

분명 네이라는 일곱 살이다.

작가 후기

@신가™: 안녕하세요. ^^ 으음… 가디언 소드에서는 처음 작가 후기를 쓰는 듯하네요. 1권 시작하기 전 인사를 드리고 처음이네요.

이니안: 너무 늦잖아! 인사가!!

@신가™: 이니안, 저기 찌그러져 있어라. 오늘 너 때문에 나온 거 아니니까. —.—^

이니안: 쳇;;

케이: 이니안, 힘내. 원래 저런 녀석이야.

@신가™: 넌 또 어디서 나왔냐? —.—;; 분명 14권으로 끝내고 저 멀리 던져 버렸는데.

케이: 음음, 그건 알 거 없어.

이니안: 그래, 케이로스. 너밖에 없다. ㅠㅠ.,ㅠㅠ

@신가™: 잠깐. 케이로스라니? 그 녀석이랑 이 녀석은 다른 녀석이라고!!

케이: (¨) (먼산)

@신가™: 설마… 너… 케이로스는? 케이로스는 어디 갔어?

케이: 뭐, 어딘가에서 잘 살고 있겠지… 그것보다 다른 일로 나온 거라며? 그럼 어서 일봐.

@신가™: 으으. 저 녀석… 내 반드시 케이로스 찾아오고 만다.

아! 죄송합니다. 갑자기 끼어든 황당한 녀석 때문에요. ^^;; 우선 죄송하다는 말씀을 다시 한 번 드리고 이야기를 시작해야겠습니다. 4권이 너무 늦었지요. ^^; 3권이 5월 중순에 나왔는데 이 글을 쓰고 있는 지금이 7월 6일이니 정말 드릴 말씀이 없습니다. m(_ _)m

이니안, 케이: 우우우! 우우우! 게으름뱅이 작가는 각성하라! 각성하라! 원고를 내팽개친 작가는 물러나라! 물러나라!

@신가™: 너희 둘! 시끄럽다. ㅡ.ㅡ^ 조용히 해라!! 그러다가 정말 물러나는 수가 있다. 그러면 가디언 소드는 더 이상 안 나온다고.

이니안: 훗. 네가 과연 그럴 수 있을까? 계약은 어쩌구? 독자 분들은?

@신가™: 으윽. 저놈이… ㅡ.ㅡ^

자자, 쓸데없는 녀석들 때문에 이야기가 잠시 샜습니다만. ^^;

6월에 있는 기말고사 때문에 도저히 글을 쓸 상황이 아니었습니다. 그래서 4권이 이렇게 늦어졌고요. 정말 죄송합니다. 4권 이후로는 한 달에 한 권씩 나올 수 있도록 최선을 다하겠습니다. ^^

으음… 그리고 가디언 소드에서도 역시나 케이처럼 실수가 군데군데 보이는군요. 다 작가가 부족한 탓입니다. ㅠ., ㅠ

케이: 알긴 아는군. 나도 그것 때문에 고생 많았는데. 아직도 못 고치다니. 이니안, 너도 고생 많겠다.

이니안: 뭐, 다 그런 거지.

케이: 훌륭하구나!

@신가™: 저놈들이 계속… ㅡ.ㅡ^

1, 2, 3권에서 발견된 실수는요. 우선 입학과 편입이라는 단어입니다.

2권 외전에서는 입학 시험이라 나오는데 3권 외전에서는 편입 시험이라고 나오죠. 으음, 이니안은 분명 학교에 처음 들어가는 거니까 입학을 하는 거죠. 하지만 중간 학년부터 다니는 것은 또 편입이라고 하지 않습니까? 2권을 쓸 때는 그냥 처음 들어간다는 사실에 초점을 맞춰서 입학이라고 했었는데… 3권을 쓰면서 생각해 보니 편입이 맞더군요. 그래서 편입으로 바꿨습니다. 혼란을 끼쳐 드린 점 정말 죄송합니다. (_ _) 에, 또. 3권을 읽다보니… 그 머릿수로 밀어붙이는 어설픈 어새신들이자 머릿수 많은 산적들. 길리안 길드. 애네들이 길리안 길드로 나왔다가 길리언 길드로 나왔다가 그러더군요;; 4권에서는 모두 길리안 길드로 했습니다만… 어째서 이런 일이 생겼는지;; 책 앞부분의 지도를 보면 길리안 산맥이라 되어 있으니 길리안 길드가 맞는 겁니다. 네. 에, 또… 그리고 이번 4권에 대한 이야기인데요… 제국의 수도, 미오나인. 그것을 3권까지는 그냥 제국의 수도, 또는 미오나인, 또는 수도라고만 표현을 했는데요. 4권부터는 제도라고 표현을 했습니다. 제국의 수도이니 제도더군요;; 앞서 쓰던 세 가지 표현보다 나아 보여서 4권에서 급작스럽게 제도라고 바꿔 버렸습니다. 혼란 없으시길.

이니안 : 많기도 하다. 참나. 그래 놓고 작가라고.

케이 : 이제 시작에 불과할 뿐이야. 앞으로 계속해서 더 나올걸? 저 녀석 그런 녀석이거든.

@신가ᴾᴹ : 꺼져라. ㅡ.ㅡ^ 니들 죽는 수가 있다!

아, 독자님들, 죄송합니다. 저 녀석들이 자꾸 속을 긁어서;; 어쨌든 그런 일들이 있었습니다. 독자 분들께 혼란을 안겨 드린 점 정말 죄송합니다. 앞으로는 이런 일이 없도록 최선을 다해 노력하겠습니다. 그럼 5권에서 뵙겠습니다. (_ _)